紙韻悠長

——人與書的往事

張偉 著

目錄

蔡元培留德生涯之一瞥

近從朋友處借到一部《蔡元培書信集》。此書由高平叔、王世儒編注，浙江教育出版社2000年5月出版，分上、下兩集，共收錄蔡元培先生致他人的信函與電文共1671件，起自1894年，終於1940年，通訊對象幾乎涉及近現代中國軍政財文各界要人。粗粗瀏覽一過，深感此書份量之重，它不但是研究蔡元培先生生平思想的第一手資料，也是認識中國近現代社會不可缺少的珍貴文獻。因此想到自己手頭也藏有幾封蔡先生的手札，而且是其上世紀初首次留德期間所寫，既忠實紀錄了他留學生涯的片段，又為《蔡元培書信集》所未收，想為愛慕蔡先生道德文章者所關注，故不敢私密獨享，謹在此披露之。

蔡元培一生曾多次赴國外留學、考察，然1907年的留學德國，則是他生平第一次踏上歐洲大陸。他在〈為自費遊學德國請學部給予諮文呈〉中稱：「竊職素有志教育之

學……德國就學兒童之數……歐美各國，無能媲者。爰有遊學德國之志，曾在膠州、上海等處，預習德語。……職現擬自措資費，前往德國，專修文科之學，並研究教育原理，及彼國現行教育之狀況。至少以五年為期，冀歸國以後，或能效壤流之助於教育界。」（轉引自高平叔撰著《蔡元培年譜長編》第一卷，人民教育出版社1998年12月版）由此可見，蔡元培的此次自費留德，是作了充分準備並有明確目標的。這一年的初夏，已年近不惑的蔡元培隨清政府駐德公使孫寶崎赴德，開始了他半工半讀的留學生涯。這段經歷十分艱苦，因為不是公費留學，蔡元培必須自措經費以維持不菲的學習和生活費用。他在駐德使館中兼職，每月可獲銀30兩；他還擔任當時在德學習的唐紹儀侄子唐寶書、唐寶潮兄弟四人的家庭教師，為他們講授國學，每月可得酬100馬克；而他當時為商務印書館編譯教科書及學術專著所得到的每月100元收入，則全部用來維持國內妻子兒女的生活。蔡元培在德國的學習生活就是這樣緊張而忙碌，難得有片刻的空閒。

蔡元培初到德國時住在柏林，主要補習德語，為考柏林大學作準備。後因柏林大學的入學手續嚴謹煩瑣，蔡元培感到多有不便，遂於1908年8月改往萊比錫就讀於萊比錫大學。關於這段經歷，蔡元培曾自述：「我在柏林一年，每日若干時學習德語，若干時教國學，若干時為商務編書，若干時應酬同學，實苦應接不暇。德語進步甚緩，若長此因循，一無所得而歸國，豈不可惜！適同學齊君宗頤持使館介紹函向柏林大學報名，該大學非送驗中學畢業證不可，遂改往萊比錫（Leipzig）進大學。」（《自寫年譜》）我收藏的蔡元培信函皆以明信片形式寫於他留學萊比錫期間，先抄錄兩片於下：

1908年12月14日致陳介

（從來比錫發往柏林）

前在柏林奉教，甚快；別後又承賜精麗之片，尤感。承示擬於年假偕夏君來此，甚所歡迎，惟弟等擬游Dresden（山水秀麗，音樂尤著名），如公來此後能偕往則大好矣（並請轉致夏公）。

蔗青先生惠鑒

　　　　　弟　培　頓首

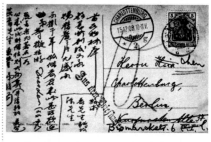

蔡元培1908年12月14日致陳介信

1909年7月24日致陳介

（從萊比錫發往柏林）

惠片謝謝。夏君已到此盤桓，頗樂；惜貝君既匆匆返英而公及胡君竟未來遊也。聞公得家庭之樂以助長學問之興會，良可豔羨。

蔗青先生

　　　　　弟　培　頓首

蔡元培1909年7月24日致陳介信

蔡元培的這兩封信都是寫給陳介的。陳介（1885-1951），字蔗青，湖南湘鄉人。早年留日，1907年留德，在柏林大學攻讀法政。1912年歸國後任工商部商務司長及外交部常務次長等職，1938年起歷任國民政府駐德國、巴西、墨西哥、阿根廷等國大使，1951年病逝。信中夏君指夏元瑮（字浮筠，夏曾佑之子），當時亦就讀於柏林大學，後獲理學博士學位。他和蔡元培的關係較為密切，「夏君每日於大學課程聽完後，常到我寓，同往旅館晚餐，或覓別種消遣」（蔡元培《孑民自述》）。1921年春，他曾和蔡元培同赴柏林，邀請愛因斯坦來華講學，次年譯出《相對論淺釋》（1922年商務版）。在德國諸城市中，來比錫風景平常，而鄰近的特來斯頓（Dresden）則以山水風光秀麗而著稱。蔡元培在《自寫年譜》中曾自述：「我在萊比錫三年，暑假中常出去旅行。德國境內，曾到特來斯頓。」1908年底，蔡元培寫信給陳介，約學友們在假期同遊特來斯頓。次年夏，應約前行的除了夏元瑮，還有一位「貝君」，此即中國最早到西方學習建築的貝壽同。貝家與建築極有緣份，當今世界建築大師貝聿銘即貝壽同的侄孫。貝壽同當時也在德國留學，畢業於夏洛頓盤工科大學，回國後執教於蘇南工專及南京中央大學，並在兩校創辦建築系，是我國建築界的前輩。和陳介一樣未曾前往的「胡君」是胡仁源。他早年留日，後轉學英國，畢業於待爾模大學。回國後曾在蔡元培之後出任北京大學校長，譯有《投影幾何》、《聖女貞德》等。

　　蔡元培信中「聞公得家庭之樂以助長學問之興會，良可豔羨」一句，頗可玩味。清末民初，在倡言平等、自由的同時，一些開明人士中開始出現夫妻平等的新風。1900年，蔡元培元配夫人王昭去世

後，許多人來為他說媒，他主動向媒人提出男女婚姻絕對平等的五個條件：1、女子須天足。2、女子須識字。3、男方不娶妾。4、男死後女可再嫁。5、男女雙方意見不合可以離婚。當時，這種「離經叛道」、「混淆綱常」的言論無異於在向封建陋俗開戰。後經人介紹，蔡元培與黃世振（仲玉）女士結為夫妻。此女不但天足、識字，而且工書畫，孝於親。在婚禮上，蔡元培回答他人提問時稱：男女之間，「就人格言，總是平等」，充分反映了他尊重婦女人格，提倡夫妻平等的思想。1921年，夫人黃世振不幸病逝，出於家庭、工作的需要，蔡元培不得不續娶。這一次，他提出的條件是：1、原有相當認識。2、年齡略大。3、熟諳英文而能為研究助手者。這樣，周峻（養浩）成了他的第三位夫人。可見，在婚姻問題上，蔡元培始終堅持破除舊俗，樹立新風，不愧為欲教人先正己的高尚人物！話題回到信上。當時陳介的妻子兒女同在德國，得享天倫之樂，其妻陳淑能文善書，在生活、學習上都堪稱陳介的得力助手，故獨自一人身在德國的蔡元培會觸景生情，由衷發出「良可豔羨」的感慨。

蔡元培筆下所言「旅遊」，並非僅僅只是一般人所謂的遊山玩水，而是有其特定內涵的。1935年1月16日，《旅行雜誌》主編趙君豪採訪蔡元培，問到他當年在歐洲旅遊的感想，蔡元培答道：「總括的說，我向來旅行，很注意三點：第一，是看一種不同的自然美；第二，研究古代的建築；第三，是注意博物館的美術品。」（趙君豪〈蔡孑民先生訪問記〉，載1935年2月《旅行雜誌》9卷2期）下面這張明信片，為蔡元培的言論作了很好的注解：

1909年4月4日致陳介

（從萊比錫發往柏林）

此窖室為利俾瑟巴家之最古者，其名己見goethe所著《Faust》曲中。壁畫皆十五世紀人手筆，此片摹其二方。

蔗青先生鑒

弟　培　拜白

公週日作何消遣？弟於假期中讀書以外時時觀劇聆音耳。有時張、齊兩同學高興，作中國饌，則弟亦乃嘗其一臠。

蔡元培1909年4月4日致陳介信

　　蔡元培在萊比錫大學時有一門選修課是美學，這是他很感興趣的課程，他也因此對周圍有關美育的事物非常注意，經常到博物館、美術館去看各種展覽，上述信就是一個例證。蔡元培信中提到的「Goethe所著《Faust》」，即歌德所著悲劇《浮士德》。歌德（1749-1832）是德國最偉大的作家之一，《浮士德》的創作一直延續了六十年之久，是其付出畢生精力的巨著。這

部作品概括了自文藝復興到19世紀初期歐洲近三百年的歷史，反映了資產階級上升時期知識份子探索真理的過程，深刻描繪了他們的精神世界和內心生活。蔡元培很喜歡這部作品，他不但購買原著閱讀，觀看原劇演出，還選修了「歌德之戲劇」、「歌德《浮士德》注解」等課程，甚至去體驗作品中描繪的生活，如他在《自寫年譜》中寫道：「德國最大文學家哥德氏（Goethe）曾在萊比錫大學肄業，於其最著名劇本《弗斯脫》中，描寫大學生生活，即在萊比錫的奧愛擺赫酒肆中（Auerbach）。此酒肆為一地底室，有弗斯脫博士騎啤酒的壁畫，我與諸同學亦常小飲於該肆。」正因為蔡元培對《浮士德》如此喜愛，故在博物館看到有關於作品的壁畫明信片買時，立即購買，並寄給朋友一起共享。值得一提的是，蔡元培寄出的此片是用彩色石印的方法印製的，於今已非常少見，已可歸入珍品一類。蔡元培信中所提「張、齊兩同學」皆是他的好友。齊即齊壽山（字宗頤），乃齊如山之弟。他1907年初夏和蔡元培同乘一輪赴德，次年又一同入萊比錫大學，交誼非同一般。齊壽山回國後曾任教育部僉事、國民政府大學院秘書，1965年逝世。張為張謹（字仲蘇），是萊比錫最早的中國留學生之一，他和齊壽山在留德期間對蔡元培多有照應，這從此片中也可略見一斑（蔡元培寥寥數語，留學生簡陋而又有情趣的生活躍然紙上）。張謹歸國後長期在教育部工作，曾任上海國立同濟大學校長、河北大學校長等職。

自古文人雅士之間，所談除了生活瑣事，文字往還也常有學問政見在其中，他日研究歷史，從這些資料中往往會有意想不到的收穫。蔡元培先生的這幾封信，雖文字不長，但片言隻語中也有論學議事、

記敘遊歷的墨蹟在，涉及到他首次留德生涯中的一些真實片段，值得我們關注。

胡適關於辛亥革命　的一封佚信

這幾年胡適研究頗熱，各種新的史料時有披露，安徽教育出版社最近推出的《胡適全集》，其中僅書信部分就收集了2400多封，占了煌煌4大卷。有人統計，胡適從20世紀初留美至1962年他猝然病逝的50年間，平均每天要寫一、二封信，其總數應該數以萬計。但遺憾的是，其中的大部分均在歷史的塵煙中散失了。據云，在此次新出版的《胡適全集》中，大家公認最有價值的正是他的書信部分。筆者收藏的這枚胡適1911年11月6日寫給馬君武的明信片，內容很有意思，而得來頗為意外。1999年冬，我在香港辦展，閒來逛市，偶在中環一家臨街的書肆中巧遇此片，店主只以一次大戰期間普通實寄明信片的價格索值，令人喜出望外。歸來興奮至極，將此視為此次香港之行的最大收穫。此信未為《胡適全集》所收錄，謹在此披露之。全信如下：

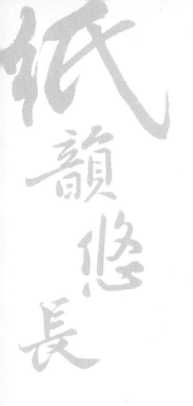

君武足下：

祖國之亂已不可收拾矣。此邦
輿論多右民黨，以此邦本自由
之邦，故爾爾也。歐洲各國輿
論如何？兄現尚遊歷否？久不
得書，想甚忙碌。弟今年亦甚
忙，日來以故國多事，心緒之
亂不可言狀，如何！如何！草
草奉白，即祝無恙。

弟　適　頓首

（郵戳：1911年11月6日發自
Ithaca）

胡適1911年11月6日致馬君武信

　　胡適和馬君武早就相識。1906
年，胡適考入中國公學，當時該校的教
員中有不少是有名的革命黨人，老同盟
會會員馬君武即其中之一。他十分賞識
胡適的才學，兩人的忘年之交即始於
其時。1907年，馬君武為躲避清政府
的搜捕而赴德留學於柏林工藝大學，
學的是冶金專業。三年後胡適也赴美
留學，於1910年9月至紐約州的綺色佳
（Ithaca，今譯作依薩卡），入康奈爾大

學農學院。同在海外的一對老朋友，雖遠隔千里，仍經常通信，互通資訊，傾訴心聲，這在胡適留美日記中可以找到多處記載。如1911年9月7日辛亥革命爆發前，胡適還收到馬君武的來信，得知中國公學時舊友楊篤生在英國為國憂憤而投海自殺的惡耗，為之嗟歎不已。馬君武也很看重自己與胡適的交往和友誼，1911年，他專門寫了一首五律書贈胡適：「已與斯人約，今生為弟兄。思君隔滄海，學技在紅塵。主義即宗教，艱難證性情。相期作琨逖，舞劍趁雞鳴。」（〈贈胡適辛亥〉，載《馬君武先生紀念冊》，1940年版）從詩中看，兩人之間的感情很深，到了可以相互傾訴政治理想的地步。筆者根據種種跡象猜測，馬君武在9月初寄出給胡適的信之後不久就離德回國了，故胡適11月6日寄給他的這枚明信片他並未收到（這也是此片以後流散在外的原因）。馬君武曾自述：「辛亥冬間歸國，值武漢革命軍興，隨諸君子之後，東西奔馳。」（〈《君武詩稿》自序〉，載《馬君武詩稿》，文明書局1914年版）而國民政府司法院院長居正也在馬君武病逝後回憶：「辛亥武漢首義，先生代表廣西，率先赴會，於武漢與各省代表起草臨時政府組織大綱。」（〈國立廣西大學校長馬君武先生碑銘〉，載《馬君武先生紀念冊》，1940年版）這些都表明，辛亥革命爆發後不久，馬君武就已經身在國內了。有資料顯示，馬君武出席了1911年11月30日在武漢舉行的各省都督府代表聯合會，且具體參與了臨時政府的籌建工作。1912年1月，馬君武被孫中山任命為南京臨時政府實業部次長。

　　有人可能會有疑問，當時名叫君武的並不止一人，明信片上的君武難道一定是馬君武嗎？筆者認為這無可懷疑。馬君武原名道凝，號厚山，1901年留日後更名馬和，這個名字同時也成了他的外文名字，

也即Mahoe。他在上海商業儲蓄銀行開的存款戶口上戶名即為Mahoe（參見馬君武1932年12月14日致舒新城信，載《中華書局收藏現代名人書信手跡》，中華書局1992年1月版）。胡適的這枚明信片，收信人的名字寫的正是Mahoe，而名字前面的稱呼Dip Eng是英語Diploma Engineer（註冊工程師）的簡稱，這也符合馬君武的身份。

收信人是馬君武無疑，那麼，寫信人是否一定即胡適呢？答案也應該是肯定的。首先，此信寄自Ithaca（綺色佳），這正是胡適當時讀書的康奈爾大學所在地。其次，1911年10月10日辛亥革命爆發後，美國報紙同步作了大量報導，而胡適當時廣泛涉獵各報，必看的有《紐約時報》、《紐約論壇報》、《紐約晚報》等。從10月12日起，他在日記中幾乎天天記載有關於國內革命的報導，並記下了「美國報紙均袒新政府」的感想（見其10月14日日記，載《胡適留學日記》，安徽教育出版社1999年10月版），這和他在給馬君武信中的表述是完全一致的。最後，從現存胡適1911年前後的一些書信來看，其筆跡和此枚明信片上的字完全一致；且其當時喜用「足下」，「無恙」、「祖國」等辭彙，兩者也可互相印證（參見《胡適家書手跡》，東方出版社1997年3月版）。

胡適留美期間，同大多數留學生一樣以強烈的愛國激情時刻關注著國內政局。辛亥革命的爆發，使中國成為亞洲的第一個共和國，從而更激起胡適對祖國命運的關注。從總體上言，胡適對國內的革命是支持的，當時美國有人詆毀中國的革命，胡適曾予以駁斥，並投書《紐約時報》進行反擊。他還對袁世凱的復辟行為有著清醒的認識，在日記中曾一再予以批駁。但同時，胡適信奉的乃是植根於自由主義

的政治思想而派生的改良主義政治觀，因而對激進的革命道路並不以為然。這也是他在此信中坦言自己「心緒之亂不可言狀」的緣由。當時很多海外留學生都有這種類似的矛盾心態，如果是拿官費的，還涉及到個人的切身利益，恐更有彷徨不知所措之感。在現存的胡適日記中，1911年11月及以後數月的日記均因遺失而付闕如，這封新發現的胡適致馬君武的信，為我們瞭解胡適當時的真實思想提供了寶貴的第一手資料，值得珍視。報刊上發表的文章，一般對事對人往往均已經取捨、文飾，相比之下，書信、日記之類常常更能傳達作者真實的內心，在作者未出大名之前尤其如此！

陳寅恪首次留歐期間的一首佚詩

因為一個偶然機會，我有幸收藏了一批陳寅恪先生早年留學歐洲時的親筆書信。眾所周知，陳寅恪現存最早的一封信是1923年留德期間寫給其妹談買書治學之事的〈與妹書〉（載1923年8月《學衡》第20期，收錄於《陳寅恪集·書信集》，三聯書店2001年6月版），而我珍藏的這批書信皆寫於1910-1912年陳寅恪第一次留歐期間，可說是迄今為止時間最早的一批陳寅恪書信，自然彌足珍貴。在其中的一封信中，陳寅恪抄錄了自己的一首七律，未見收錄於《陳寅恪集·詩集》（三聯書店2001年5月版），茲先披露，謹以此表示對陳寅恪先生的敬意。

這封信以明信片寄發，收信者是陳介，而實際上信是陳寅恪寫給三個人的，即陳寅恪信中所寫的「慎、蔗、倜三公」。據筆者考證，「慎」指慎修，「蔗」指蔗青，「倜」指倜君，分別是俞大純、陳介和李儻三人的字或號。俞、陳、李三人皆是陳

寅恪當年留德期間的同學，也是來往最密切的朋友。陳寅恪是1909年秋經上海赴德留學的，而俞、陳、李三人則要早他一年，他們是1908年初夏攜着同乘一艘海輪赴德留學的（參見應時〈《德詩漢譯》自序二〉，載《德詩漢譯》1939年1月版），皆就讀於柏林大學。陳介（1885—1951），湖南湘鄉人，字蔗青，早年曾留學日本。在德期間攻讀法政，通曉拉丁語和英、德、日、法等國語言。1912年歸國，曾任工商部商業司長、全國水利局副總裁等職。1935年12月代理外交部常務次長，抗戰爆發後，歷任駐德國、巴西、墨西哥、阿根廷等國大使，1951年病逝於布宜諾斯艾利斯任上。李儻（1884-1965），湖南湘潭人，字文生，號個君。早年兩度留日，赴德後學習法學和哲學。1913年回國，任北大教授。1931年隨孔祥熙出國考察實業，後歷任國庫司司長、財政部常務次長等職。1949年參加程潛領導的和平起義，後任湖北省參事室副主任，1965年謝世。俞大純和陳寅恪的關係要更為密切，俞、陳兩家是三代世交（俞大純的姑姑是陳寅恪的母親，陳寅恪的妹妹嫁給了俞大純的堂弟俞大維，俞大純和俞大維又分別是陳寅恪留歐和留美時期的同學）。俞大純，浙江紹興人，字慎修。俞明震的獨子，俞大維的堂兄，陳寅恪的表哥。解放後任教於北京大學至終。其子俞啟威（黃敬），解放後曾任天津市市長。俞、陳、李三人的家境都不錯，當時他們和家人均住在柏林Darmstädlessh大街的公寓裏，陳寅恪因此據街名的諧音戲稱他們是「達摩街上的老爺、太太、少爺、小姐」（陳寅恪1911年10月7日致陳介信）。當時，陳寅恪亦就讀於柏林大學，而且他早年也曾隨兄陳師曾赴日留過學，彼此有相似的經歷，共同的學業，加上和俞大純的親戚關係，因此，陳寅恪和俞、陳、李三

人的關係相當密切，四位雖同住一城，同讀一校，彼此之間仍時常信來函往，無所不談。他們談國內爆發的革命，談媒界就此的報導，也談旅遊的觀感，餐館的優劣，甚至互相之間猜謎、調侃，自我放鬆。陳寅恪就曾在中秋節前夕給俞、陳、李三位寫信，請他們猜一個深奧的外國字謎，以此作為節日的消遣。他在信中調侃三位：「諸公皆深通德、法之事之人，如不能解此字謎，罰脹肚酒一百杯。」（陳寅恪1911年10月5日致陳介信）當時在外學人皆愛作此等遊戲，胡適曾在日記中解釋原因：「吾輩去國日久，國學疏廢都盡，值慈佳節，偶一搜索枯腸，為銷憂之計，未嘗不稍勝於博弈無所用心者之為也。」（參見胡適1913年12月23日日記，載《胡適留學日記》（上），安徽教育出版社1999年10月版）陳寅恪學問深厚，在滿是機鋒的妙語中，幽默與學問冶於一爐，往往蘊涵著哲理和深意，此即所謂學問之「莊」，智慧之「諧」，駕輕就熟之工，絕非一般人所能學來。博雅之人，偶爾開玩笑也是那樣的富於書卷氣。

　　陳寅恪1909年秋赴德，考入柏林大學。1911年轉入瑞士蘇黎世大學。這一年秋季，他利用轉學之機有過一次跨國旅遊。他先遊法國，再經盧森堡入德境，溯萊茵河往瑞士，最後抵達蘇黎世。本文披露的這首詩即陳寅恪在法國遊覽期間所作並寄給俞、陳、李三位的。詩寫於9月26日，發信日期根據郵戳當是10月3日。全信如下：

　　己亥秋日遊Les Voges山，迷失道，抵小驛，候
　　汽車久不至，作此寄慎、蔗、偶三公：

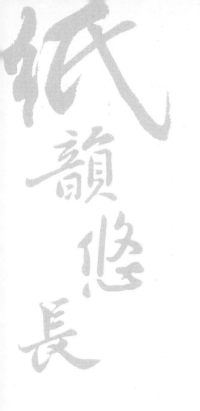

一突炊煙欲暮時，萬山無語媚秋姿。戈船正苦爭菰注（時意、土海戰方劇），布襪真成徧九夷。三宿淒迷才未盡，中原迢遞事難知。同君別後論功狀，山驛郵程寄瘦詩。

　　從明信片上的郵戳看，此信寄自Gerardmer，即熱拉梅，位於法國孚日省（Vosges），是著名的風景區，旅遊勝地。陳寅恪詩序中所提到的Les Voges，即孚日山脈，位於法國東北部。「己亥秋日」是中國傳統的干支紀日，農曆八月五日，也即1911年9月26日（當然也有可能是「辛亥秋日」的筆誤，因中國傳統「干支紀日」用在書面語中極少，不排除陳寅恪在海外誤將「辛亥」記作了「己亥」的可能）。詩中所注「時意、土海戰方劇」，指1911年秋，義大利與土耳其之間為爭奪的利波利的領土權而爆發的大規模海戰。陳寅恪先生學問高深，對詩的內容筆者不敢

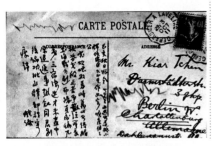

陳寅恪1911年10月3日致俞大純、陳介、李儻信

妄加猜測，謹將全詩轉錄於此，供大家鑒賞，相信這對瞭解陳寅恪先生當年的心路歷程將會有所裨益。

陳寅恪的那一聲感慨

1909年陳寅恪從復旦公學畢業，這年秋天，他從上海乘船，踏上了赴德求學之途。到德國後，他於1910年考入柏林大學學習語言文學。陳寅恪天資聰穎，博學多才，有著驚人的記憶力，然而，他從不自命不凡，總是虛懷若谷，其刻苦好學一直在留學生中傳為美談。但是，陳寅恪又絕非躲進象牙塔中只顧讀書的一介書生。他胸襟開闊，深諳古人所說「讀萬卷書，行萬里路」的個中滋味，在留學期間常常遊歷山川湖泊，大自然的奇特瑰麗景觀使他百感叢生，驚歎不已；他雖遠隔重洋，卻一直關心祖國盛衰、民族興亡，思索著救國方略。在這次負笈留學的兩年多裏，他時常和俞大純、李儻、陳介等留歐同學縱談古今，橫論中西，互相啟發，切磋學問，也常常求學於博物館，訪書於眾書肆，有時好友之間還互相猜猜字謎，開開玩笑，日子過得充實而有意義。

1911年春天，陳寅恪的腳氣病頑症復發，需要轉地療養，於是到挪威遊歷了一次。北歐山川風光的鬼斧神工令他心曠神怡，他因此而詩興大發，頗有題詠。這年入秋，他更乾脆轉入瑞士蘇黎世大學學習，前刊拙作〈陳寅恪首次留歐期間的一首軼詩〉中所引七律，即是陳寅恪從法國赴瑞士途中所作。那封信是1911年10月3日他寄給陳介的，僅隔兩天，陳寅恪在行旅途中又有一信給陳介：

陳寅恪1911年10月5日致俞大純、陳介、李儻信

今夕中秋（片到之時），有一問題於左：

費烈得力大王致福祿德爾書：Venez à $\dfrac{6}{100}$ $\dfrac{P}{à}$，福祿德爾回信：ga（此是諧聲）。是何意思？諸公皆深通德、法之事之人，如不能解此字謎，罰脹肚酒一百杯。

倜翁歸自法國，別號巴黎通，必深通法文，尤宜猜中此字謎，但恐公等已知之耳！

——陳寅恪1911年10月5日致陳介

在行旅途中，陳寅恪猶有雅興忙裏偷閒
和同窗好友猜謎助興，筆者不才也不懂
法文，無法領略此字謎的玄妙之處，但
近百年後有幸觀賞到此信，一個博學廣
聞且詼諧幽默的青年才俊形象仍然活生
生地躍然紙上。

　　此信發出後一天，即1911年10月
6日，正是中國傳統的農曆中秋，陳寅
恪身在異國，心卻縈繞著萬里之外的祖
國，思鄉之情油然而生，於是他次日又
給諸位好友寄出一信：

陳寅恪1911年10月7日致俞大純、
陳介、李儻信

> 中秋佳節，清興如何？明晨即
> 起程赴陸克遜堡國，入德境，
> 溯萊茵往瑞士，俟到剙陸須後
> 再奉聞。諸公當見中國報，不
> 知近來有何新奇之事可以相告
> 否？達摩街諸位太太、小姐、
> 少爺均致意。俞李陳三公
> ——陳寅恪1911年10月7日致陳介

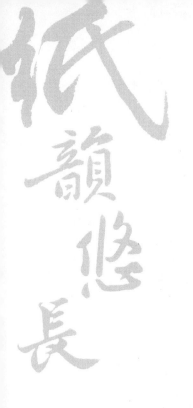

從信中我們分明能感受到陳寅恪那濃烈的戀鄉情結。俞、李、陳三位皆是陳寅恪當年留德期間的同學，也是來往最密切的朋友。俞是俞大純，陳寅恪的表兄；李是李儻，號倜君，也即陳寅恪前信中譽稱為「巴黎通」的「倜翁」；陳即陳介，時在柏林大學攻讀法政。俞、李、陳三位當時和家人均住在柏林Darmstädlessh大街的公寓裏，陳寅恪給同學寫信，猶不忘向他們的夫人子女問好。在這封信中，陳寅恪披露了自己的行程路線，即「入德境，溯萊茵往瑞士」。信中的「陸克遜堡國」即今日之盧森堡，而「朅陸須」為「蘇黎世」當時之音譯。

此信發出次日，陳寅恪即進入德國境內。他中途下車，遊山賞景，不禁生出滿腹感慨，於是在給老友李儻的信中一吐肺腑之言：

陳寅恪1911年10月8日致李儻信

> 途中在Metz下車，久屈曲於法蘭西齷齪之地，忽至此，精神為之一振。在威廉一世紀念

碑下一望表裏，山河歷歷在目，美麗雄壯兼而有之，勝於
Strassburg之Orangerie固不待言，即柏林亦無此佳境也。法
人至此，真有中國人到香港、臺灣之感。公他日若有南歐之
遊，此地方不可不到，寅乃亦不意此地如此之妙，天下事難
知，盡此類耳！到陸克遜後再告遊蹤。此片蘄與俞、陳二位
一觀。個公

——陳寅恪1911年10月8日致李儼

這裏首先有必要對信中的幾處地名略作釋語。**Metz**，即梅斯，是法
國洛林地區首府，位於洛林地區北部摩澤爾（Noselle）省境內。梅
斯不但是非常重要的交通樞紐（公路、鐵路和摩澤爾河通往德國的運
河航道均在此交匯），而且有著極為悠久的歷史，城內遍佈古老的建
築和人文遺跡，裝飾著瑰麗玻璃彩畫的聖艾蒂安大教堂尤為著名。
Strassburg，即斯特拉斯堡。它是法國下萊茵省省會和阿爾薩斯經濟
大區的首府，亦是具有戰略地位的港口城市，阿爾薩斯地區的工業主
要即集中在此。1792年，一位名叫魯熱的軍人作曲家正是在斯特拉
斯堡寫下了著名的《萊茵河軍歌》，此即今日響遍法蘭西的法國國歌
《馬賽曲》。**Orangerie**，今譯桔園，位於斯德拉斯堡的東北角，是
這座城市中的一片綠洲，園內遍佈各種植物和各色鮮花，景色十分秀
麗，是阿爾薩斯地區著名的風景勝地。梅斯、斯特拉斯堡和桔園均位
於法國東北部的阿爾薩斯和洛林地區，是法國領土，那麼，為什麼陳
寅恪在信中會有「久屈曲於法蘭西齷齪之地，忽至此，精神為之一
振」之語呢？這裏，陳寅恪的感受分明是：離開法國，進入德境，景

色一新，精神大振。這其中原來隱藏著法蘭西一段不堪的歷史。十九世紀六十年代末，法國的拿破崙第三為了擺脫國內外困境，企圖向德國萊茵河地區擴張，而德國普魯士王朝的「鐵血首相」俾斯麥也正想霸佔法國礦產資源豐富的阿爾薩斯和洛林兩個地區，於是一場雙方都經過策劃的普法戰爭由此爆發，結果只用了一個多月的時間，普魯士軍隊就在色當戰役中給予法軍以毀滅性的打擊。1871年1月28日，法國向普魯士屈膝求和，將阿爾薩斯和洛林兩地區割讓給普魯士，並賠款五十億法郎（二次大戰中德國戰敗，始將兩地歸還給法國）。我們所熟知的都德名篇《最後一課》描寫的就是這一事件。1911年，陳寅恪經過梅斯時，阿爾薩斯——洛林地區劃歸德國已整整四十年，梅斯的大地上屈辱地矗立著德意志帝國皇帝威廉一世的塑像。正是在此人

威廉一世紀念碑

統治下，德意志近千年的統一夢想終於得以實現，同時還從法國人手中掠得了阿爾薩斯和洛林。陳寅恪當年踏上梅斯的土地，雖然瑰麗的景色令他「精神為之一振」，但法國的這段屈辱歷史也油然浮現在他的腦海，並因此而聯想到同樣因戰敗而被割讓的祖國神聖領土：香港和臺灣，故發出深深感慨：「法人至此，真有中國人到香港、臺灣之感。」這種強烈的民族感情，始終貫穿在他留學海外的十幾年生活之中，並成為日後他的愛國主義思想感情的一個重要支點。

最後，有必要對此信的收信人李儻略敘數語。李儻（1884-1965），字文生，號個君。早年曾留學日本，1908年赴德、法學習哲學和法學。1913年歸國任北大教授。後從政，歷任國民政府國庫司司長、財政部常務次長等職。1949年參加程潛領導的和平起義。李儻任職北大時和楊昌濟同事，楊病重期間，他曾和章士釗等人集資予以救助。1920年1月17日，楊昌濟病逝京華，北大同事和其親友二十九人聯名發出集資啟事，「俾其遺孤子女略有所依恃」（載1920年1月22日《北京大學日刊》）。在這則啟事上列名的有蔡元培、章士釗、毛澤東等人，李儻也是其中之一，並且他在北京的家：宣外賈家胡同達子營十六號，還是接受各方賻贈的地方。1950年春，作為前政府要員的李儻年已六十六歲，他與老妻無兒無女，孤苦伶仃，又無工作，生活發生困難。無奈他只能找當年的留德同學章士釗求助。章叫他寫了一份自傳，並附上自己的親筆信轉送毛澤東。日理萬機的毛澤東很快就在李儻的自傳第一頁上批道：「請周酌辦。章士釗只薦此一人，似宜用之。」然後，他又補充寫道：「李自謂已六十六歲，有妻室之累，無兒可依，覺悟前非，力圖晚益，精力尚能做事，希望給予一工作。」

（《建國以來毛澤東文稿》，中央文獻出版社1987年版）當年精通多國外語，叱吒學苑、政壇的一代才俊，竟然淪落到無兒可依，卑聲求助的境地，讀來不禁令人欷歔不已；而毛澤東在援筆批寫時，眼前未知是否浮現出三十年前岳父病逝北京時的一幕幕場景。周恩來接到毛澤東轉來的批語後，馬上給李儻在湖北省參事室安排了一個職位，解決了他的燃眉之急。此是題外話，就此打住。

陳籙其人其事

前幾年，某收藏家從一位郵商那裏購買到一枚明信片，是1907年從瑞士寄往清朝駐荷蘭公使館的，收信人名叫陳任先。收藏家通過網路進行查詢，仍無法知道此人的身世，故在報上刊文，發出「陳任先究竟是何人」的疑問。其實在諸多中型以上的近代史辭典中大都載有「陳任先」的條目，對其生平有簡略介紹，不過詞條用的是他的本名「陳籙」，而非其字「任先」。

陳籙，福建侯官（今屬福州）人，字任先，號止室，出生於1878年。他早年就讀於福建船政學堂。該校由左宗棠創辦，是近代中國最早的新式海軍學校，從該校走出國門，往海外求學的學生不計其數，最有名的當數首屆畢業生嚴復。陳籙受到影響，也走上了這一條道路。1904年他前往法國，在巴黎大學攻讀法律，1907年獲得法學博士學位，回國後賞法科進士，授編修，並擔任清政府修訂法律館纂修、法部主事、外務部郎

中等職。以此為起點，陳籙畢生都在外交和法律這兩個領域內任職，最高曾做到過北洋政府的外務部次長和代理外長。抗戰期間，他公開投敵，出任汪偽政權的外交部長，官職是升高了，但下場卻極不堪，1939年被國民黨軍統刺殺於上海的寓所內。

陳籙一生有幾件事值得一提。1915年，他在駐墨西哥公使任上轉任中、俄、蒙恰克圖會議中方全權代表，並兼蒙古都護使駐庫倫辦事大員，他也因此成為當時中國處理蒙古事務的最高長官之一。陳籙為此在蒙古問題上頗下了一番功夫，有《蒙事隨筆》、《蒙古逸史》等著譯出版。筆者曾在某舊書店看到過一批陳籙藏書，皆是國外18、19世紀出版的有關轄輯問題的著作，上面均有陳籙的親筆批註，應是他當年攻讀的舊藏。陳籙還在1917年8月由商務印書館出版了《止室筆記》一書，其中詳細記述了中、俄、蒙恰克圖會議的原委，並附錄了其撰寫的《恰克圖議約日記》一卷、《奉使庫倫日記》三卷。陳籙的這些著譯現已成為研究蒙古問題的原始文獻。1920年9月，陳籙奉命再度赴法，出任中國政府駐法國全權公使一職。他在這個位置上做了整整8年，直到1928年7月才卸職回國，是晚清和民國期間歷任駐法使節中任職時間最長的。在這8年中，陳籙憑藉其曾經留法的有利條件，長袖善舞，多方經營，和法國的諸多方面關係處得不錯；他還著有《法語陟遐》、《歐美留學相譜》等書，因此人稱「法國通」。法國是世界重要國家，也是歐洲的政治文化中心之一，留學巴黎和來往法國的中國人很多，陳籙作為當時中國駐法的最高長官，不可避免會和他們發生諸多關係，並盡其外交官的責任。從現存的一些記載和相關信件來看，陳籙在這個崗位上還是做了一些事，對一些留學生和過

境的官員也都有所幫助。我曾在冷攤上
遇見一束散亂的舊明信片，攤主全然不
知收信人「任先」究為何人，對雜亂無
章的眾多寄信人就更是一片茫然了，因
而開價尚屬公道，成全了我這個「老片
迷」。這些信件的寫信者大都是因為在
逗留法國期間受到照拂而致信感謝的，
這些人中既有陳籙的親戚朋友，也有當
時的政府官員，如魏道明、王曾思等，

魏道明致駐法公使陳籙信

更有不少普通的學生、商人。如其中有
一位叫林崧的，當時正在法國學醫，日
後學成歸國，成為最著名的婦產科專
家，與林巧稚並稱為「中國二林」；他
還是中國最有成就的集郵家之一，去年
中國嘉德拍賣他遺留的藏品，因其權威
性而獲全部成交，拍賣師因而戴上了在
拍賣界令人羨慕的白手套。此是插話。
在法期間，陳籙還多次代表中國出席重
要的國際會議，如1923年他出任國際
聯盟會議的中國代表，1928年他出任
國際勞工會議的中國代表。這些經歷讓
陳籙在當時的外交界贏得了不錯的聲
譽，也成為他引以自傲的資歷。

陳籙1928年從駐法公使任上卸職回國後，似乎並未被委以重任，其主要從事的是私人律師的職業，只短期擔任過國民政府的外交部顧問和外交部談判委員會付主席等虛職。這段不得志的經歷未知是否對他以後投敵產生影響。抗戰爆發後，陳籙留在了上海，並很快同意出任梁鴻志維新政府外交部部長一職，同時，他的兒子陳友濤也擔任了偽外交部的總務司司長，父子倆一起跳進了罪惡深淵。由於陳籙以前的顯赫經歷，他的投敵被認為是日偽方面的重大勝利，也促使重慶方面下決心除掉他。1939年2月19日，戴笠手下的軍統殺手在上海愚園路668弄25號陳籙的公館內將其成功擊斃。這一事件在當時的不同陣營內部產生了很大反響，美國著名學者魏斐德在其力作《上海歹土——戰時恐怖活動與城市犯罪，1937-1941》一書中，專門闢有一章，詳細敘述了陳籙暗殺案的經過，並對其產生的影響有這樣的論述：「陳籙暗殺事件的成功是戴笠的軍統局的一個勝利。在此期間，恐怕沒有其他行刺能使通敵分子更加牙齒打顫了。然而，這次事件更激化了西方列強與日本在公共租界控制權問題上的衝突，導致雙方都採取了幾個重大行動，最終釀成「珍珠港事件」（[美]魏斐德《上海歹土——戰時恐怖活動與城市犯罪，1937-1941》，芮傳明譯，上海古籍出版社2003年12月版）。

一齣「茶花」垂青史

明信片這一郵政載體發明於19世紀60年代末的歐洲，不到十年，這一新穎實用的通訊用品就已傳入中國，而且，在隨後的幾十年間，明信片在中國的發行、使用得到了社會各界，尤其是中上層人士的廣泛認可。清末民初，明信片已成為文人雅士、達官顯貴的喜好。當時把寄發收受明信片，特別是旅遊、留學途中寄發印有異地民俗風光的風景明信片視為一種時尚，蔚然成風，舉凡朋友問候、互通資訊、報告行蹤、喜結同好、詢問故交、傾吐胸臆、通告大事等等，明信片都是一種迅捷簡便的聯絡方式，因此，它堪稱中國近代史上的奇特一頁，而與許多重要人物、重大事件結有關係；明信片本身也因其所蘊含的豐富歷史資訊而成為風靡世界的收藏品。明信片上的資訊具有強烈的真實感和難得的文獻價值，它們有的揭開了信主過去少為人知的生活另一面，有的糾正了過去文獻中的錯誤史實，有的則提供了以往從未

發現過的新鮮史料，因而頗受各界的重視。本文即以幾枚早期明信片為文獻依據，借此探尋著名戲劇團體春柳社的活動蹤跡。

一

雖然早在1900年前後，上海等地已有中國人主持的零星話劇演出，但若從藝術形式和規模影響而言，行內幾乎共同的定評是：中國話劇的正式發端始於春柳社，標誌是其1907年2月在日本東京成功上演的《茶花女》。2007年，北京隆重舉行中國話劇誕辰100周年紀念活動，就是以此作為計年依據的。

1905年秋，原上海學生演劇活動中湧現的「滬學會」新劇部主持人李叔同東渡日本留學，次年冬，他與同學曾孝谷發起成立了一個由中國留日學生組成的綜合性文藝團體春柳社文藝研究會，其宗旨是「開通民智，鼓舞精神」，「改良戲曲，為轉移風氣之一助」（《春柳社演藝部專章》）。春柳社包括戲劇、音樂、詩歌、美術等部門，其中以演藝部成立最早，並且它所從事的話劇演出活動在當時國內外產生了很大影響，因此很多人認為它是一個純粹的戲劇團體，並公認其為中國話劇創始期的奠基者。

在20世紀初，戲劇的確是當時影響最大的大眾傳播媒介之一，而在亞洲，剛剛興起的話劇尤為其盛，它的教化力量、感召力量在一些人心目中甚至被放到了與宗教相類似的地位。話劇是18世紀歐洲興起的新劇種，當時，歐洲的文藝界為了表現新興資產階級和市民生活，在戲劇舞臺上推出了真正採用生活化的對白的劇種，取代了傳統的詩劇。19世紀末，日本藝人在傳統的歌舞伎基礎上，吸收了西方話劇的

演出形式，並且打破了戲劇不反映現實的戒律，舞臺上興起了風靡一時的日本新派劇。春柳社成員在出國前大都已對西方話劇有直接或間接的瞭解，到了日本後，舞臺佈景逼真，演出方式簡明，內容寫實生動的新派劇又引起了他們極大的好奇心，李叔同、曾孝谷等經常涉足於日本劇場觀摩體會，並向日本著名戲劇家藤澤淺二郎、川上音二郎夫婦請教學習，春柳社就是在這樣的環境薰陶下而宣告成立。

1907年初，日本的一些報刊報導了中國江蘇等地因水災造成嚴重饑荒，急需救濟的消息，春柳社成員得悉後集會商議，決定舉辦賑災遊藝會，募集善款，救濟難民。在藤澤淺二郎的指導下，經過二十多天的排練，2月11日，春柳社在新落成的中華基督教青年會的禮堂裏演出了話劇《茶花女》的第3幕（劇情為阿芒的父親訪尋茶花女，茶花女忍痛離開阿芒），這是春柳社的第一次演出。《茶花女》是法國著名作家小仲馬的作品，他以19世紀巴黎一位妓女的身世為原型，在小說《茶花女》的基礎上創作了話劇《茶花女》。在劇中，瑪格麗特與富家子弟阿芒產生了真摯愛情，然而上層社會不能接受這種結合，在阿芒父親的逼迫下，瑪格麗特不得不悄悄離開。等到阿芒得知真相，回到瑪格麗特身邊時，一切都為時已晚，病情惡化的戀人終於離他而去。早在1899年，林琴南即與王壽昌合作，將小仲馬的這本名著介紹到中國，以《巴黎茶花女遺事》為名出版，一時間洛陽紙貴。茶花女的悲慘身世在中國引起了廣泛的同情，嚴復曾有詩詠道：「可憐一卷《茶花女》，斷盡支那蕩子腸。」有了這樣的基礎，春柳社的演出自然引起了強烈反響，留日學生們紛紛趕來觀看。演出的盛況還傳到了國內，上海的報紙作了專門報導：「陽曆2月11日，日本東京留學

界因祖國江北水災，特開救濟慈善音樂會，釀資助賑。其中有春柳社社員數人，節取《茶花女》事，仿西法，組織新劇，登臺扮演，戲名《匏址坪訣別之場》。是日觀者約二千人，歐、米及日本男女亦接踵而至。台下拍掌雷動。此誠學界中僅有之盛會，且亦吾輩向未經見之事也。」（〈記東京留學界演劇助賑事〉，載1907年3月20日《時報》）

據文獻記載，這幕戲的劇本由曾孝谷翻譯，劇中的角色安排是：李叔同飾茶花女默鳳（瑪格麗特），唐肯飾亞猛（阿芒），曾孝谷飾亞猛的父親，孫宗文飾配唐（瑪格麗特的女友普魯唐司）。李叔同本來是留有鬍鬚的，因為扮演女角，他剃掉了鬍鬚，戴上捲髮假頭套，身著白色的百褶裙，一條裙帶束在腰際，眉峰緊蹙，眼波斜睇，將茶花女自怨自艾、紅顏薄命的神情演繹得非常逼真。那天，鑒湖女俠秋瑾穿著和服也在台下觀看，散場後她還和天津籍留學生潘英一同跑到台後參觀；而以後在國民黨政府中出任外長的王正廷當時則負責劇務，他在演出結束後特地跑上臺去，向觀眾介紹了李叔同為藝術剃去鬍鬚的逸事。

春柳社的這次演出可謂非常成功，很多人因此深深迷上了話劇，春柳社的成員也由最初的幾個人迅速發展到八十餘人。後來成為春柳社主要成員的歐陽予倩曾撰文回憶：「有一天聽說青年會開什麼賑災遊藝會，我和幾個同學去玩，末了一個節目是《茶花女》，……這一回的表演可說是中國人演話劇最初的一次，我當時所受的刺激最深。我在北平時曾讀過《茶花女》的譯本，這次雖然只演亞猛的父親去訪馬克和馬克臨終的兩幕（按：實際只演了一幕），內容曲折，我非常的明白。當時我很驚奇，戲劇原來有這樣一個辦法」（《自我演戲以

來》）。戲曲界的老前輩徐半梅當時也在東京，適逢其會，日後也曾
撰文回憶：「這次破天荒的中國戲劇，成績當然不能苛責，但很使東
京留學界感到興趣，連日本優伶們，也有人來參觀。這第一次中國人
正式演的話劇，雖不能說好，但比國內以往的素人演劇，總能夠說像
樣的了。因為既有了良好的舞臺裝置，而劇中人對白、表情、動作等
等，絕對沒有京劇氣味，創造一種新中國話劇來了」（《話劇創始期回
憶錄》）。

　　在中國話劇史上，《茶花女》的演出可謂意義重大，影響深遠。
但其留下的相關文獻卻極少，尤其是圖像資料，除了李叔同送給他的
學生李鴻梁的兩張自己扮演茶花女的造型照以外，多年來幾乎就再也
沒有什麼新的資料披露。但據多種跡像顯示，春柳社的文獻在日本倒
有不少保存，如著名的《黑奴籲天錄》的演出說明書，就珍藏在東京
早稻田大學戲劇博物館內。那麼，有關話劇《茶花女》的文獻在日本
有否保存呢？答案是肯定的。1937年4月27日，《光明》雜誌社在上
海中國飯店召開「中國劇運先驅者懷舊座談會」，回顧中國早期話劇
的活動史，出席者包括中國劇壇不同時期的代表人物，有歐陽予倩、
馬彥祥、應雲衛、唐槐秋、鄭伯奇、夏衍、阿英、沈西苓、袁牧之、
許幸之、凌鶴、張庚、章泯、王瑩、白楊等，記錄者是尤兢（于伶）
和趙慧深。座談會的主要人物是當時資歷最老的歐陽予倩，當他講述
到自己當年在東京觀看春柳社演出《茶花女》時，忙於記錄的尤兢擱
下筆興致勃勃地插話：我有《茶花女》演出的明信片，可惜只有不全
的半張了。鄭伯奇當即表示：這可以製版印出來。於是，一個月以後
出版的《光明》2卷12期上赫然刊出了尤兢珍藏的這張已撕去了一半

1907年2月，春柳社在日本東京演出
《茶花女》劇照

的《茶花女》劇照明信片。當時，尤兢
沒有就這張明信片的出處作任何說明，
而以後的諸多中國話劇史專著也都只能
將就使用這張殘照。

　　這一頁珍貴的歷史似乎就這樣被
輕輕翻過去了。但冥冥之中好像有神
靈在呼喚，1999年秋，兩張春柳社演
出《茶花女》的明信片在北京潘家園的
一個舊書攤上神奇亮相，其中一張的畫
面即尤兢收藏的那枚被撕去了一半的
《茶花女》劇照。從這張完整的明信片
上可以清晰地看到，那被撕去的一半正
好是李叔同扮演的瑪格麗特低首悲痛的
畫面；而另一張即葛一虹主編的《中國
話劇通史》在插圖首頁上使用的「阿芒
讀書，瑪格麗特臥榻」那張，但明信片
的畫面顯然更完整，清晰度也遠遠勝於
「通史」本。這兩張明信片均為黑白畫
面，紙質硬朗，品相完好，正面明信片
格式為日文字樣，顯然是在日本印製；
明信片背面的劇照下方均有「茶花女匏
址坪訣別之場‧春柳社演劇紀念品」的
字樣。這顯然係一套出品，而且正是

1907年2月11日春柳社在東京演出《茶花女》第三幕時的紀念之物。兩張明信片上，四個主要人物俱全，舞臺面清晰，對研究春柳社顯然頗有價值。這兩枚明信片應該是春柳社自己發行的演出紀念品，同時也作為助賑之用。春柳社文藝研究會成立之初曾公佈有「簡章」，其中寫到：「本社每歲春秋開大會二次。或展覽書畫，或演奏樂劇。又定期刊行雜誌，隨時刊行小說、腳本、繪葉書之類。」（載1907年5月10日《大公報》）很顯然，春柳社早有發行明信片的設想，因為「繪葉書」正是明信片在日本的稱呼。

二

距《茶花女》明信片發現不久，又有一批記載春柳社早期戲劇活動的明信片浮出水面，而且數量有8枚之多。這真可以說是中國話劇之幸。

1907年春，《茶花女》的上演成功給春柳社同人以很大鼓舞，再演一齣戲的想法自然而然地浮上他們的腦海，這次，他們選擇的是新劇目《黑奴籲天錄》。劇本是由曾孝谷根據林琴南翻譯的美國斯托夫人的長篇小說《黑奴籲天錄》（原名《湯姆叔叔的小屋》）改編而成，李叔同、曾孝谷、謝抗白、吳我尊等主演，歐陽予倩作為新加入的社員，也在其中扮演了一個小角色。這也是第一齣由中國人自己創作並演出的話劇，戲分為五幕，有完整的劇本，全部用口語對白，沒有朗誦，沒有歌唱，也沒有獨白、旁白，有人因此認為，從藝術形式上來說，這齣戲才真正標誌著中國話劇的開端。劇作沒有完全照搬小說，而是進行了創造性的改編，突出表現了黑奴的反抗鬥爭，並以鬥爭的

勝利而閉幕。這也體現了當時留日學生在國家存亡之際強烈的民族自尊心。該劇於6月1日、2日在東京頗有名氣的劇場本鄉座上演了兩場，非常成功，引起東京戲劇界的轟動，日本著名文人坪內逍遙、小山內薰等都曾前去觀看；報刊上也刊出長篇劇評，對演出予以好評，幾乎每個角色的表演都備受讚揚，尤其是高度評價了曾孝谷扮演的黑奴妻意里賽、謝抗白扮演的黑奴哲爾治的表演，並且評論說，春柳社的演劇活動象徵著中國民族將來的無限前途。

繼《黑奴籲天錄》後，春柳社在1908年還上演了《相生憐》、《新蝶夢》等多幕劇。次年初，又上演了《鳴不平》等劇，不過，這次用的是申酉會的名義。對此，歐陽予倩的解釋是：「那時息霜（按：即李叔同）正專心畫油畫、彈鋼琴，對演戲的興趣已經淡了，他沒有參加。我們為了行動便利起見，沒有用春柳社的名義。那正是1908年的冬天放寒假的時候，因為在戊申己酉之交，就臨時取了一個社名叫申酉會。」（〈回憶春柳〉）由於《鳴不平》等劇是小戲，反響不大，歐陽予倩、陸鏡若他們總覺得不滿足，便想大幹一次。1909年初，他們終於以申酉會的名義上演了一齣大戲，又一次轟動東京。這次演出的是四幕劇《熱淚》。此劇原型為法國浪漫派作家薩都創作的三幕劇《女優杜司克》，在歐洲曾享譽一時。日本新派劇藝人田口菊町將其改編為五幕劇《熱血》，在日本也很有影響。陸鏡若又在其基礎上改編成四幕劇《熱淚》。劇本描寫革命黨人反對專制，鼓吹自由的故事，劇中年青美貌的女優刺殺反動官僚、在刑場上慷慨就義等感人情節，以及著力渲染的為愛情而犧牲的聖潔情操，非常容易引起傾向革命的知識份子的共鳴，鼓動起革命情緒。《熱淚》是春柳社繼

《黑奴籲天錄》後演出的第二部大戲，
在中國留學生中博得很高的評價，尤其
是中國同盟會，認為這次演出給了革命
青年以很大鼓舞。據歐陽予倩在《自我
演戲以來》一書中回憶，《熱淚》演出
結束後，「許多人到後臺來恭維我們，
還有許多人來請我們吃飯」。同盟會的
領導人黃克強也曾親臨觀看，對戲「很
加贊許，那幾天加入同盟會的有四十餘
人」。《熱淚》以後，陸鏡若他們又上
演了《金色夜叉》、《不如歸》等劇，
但影響已難以和以前相比了。至辛亥革
命前夕，春柳社成員已大多回國，春柳
社的前期歷史也宣告結束。

　　這次發現的8枚明信片，都是20世
紀初日本印製，製作方是東京銀座上方
屋。從畫面看，均為早期春柳社的黑白
演出劇照，其中有兩張可以辨認出即
《熱淚》的劇照。一張為第二幕，畫
家露蘭家。警察總長保羅（吳我尊飾）
懷疑露蘭（陸鏡若飾）掩藏政治犯亨利
（謝抗白飾），當著女優杜司克（歐陽予
倩飾）的面，嚴厲詢問露蘭。另一張為

1909年初，春柳社在東京演出
《熱淚》劇照

1909年，陸鏡若（躺者）在
東京演出《金色夜叉》劇照

第四幕，刑場。保羅違背答應杜司克的諾言，命令將露蘭和亨利一起殺死於刑場。杜司克趕到刑場，抱著露蘭的軀體痛悔萬分。還有一張是陸鏡若主演的《金色夜叉》，也可以確認。另有數張，可以認出曾孝谷、歐陽予倩、吳我尊等人，從人物服裝和造型來看，應該是《黑奴籲天錄》和《鳴不平》的劇照。還有一張明顯是中國人物造型，當是1908年吳我尊和歐陽予倩主演的《桑園會》的劇照。明信片均為新片，雖歷經百年，但保存十分完好，畫面也十分清晰，有幾張甚至可以清楚地看到舞臺前空著的觀眾席以及桌上的排演本，大概是彩排時拍攝的工作照。

一次發現這麼多的春柳社早期圖像文獻，幾十年來恐怕還是頭一次。1907年2月，中國戲劇從春柳社開始，由古典形態向近代形態演進，標誌了一個新時代的誕生。而百年之後，這見證了歷史進程的珍貴記載，又千山萬水從東瀛之島回到了中華故土，一百年前中國留學生們在東京演出時的一幕幕場景，在我們面前彷彿瞬間凝固！

辛亥革命的珍貴記錄

在近代中國的出版機構中，最早發行明信片的當屬商務印書館，而發行品種和數量最多的也非「商務」莫屬。如果追根溯源的話，這和它的業務當家人張元濟先生不無關係。

1910年3月至1911年1月，張元濟因考察業務有過一次歐美之行，在將近一年的時間裏，他風塵僕僕，行程萬里，先後考察遊歷了英國、比利時、荷蘭、德國、法國、捷克、奧地利、匈牙利、瑞士、義大利、美國及日本、新加坡、馬來亞等國，每到一地，他參觀、洽談、演講，日程安排得滿滿的。20世紀初，正是旅遊明信片風靡世界，獲得飛速發展的黃金時期，善於接受新事物的張元濟也深深喜愛上了這一時尚之物。當時他每到一地就給家中寄回一張明信片，既報平安，也告行蹤，更發感想，詳細、準確地記錄了其300多天的歐美歷程。回國時，他還帶回了整整一箱世界各地的風光明信片，內容非常豐富，包括風景、名勝、建築、街景、

名畫、雕塑等。這些明信片一直被張元濟珍藏著，一直到1959年他病逝，還陪伴在他身邊（參見張人鳳著《智民之師──張元濟》，山東畫報出版社1998年10月版）。

就在張元濟結束歐美之行回國的當年10月，中國爆發了震撼世界的辛亥革命。武昌起義後僅數天，張元濟就意識到了這場革命對中國社會的影響，他和高夢旦商量，要利用「商務」的印刷發行力量，儘快以各種形式來反映這件大事。他們迅速組織人員，搜集各種材料，還派人深入到全國各地拍攝照片，收集生動形象的第一手資料，有起事諸首領的肖像，民軍出征的英勇雄壯隊伍，遭清軍焚毀的殘垣斷壁，也有各地起義軍的旗幟、各種重要會議的合影等等。這些珍貴的材料迅速彙集到上海，有的刊登在「商務」出版的刊物，如《東方雜誌》上；有的經整理後編成畫冊發行，如《大革命寫真畫》；而在當

商務印書館發行的反映辛亥革命的明信片

時廣大民眾中引起巨大反響、流行也較為廣泛的，則是「商務」隨印隨出的一套《革命紀念明信片》。顯然，張元濟將他歐美之行的做法活用到了中國。「商務」充分發揮明信片發行便捷，價格低廉，體積小巧等優點，從1911年12月初即開始陸續在全國發售這套明信片。由於《革命紀念明信片》題材重大，反映現實迅捷，加上價格便宜，可以零張單售，故甫一推出，就受到了民眾的熱烈歡迎，短短數天就銷售一空。這種火爆勢頭極大地鼓舞了「商務」，他們決心趁熱打鐵，再接再厲。12月17日，「商務」在《申報》上刊出〈啟事〉：「本館前出革命紀念明信片十餘種，未及一旬，風行中外，現復廣為搜輯，凡湖北、上海、南京戰時之狀況，重要之人物，先印成五十種，餘再籲請出版。銅版精印，情景逼真，每張價洋二分，彩色者每張價洋三分。」這以後，「商務」以每月推出數十張的速度，源源不斷地將全國各地的革命戰況搬上這套明信片的畫面，充分發揮了明信片「輕騎兵」的作用。至1912年春，「商務」的這套名為《革命紀念明信片》的發行告一段落，全套總數超過了300張。據當時「商務」刊登的廣告稱：「本館覓得武漢、上海、南北兩京、各省關涉革命照片製成明信片，如重要人物之肖像、各省軍民之戰績、民國國旗之式樣、追悼、慶祝、歡迎、歡送各會之盛舉；近如北京炸彈、孫總統祭明陵、蔡專使北上、袁總統受職、京津兵變等要事，均經本館派人專往攝影，陸續發印，以副惠顧諸君先睹為快之意。另有夾本、紙匣可以裝插各種明信片，以充贈送之品最為適宜。現已出三百餘號，每張二分，彩色每張三分。」（載1912年4月1日《東方雜誌》8卷10期廣告頁）可見這套明信片內容非常豐富，較為系統地反映了自1911年10月武

昌起義爆發後，各省紛紛響應，形成全國規模的革命局面，直至1912年1月，孫中山在南京就任中華民國臨時大總統，宣告中華民國的成立，繼而又被袁世凱竊取勝利果實的革命全過程，堪稱一部真實再現辛亥革命全貌的歷史長卷。

「商務」的這套《革命紀念明信片》雖然廣受歡迎，但真正能集全整套的卻少之又少。因「商務」當時是隨印隨出，發行時間拉得很長，購者也只能零星購買，遺漏在所難免，很難搜集齊全。加上它又不是書刊，購者能精心保存者不多，大多隨買隨寄，流散在外。故僅僅過了十餘年，這套明信片就已經比較稀見了。筆者一次偶翻舊報，在1926年的一份《申報》上，看到有一篇文章專門談到這套明信片，作者寫道：「有一位朋友送我一套辛亥革命寫真的郵片，大約有一百多種，都是當時各地實在的光景，雖則印刷很不精，卻有值得珍重的價值，因為市上已經找不到了，就是原來出版的商務印書館也早已絕版，片紙不存了。」（保衡〈我的新娛樂──繪畫明信片之搜集〉，載1926年12月19日《申報》）可見，到20年代中期，雖然有人刻意搜求，但市面上已很難找到這套明信片了。經過幾十年的風風雨雨，中國遭到損毀遺棄的文物寶藏實在太多，一套小小的不起眼的明信片的命運就更可想而知了。今天，這套《革命紀念明信片》不要說全套了，就是零張也很少見了。但偏偏有人喜愛它，懷念它。這幾年，在舊書集市上，只要有這套明信片的零片露面，就馬上會被有心人搜羅去；在拍賣會上，也屢屢有這套明信片的身影，當然已不可能是全套，筆者看到出現數量最多的一次，是中國嘉德公司1999年秋拍的郵品專場，共計189枚，底價是5萬元至6萬元，只是不知最後成交了沒有。較近

的一次成交記錄是嘉德2001年春拍，44枚片以7700元拍出，平均每枚175元。像《革命紀念明信片》這類見證歷史，既有文獻價值，存世又非常稀少的大套歷史老片，會像經年醇酒一樣，越陳越香的。

防疫鬥士伍連德

提起中國的早期藏書票，票主似乎都是文科領域內的專家、學者，如郁達夫、葉靈鳳、宋春舫、施蟄存、李樺等，筆者願意在這裏略作鈎沉，介紹傑出的華僑科學家伍連德在本世紀初使用的一枚藏書票。

伍連德，1879年出生於馬來亞檳榔嶼的一個華僑之家。1896年他考取英國女皇獎學金，去英國劍橋大學的意曼紐學院學習醫科。他學習成績優秀，曾多次榮獲獎學金。伍連德在歐洲度過了7年的留學生涯，於1903年獲得劍橋大學醫學博士的學位。學成之後，他先回到馬來亞，一邊從事熱帶疾病研究，一邊行醫，同時還積極參加社會改革，對吸食鴉片的陋習進行堅決的鬥爭。1907年，伍連德應聘回祖國服務，先是奔波於東北各地，為征服那裏的鼠疫大流行而辛勤工作。1914年，商務印書館出版了一本由伍連德主編的《哈爾濱傅家甸防疫攝影》，內容為辛亥革命期間，伍連德率防疫隊在哈爾濱

地區防治鼠疫流行的紀實照片共61幅。伍連德作為主編為這本攝影集寫了前言。1930年，他在上海主持建立了防治霍亂臨時事務所，幾年內預防接種疫苗達60萬人次，對降低霍亂發病率及死亡人數起到了明顯作用。與此同時，他還多次陳述收回我國檢疫主權的迫切性。1930年，他擔任了新成立的全國海港檢疫管理處處長，自此，我國從外國人手中收回海港檢疫權，打破了自1873年以來半個世紀裏中國的海港檢疫機構由外國人一統天下的屈辱局面。伍連德還根據自己多年來的實踐經驗和研究心得，寫出了《肺疫論》、《霍亂》等一批學術水平很高的論文和專著，由此而蜚聲世界醫學界。由於伍連德作出的傑出貢獻，他被選為中央研究院院士，並被學術界公認是中國鼠疫、霍亂防疫工作的開拓者和海港檢疫工作的奠基人。

伍連德還為保存中國醫學文獻做了不少工作。20年代中期，他看到有一個叫嘉立森的美國醫學史專家寫了一本厚達700頁的世界醫學史，其中涉及中國醫學的不滿一頁，且有不少錯誤。伍連德遂寫信給作者，嘉立森回信表示：在外國人的著作中有關中國醫學的資料極難覓到，暫時他只能做到這樣。伍連德暗下決心，作為一個中國醫生，他一定要彌補這個空白。伍連德和王吉民合作，花了十年時間，用英文寫出了一本《中國醫學史》。在寫作期間，他們搜集了不少有關中國醫學的歷史實物和文獻。1937年4月，中華醫學會在上海召開代表大會，他們先辦了一個「中國醫史文獻展覽」，展出古代製藥工具、盛藥器皿、外科手術器械、中國醫史上有名人物的傳論畫像，以及名醫葉天士的處方等。這些珍貴文獻文物展出後得到代表們的好評。伍連德和王吉民遂在此基礎上籌辦「中華醫學會醫史博物館」，於1938

年7月在上海中華醫藥總會內正式揭幕。抗戰爆發後，伍連德結束了自己在祖國長達30年的醫學衛生活動返回馬來亞，在那裏掛牌行醫，並出版了一部內容十分豐富的英文自傳《防疫鬥士》，敘述自己一生的奮鬥經歷。晚年，他雖遠居海外，但眷念祖國的深情依舊，直至臨終之前，他還撰文，深深祝福新中國「永遠幸福繁榮」。1960年，伍連德病逝於馬來亞，終年81歲。

伍連德才華橫溢，著述甚多。他還一生愛書，收藏了大量中、英文典籍，與梁啟超、辜鴻銘等文人也多有交往。在他的藏書中，不少是和中國有關的，如1843年的《萬唐人物》、1908年的《上海社會》等。本文要介紹的他的藏書票，就貼在一本名叫《英使覲見乾隆紀實》的書上。這是介紹早期中英關係的名著，1797年在倫敦出版。該書封皮精裝，四周燙金，裝幀極其豪華，伍連德在該書上注明的書籍登錄號已超過萬數，可見其藏書之豐。他的藏書

伍連德藏書票

票風格中西結合，中間是一枚碩大的印章，上書中文「伍連德書樓」字樣，印章上下各為一排百合花及「伍連德書樓」的英文，圖案堪稱簡潔明快。伍連德的藏書後來大都被他捐給了亞洲文會圖書館。該館於1871年建造於上海博物館路（今虎丘路），以收藏東南亞和中國問題的圖書資料而馳名，尤以20世紀之前的早期書刊為珍貴，曾被認為是「在中國境內最好的東方學圖書館」。1931年，亞洲文會決定在原址重建6層樓的新廈，10月20日，新樓舉行奠基儀式，伍連德出席了典禮，並和亞洲文會博物館館長、新樓建築小組委員會主席、英國總領事等一起合影留念。兩年後，新樓正式揭幕，由於伍連德的慷慨捐贈，故新廈一樓被正式命名為伍連德講堂，二樓以上才是藏書室和博物館。伍連德這枚藏書票的製作時間，合理推測當在他上世紀初在英留學期間，最晚期限也不會遲於上世紀30年代。故我們完全可以說，伍連德不但是一位傑出的愛國科學家，而且也是最早製作、使用藏書票的中國人之一，這對我們研究藏書票傳入中國的歷史是很有幫助和啟發的！

褐木廬主宋春舫

香港名報人董橋先生曾經說過這樣的話：「我們只知道什麼人在中文大學當什麼要角，我們或許知道什麼人在編什麼雜誌，但是，我們更應該知道有位宋春舫先生一生做了什麼工作。」（〈燈下、圖片、舊事〉，載《董橋文錄》，四川文藝出版社1996年4月版）此確為中肯之言。宋春舫一生博學，在諸多領域均有建樹，特別是若論對中國早期戲劇所作的貢獻，毫無疑問，宋春舫一定在前三位之列。他早年遊學海外，攻讀政治經濟學與法律，遍訪歐洲各國，通曉多種外語，但最愛的卻是戲劇。所到之處，必考察各國舞臺藝術，觀賞戲劇演出，並頻頻出入大小書肆，廣泛收集各類戲劇書籍。1916年他回國後，歷任外交官、律師、大學教授，然畢生興趣所在及其主要著述卻始終在戲劇方面，用力之勤，貢獻之大，在當時很難有人能與其相比。1916年，宋春舫在北京大學文科開設了「歐洲戲劇」課程，這是西洋戲劇作為

一門學科，正式進入中國高等學府之始。同年，他撰寫發表〈西洋新劇談〉一文，系統介紹了以易卜生為鼻祖的歐美近代戲劇家三十餘人，大力主張對「靡靡之音，足以亡國」的中國戲「改弦而更張之」。兩年後，他在《新青年》雜誌發表了推薦有十三個國家五十八位作家的《近世名戲百種》劇目選，大大開闊了國人的眼界。後來的劇壇名家李健吾、趙景深、顧仲彝等人，都承認宋春舫的文章是他們學習戲劇的教科書。

宋春舫本因對中國戲劇有更大的貢獻，但其1923年因騎馬受傷，經常纏綿病榻，影響了戲劇活動與創作。1931年，他因執教於青島而在那裏建立了他的私人圖書館，專門收藏戲劇文獻。宋春舫為自己的圖書館取名「褐木廬」（Cormora），這個別致的館名係取法國三大戲劇家高乃依（Corneille）、莫里哀（Moliere）和拉辛（Racine）的名字首位音節組成，表明了他對戲劇大師的崇敬。梁實秋曾對「褐木廬」有過詳實的描述：「我看見過的考究的書房當推宋春舫先生褐木廬為第一，在青島的一個小小的山頭上，這書房並不與其寓邸相連，是單獨的一棟。環境清幽，只有鳥語花香，沒有塵囂市擾。《太平清話》：『李德茂環積墳籍，名曰書城。』我想那書城未必能和褐木廬相比。在這裏，所有的圖書都是放在玻璃櫃裏，櫃比人高，但不及棟。我記得藏書是以法文戲劇為主。所有的書都是精裝，不全是 buckram（膠硬粗布），有些是真的小牛皮裝訂（half calf，ooze calf，etc），燙金的字在書脊上排著隊閃閃發亮。也許這已經超過了書房的標準，微近於藏書樓的性質，因為他還有一冊精印的書目，普通的讀書人誰也不會把他書房裏的圖書編目。」（《雅舍小品》三集〈書

房〉）筆者有幸收集到一張「褐木廬」的照片，兩相對照，當能證實梁實秋先生所言不虛。梁先生在文中提到的那冊書目，是宋春舫於1932年編寫，兩年後出版的《褐木廬藏劇目》。宋春舫在此書序中對自己藏書的來源有詳細的說明：「予自弱冠西行，聽講名都，探書鄰國，爾時所好，盡在戲曲，圖府之秘笈，私家之珍本，涉獵所及，殆盡萬卷。民國四年，初遊法京，入Bibliothéque de L'opéra，寢饋其間，三月忘返。民六返滬，擇所愛好，挾與俱歸。十年再渡，道出德奧，時則大戰甫平，幣值下降，遂罄囊橐，捆載而東，後因疾疹，並束高閣。近五六載，滬杭平津，奔走往來，不寧厥處。去歲，斥金四千，始建褐木廬於青島之濱，聚書其中，今春復辭青市府參事，局戶寫目，匝月迺竟。蓋二十年來，辛苦搜求，所獲不過三千餘冊，財力不足，聞見有限，無足怪也，猶幸所藏，盡限一類，範圍既隘，擇別較易，即此區區，已為難得。以言戲曲，粗備梗要，中土所藏，此或第一，持較法京，才百一耳，至於網羅四部，掇拾遺亡，充棟汗牛，事屬公家，要非私人所能為力也。且銖累寸積，聚散無常，遠者無論，近如聊城之海源，揚州之測海，累世菁英，終歸散佚，今茲所有，當難永保，矧烽火連天，迫於眉睫耶？編次既訖，憂心如擣，輒記所感如右。」（1934年11月20日《人間世》16期〈褐木廬藏戲曲書寫目序〉）這裏，宋春舫不但記述了自己二十餘年來搜書的艱辛，而且對私人藏書的方法和局限乃至最終難免的結局，都有精闢的見解和豁達的表述，對後人當有頗多啟迪。當時，「褐木廬」中藏專業戲劇文獻三千餘冊，而到1938年宋春舫逝世時，「褐木廬」中藏書已逾七千了。

宋春舫藏書票

　　宋春舫對自己的「褐木廬」懷有深厚的感情。1936年5月，他以「褐木廬」名義出版了自己的三場話劇《原來是夢》。此書僅印50冊，是作者用來送人的私印本，即使在當時，也是藏書家夢寐以求的珍本。宋春舫還為自己心愛的書房精心設計了一枚藏書票。書票上首是「褐木廬」三個醒目大字，下首是藏書編號，可以逐本填寫。書票的主體部分是一本打開的書籍和兩隻交叉的羽毛筆，書縫中央那個圖案，乍看是一隻貓頭鷹，細瞧才能看出是C.B.兩個縮寫字母。貓頭鷹在西方象徵智慧，移作書票圖案可謂恰當；而C.B.想來當是英語Collection of books（藏書）的縮寫。宋春舫的這枚藏書票，構思巧妙，圖案簡潔，無論是內在涵義還是外在形式，都不愧為是一幀難得的佳作。

誰人識得鄭相衡

鄭麐這個名字，今天已很少有人知曉了，在我手邊能找到的文史辭典中，也沒有一種列有他的條目；尤其令人詫異的是，作為一名成就斐然的學者和翻譯家，在其相關領域的一些學術專著中，竟也鮮有提及他名字的。人的記憶難道真就如此健忘，僅僅幾十年的光陰，這樣一位不平凡的人物就在塵世間消失得無影無蹤？

鄭麐，字相衡，廣東潮陽人。20世紀初留學歐美，先在哈佛學習哲學，繼就學牛津研究歷史，歸國後任教於清華大學。1926年，清華政治系成立，甫創之時，系裏僅4位教授，鄭即其中之一，他也可以說是政治學這門學科在中國的開創者之一。後來他南下上海，棄學經商，在滬某銀行出任經理，擁有一個人所羨慕的好職位，並在市中心建有自己的華麗別墅。但他並未沉湎在奢華之中，因為他的志向並不在此。他業餘以很大精力從事中國古籍的整理和英譯工作，以後

更乾脆辭去銀行經理一職，全力經營自己鍾情的事業。從其公佈的計畫來看，他打算整理翻譯的中國古籍達102種之多，包括十三經和諸子學說。鄭鄤並不是因迷戀國粹而來做這項工作，他曾留學國外多年，知道外國人對中國傳統文化瞭解很少，因此想承擔「橋樑」的責任，把中國傳統文化和希臘哲學及歷史比較一下，找出中西歷史的根源，並借此把中國文化的精髓推向世界。從其已整理出版的《四書》、《孫子兵法》、《燕丹子》等書來看，他的工作流程是先選定善本，加以注釋（人物、事件均加注西元年份），每個段落都加編號，以便檢索，再翻譯成白話。全書加新式標點，書前有序論，書後附索引，舉凡各書的時代、作者、版本諸問題，均釐定得一清二楚，然後在此基礎上再加以英譯。中文、英文各出一本，版式完全相同，以備

巨潑來斯路（今巨鹿路）上的鄭鄤住宅

讀者對照檢索，至於分購還是合購，則全隨讀者心意。因此，無論是國人自學古文，還是洋人瞭解中國歷史，鄭嚳的工作都堪稱是提供了一座簡便易行的「橋樑」。為了加深國外讀者研究中國傳統文化的興趣，鄭嚳還特地以英文寫了一本《中國古籍校讀新論》。他針對洋人的心理，以通俗易懂的文字講述了十一個問題：1、中國古籍為什麼難讀？2、中國古籍與世界古籍的比較。3、中國古籍的遺佚。4、中國古籍的傳寫。5、今古文的紛爭。6、經子的分別。7、研究的方法。8、歷代研究的成果。9、外國漢學家的翻譯和著述。10、中國古籍的新分類法。11、中國古籍的真價值。書後還有兩種附錄，一為《西漢所傳春秋戰國遺籍目略》，收書一百零二種；一為《西漢所傳春秋戰國遺籍清代以來注本輯本目略》，收書約千種。應該說，備此一書，有興趣研究漢學的外國人算是有了一把入門的拐杖。

鄭嚳的工作是個浩大的工程，他以一己之力，孜孜不倦，把自己最年富力強的一段生涯都貢獻給了這項事業。我們今天已難以知曉這項工程最後是否完成，但從當時報導來看，應該已大致竣工，已出版的部分且得到較高的評價：鄭嚳整理翻譯「十三經及諸子多已成稿，已出版者歐美漢學家頗稱道之，國內如吳稚暉、李石曾、王亮疇諸先生亦謂可能具信達雅之條件」（參見1948年5月1日《世界月刊》2卷11期廣告）。但由於工程過於浩大，出版這類書籍也難以賺錢，且國內形勢當時正處於敏感時期，故鄭嚳的心血最終付諸出版的只是寥寥幾種，他的朋友黃大受先生曾撰文感歎：「這工作雖然快大功告成，但因印刷費用太大，至今還無法全部和世界人士相見，真是可惜。」（〈世界學典有關的編輯工作〉，載1947年12月《世界月刊》2卷6期）

上世紀五、六十年代，海峽對岸的臺灣世界書局曾翻印出版鄭麐翻譯的《論語》、《道德經》和《孫子兵法》等書，而此時身處大陸的鄭麐在做些什麼？似乎沒有任何文獻有過介紹，但筆者偶然從王元化先生的一篇文章中尋覓到有關鄭麐當時境況的些許線索。「文革」前，王元化受到隔離和審查，行動和寫作均受到很大限制，因此，他以「待罪之身」把幾乎所有的精力都放在閱讀世界偉人的作品上，其中，莎士比亞的作品是他閱讀和研究的重點對象之一。那時，他的夫人張可正在上海戲劇學院從事莎士比亞的研究，並著手翻譯泰納的《莎士比亞論》，因此，他們夫婦倆需要大量的有關莎士比亞作品和研究的外文資料作為參考。那時他們經濟情況不太好，無法大量購買書籍，很多文獻都只能輾轉借閱，精通西方文學的鄭麐那時正住在王家附近，故也成為他們借書的對象。1998年1月，王元化、張可夫婦在上海教育出版社出版《莎劇解讀》一書，王元化在〈序〉中特地提到了鄭麐，這也成為我們瞭解鄭麐後世生平的重要線索。王元化寫道：「鄭麐是我的父執輩，曾在北方幾個大學任教，解放後，被安置在市府參事室。他精通英語，造詣精深，曹未風翻譯莎劇時常向他請教。毛選的重要英譯多出自他的手筆。『文革』中造反派說他把愚公譯為Stupid Old Man，將他剃了陰陽頭，罰他天天掛牌掃馬路。他就住在我家附近，他掃街時我還看到過。」未知鄭麐先生是否能熬過那十年浩劫？

　　鄭麐對西方文學也有很精深的造詣，他在留學歐美時曾購買過大量文學名著，且不少是用特種紙印刷的編號限定版，非常珍貴。我曾在舊書店看到過不少曾經鄭氏收藏的西方文學原著，記得有一本

就是莎士比亞的作品：《Venus and
Adonis》（《維納斯與阿多尼斯》），那
是莎氏發表的第一部作品，有著別樣的
紀念意義。鄭鄤收藏的是1905年出版
的特種紙印刷本，只印510部，鄭鄤的
那一本是第149號。鄭鄤的那些藏書大
都貼有其自製的藏書票，圖案為襯以梅
花的幾叢修竹，意味深長。從時間上推
測，鄭鄤應該是中國文人中最早使用藏
書票的先行者之一。

鄭鄤藏書票

施蟄存寄情「藏書帖」

在施蟄存先生的那間舊客廳裏，我聽他講得最多的話題就是書，由此牽涉到很多人事物，藏書票即其中之一。二十世紀三十年代的中國，即使在文化人中，知曉藏書票這舶來品為何物的也並不多，熱心推廣使用的就更鳳毛麟角了，在這方面，葉靈鳳絕對是宣傳最力的一位。當時，施蟄存和葉靈鳳同在現代書局工作，共處一間辦公室，少不得經常聽他提起此物，而葉靈鳳那篇著名的〈藏書票之話〉，就是發表在施蟄存主編的《現代》上。這是我國系統介紹藏書票的第一篇文章，當年有不少人正是讀了它才真正瞭解什麼是藏書票，並走上喜愛、製作、宣傳藏書票的道路的。最近，我有幸過目了數冊《傅彥長日記》的稿本，傅是三十年代有名的自由派作家，對西方藝術很有研究，和現代書局也多有來往。在1933年8月9日的那一天，他記道：「在葉靈鳳寓所，閱Ex Libris，同在一室者有巴金、林徽音、施蟄存、杜

衡。」由此可證，當年在葉靈鳳周圍，受他感染接觸藏書票這舶來品的文人確實不少。我注意到，〈藏書票之話〉是發表在1933年12月出版的《現代》4卷2期上的，那麼，很有可能，施蟄存正是於8月9日那一天在葉靈鳳寓所看了他收藏的洋洋大觀的藏書票資料後，心有所動，從而慫恿葉靈鳳寫出了那篇著名的〈藏書票之話〉。這個猜測，在時間邏輯上是完全成立的，可惜我當時尚未看到《傅彥長日記》，沒有就這一問題向施先生求證。施蟄存本人，正是從此時起開始收藏藏書票，值得一提的是，他沒有沿用大家已習慣了的「藏書票」這一名稱，而是別出心裁地把它叫作「藏書帖」（以後又改稱「藏書券」），顯得更富有東方情趣。這有他當年的文字可以作證，在那篇題為〈買舊書〉的文章中，施蟄存寫道：「藏書帖是西洋人貼在書上的一張圖案，其意義等於我國之藏書印，由來亦已甚古。在舊書上常常可以看到很精緻的。去年在吳淞路一家專賣舊日本書的小山古書店裏，看見一本書上貼著一張浮世繪式的藏書帖，木刻五色印，豔麗不下於清宮祕美圖（即《金瓶梅》插繪）。可惜那本書不中我意，沒有買下來，現在倒反而有點後悔了。」

　　施蟄存並非只單純以收藏藏書票為樂，他還擁有自己的藏書票，並且前後有四種之多。他最初的一枚藏書票製作於抗戰爆發前，由於戰時的顛沛流離，這枚書票很早就已散失，幾乎誰也沒有觀賞過，就是施先生自己也沒有留存一枚，以致成為書票界的一件憾事。抗戰勝利後，他又製作了一枚書票，圖案借用了西方常見的書票式樣，以水草、盾牌、沙輪和書籍等物為主體，充滿了智慧的奇思妙想，給人以浪漫而又深邃的聯想。就是在這枚書票上，他標上了有著強烈個人色

彩的「藏書之券」的字樣，顯示了他獨特的藝術情趣。全國解放後，施蟄存先後製作過兩枚藏書票，圖案雖各有異，但主圖都是一位壯漢和一棵被彎曲成S型的大樹，使人聯想到歲月磨礪和百折不撓的主題。施蟄存在1949年後曾因各種原因遭受了種種磨難，但他從未因此而氣餒。人生顛沛，幾番風雨，他都以堅強樂觀的精神堅持了下來，且積極耕耘，著書立說，在小說創作、文學翻譯、詩詞研究和碑帖整理等領域都作出了很大成績，人稱開啟了「東西南北四扇窗」。他達觀的人生態度可說在自己心愛的藏書票中得到了充分的展示。

施蟄存無相庵藏書之卷

　　施蟄存對藏書票藝術不僅喜愛，而且有所鑽研。他熟諳藏書票的種種表現形式，前面所說彎曲成S型的大樹，既寓哲理，又諧音「施」，個人色彩十分濃郁；他的書票還有不同的刷色，這樣既可以分時間段使用，也可以貼用在不同類的書籍上，功能一清二楚。施先生在得悉我對藏書票藝術傳入中國及早期文人使用藏書票的歷史頗感興趣時，多

次予以關切和教誨，還親手將自己的多枚藏書票贈送給我以示支持。這一切都成為我在此道上堅持走下去的動力。如今，十餘年前施先生諄諄教誨的聲音猶在耳旁，浸潤先生手澤的書票也靜靜地躺在我的插票冊內，而先生駕鶴西去不覺亦兩年有餘矣，不禁潸然淚下。

施蟄存藏書票

傳奇人物雷士德

1926年5月14日，一位遠離故土的英國建築師在異國他鄉的上海走完了他八十七年的人生旅程，安詳地合上了雙眼。他被葬在靜安寺外國墳山（今靜安公園），墓碑簡潔素白，沒有任何張揚之處，一如他生前的作風一樣。這位老人就是上海灘上的巨富亨利·雷士德。他名下的總資產達到1434萬上海銀兩，但卻幾乎全部留給了中國，正如他生前常對周圍的人所說的那樣：「我的錢是在中國賺的，我要把絕大部分財產留給中國人。」在他的遺囑裏，以後經常被人引用的是這樣幾句：「在將近六十年中，我主要的和永久的定居處一直在中國上海，現在如此，今後也將如此；很久以前，我就選擇中國作為我的戶籍，目前就是這樣。」

亨利·雷士德（Henry Lester），1839年出生在英國，兄弟四人中，他是最年幼的一個。1867年，他離鄉背井，遠涉重洋，來到上海這塊東方的淘金熱土。雷士德最初

幹的是土木工程的活，他主持外灘填江造地、興建碼頭的工作約二十年，19世紀中後期外灘一帶興建的碼頭、倉庫等，很多都由他設計和建造；上海法租界的第一張地圖，也由他參與測繪完成。後來，他又與人合夥開設建築師事務所，承攬大型工程的設計和建造業務。1913年，雷士德與強遜（G.A.Johnson）和戈登·馬立斯（Gordon Morris）合夥創立的德和洋行，是當時上海最負盛名的建築師事務所之一，他們建造的先施公司、日清輪船公司、上海電力公司大樓、字林西報大樓等著名建築，至今還矗立在上海的大地上。雷士德做得最成功、並從中獲利最大的還是他的地產經營。大約從十九世紀七十年代起，雷士德就開始陸續購買土地，由於上海經濟的飛速發展，土地成為增值速度最快的珍貴資源。如1881年，他向史密斯買下了以後興建先施公司的那塊地基，當時的價格是每畝地800兩銀，到1933年，那塊地每畝的價格已飆漲至22.5萬兩，漲

雷士德像

幅驚人。當時上海地價最高的區域是南京路，而雷士德在南京路上佔有的地產，1896-1899年居第三位，僅次於沙遜和哈同；1924年以後他升到了第二位，共有地基八塊，面積35畝餘，約占南京路地產總額的15%，已超過了沙遜家族。憑藉著這些巨額資產，雷士德獲得了很高的社會地位，他曾先後五次當選為法租界公董局董事，兩次當選為公董局副總董；他還是公共租界工部局的董事，《字林西報》的董事會主席。根據記載，雷士德於1916年他七十七歲時正式退休，不再擔任公職。這位1867年來滬闖蕩人生的英國男人，通過幾十年的不懈奮鬥，終於修成正果，成為一名社會公認的成功人士。

但就是這樣一位在上海灘上聲名顯赫的大人物，其生活上的簡單節儉則到了令人難以置信的地步。雷士德終身未娶，自奉菲薄。他雖是地產大戶，但卻並無自己的公館，長期住在單身宿舍。他腰纏萬貫，但卻從不乘轎車，出門辦事，短途一定步行，路程稍長則以黃包車或電車代步（為此他還特將5萬兩銀子捐給了「上海車夫福音會」）。他每天下班前的例行公事之一是親自檢查所有辦公室的電燈是否關好。富人一般都有的吃喝嫖賭的毛病，他點滴不沾。他是上海英國總會1868年入會的會員，是該俱樂部資格最老的註冊會員之一，但總會的娛樂場所卻從不見他的身影，除非在聖誕之夜，那是總會作東款待會員的日子。

這樣特立獨行的生活習性，即使常人恐也難以做到，何況擁有億萬身家？很多人對此可能難以理解，客氣一點的會說他「不懂享受生活」，更多的人恐怕會以「吝嗇」來形容。但雷士德以他對社會的回報證明自己絕非守財奴或吝嗇鬼，1926年他去世時，留下的遺囑把

自己「定性」為「中國上海人」，要求將自己的巨額遺產設立雷士德基金會，全部用來發展上海的教育衛生事業。雷士德的遺產，除了資助上海盲童學校、兒童避難所、窮苦小姊妹會、黃包車夫會等弱勢群體外，影響最大的是先後建造了一批學校和醫院。如座落於愛文義路（今北京西路1320號）的雷士德醫學研究院，建造於1932年11月，是當時最先進的科研機構。它為醫學科學的研究提供了第一流的設備，保證了上海在醫學科研方面的全國領先水準，解放後在此基礎上發展成為上海醫藥工業研究院。近山東路上的仁濟醫院由雷士德基金會撥款一百萬兩銀子建造於1932年，遺囑規定醫院不設置單人住院病房（必須隔離者除外），窮苦和急需住院的病人應免費接納並免交一切費用，這些制度都體現了雷士德富於人道主義精神，對貧民充滿同情心的待人準則。建立於東熙華德路（今東長治路）的雷士德工學院，1934年10月1日竣工使用，造價一百萬元。這是雷士德在遺囑中寫得最明白的，他甚至連學校設置的課程也寫得一清二楚。雷士德本人是一位虔誠的基督徒，但根據他的遺囑，學校不設宗教課程，不使用其他學校的教材，以教師的講稿為教材，規定以華人子弟為主要學生，並適當接納其他國籍學生。學院按機械工程和土木工程專業分班，畢業生可參加倫敦大學的學位考試，在當時除香港大學外，是遠東地區取得這一資格的唯一學院。由於教學質量高，學校畢業生受到上海各洋行公司的普遍歡迎。《上海百科全書》對此校的評價是：「雷士德工學院辦校10年（1934-1944），共培養土木工程各類人才1000餘人。」（上海科學技術出版社1999年9月版）1944年學院被日軍佔領遂停學，現為上海海員醫院。

雷士德基金會在抗戰後遷往英國，但其工作仍在照常進行。幾十年來，由基金會資助去英國進修、研究的中國學者多達四百餘人。上海人民也沒有忘記這位富有慈善胸懷的英國建築師，2002年1月，上海的東視文藝頻道播出10集電視紀實片《海上風流》，其中有一集《海上移民探尋》就專門講述了雷士德的故事。2004年10月，上海市歷史博物館和雷士德工學院校友會共同舉辦「雷士德工學院建校70周年紀念特展」，共展出近200件展品，涵蓋了雷士德本人、工學院資料和學生畢業後成就等三個方面。有學者建議，在雷士德工學院舊址立一尊雷士德先生的銅像，豎一方紀念碑，以紀念這位為上海作出了重要貢獻的外國人。

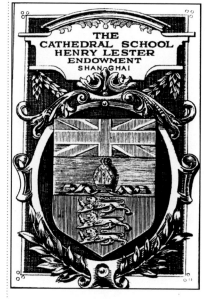

雷士德藏書票

本文展示的這枚雷士德藏書票貼在1853年出版的小説《荒涼山莊》上，這是狄更斯此部名著的初版本，今天已是難得一見的珍罕版本了。藏書票上的文字是：亨利・雷士德捐贈給教會學校（上海）。這已成為雷士德對上海這座城市滿懷深情的歷史見證！

他為盲人點燃了心中明燈

這枚藏書票屬於特殊教育家傅步蘭，但是，要說傅步蘭，不能不先提傅蘭雅。這倒並非僅僅因後者是前者的父親，而是因為他們從事的是同樣一種令人崇敬的事業。而且，傅步蘭正是遵循父親的囑託，踏著父親的足跡，走上盲童教育這條崇高而又崎嶇的道路的。

傅蘭雅是英國人，原名約翰‧弗里爾（John Fryer，1839-1928），傅蘭雅是他的中國名字。他從小就對中國極為嚮往，1861年他如願所償來到中國。雖然他是由英國聖公會所派遣，按理應該成為一名傳教士，但他在中國幾十年的生涯中，扮演的卻完全是傳播西學的學者角色。傅蘭雅精通漢語，能夠用中文寫作，甚至還會說廣東話、北京話和上海方言，這些條件為他翻譯西書、傳播西學奠定了堅實的基礎。有人做過統計，在1861至1896年傅蘭雅在華生活的三十五年中，他譯述的西方著作達到一百二十餘種，是當時

此領域中譯書最多的；而且，他所譯之書涵蓋政治、法律、哲學、歷史、天文、地理、數學、物理、化學、動植物等各個學科，堪稱十九世紀中國所譯西書中最有學術價值的部分。譯書之餘，傅蘭雅在其他方面也做了不少出色工作，如他創辦了近代中國第一份專業科普雜誌《格致彙編》，參與創辦了近代中國第一所科普學校格致書院，創建了近代中國第一家科技書店格致書室等。可以說，當時的中國知識份子幾乎都受過他的恩惠，他在傳播西學方面所作的貢獻永遠值得我們尊敬和紀念。

當時來華的傳教士大多都具有濃厚的西方優越感，而傅蘭雅卻是很少的幾個始終以謙卑的心態面對中國的外國傳教士之一。他認為，幾十年來是中國人民養育了他，他必須對中國有所回報。1915年，已經退休的傅蘭雅，在美國的家中接待赴美參加博覽會的黃炎培，說了一番頗為動情的話。他說：「我幾十年生活，全靠中國人民養我。我必須想一辦法報答中國人民。我看，中國學校一種一種都辦起來了。有一種殘廢的人最苦，中國還沒有這種學校，就是盲童學校。」傅蘭雅就是懷著這股「中國情結」，以報恩的心態開始了他晚年創建盲童學校的事業。

傅蘭雅在中國的幾十年中，親眼目睹了很多中國盲人，尤其是下層社會窮苦盲人的不幸遭遇。1886年他寓居上海時，就有辦盲校的想法。1911年，他開始將自己的理想付諸實踐，這一年，他先利用自己多年積累的資料編寫出版了《教育瞽人理法論》一書，介紹歐美等國盲人教育的經驗；接著，在這年的7月15日，傅蘭雅簽定了合同，正式開始盲校的籌建工作。他先捐出地產十三畝，白銀一萬兩，作為建

校的啟動運作資金，另白銀五萬兩作為
永久寄附金，派稅款、保險、維修費
用、教職員工薪金等項開支使用。此
時，傅蘭雅已年逾七旬，垂垂老矣。他
自感辦校力不從心，遂令其子傅步蘭來
滬接手自己的事業。其實，傅蘭雅早有
薪火相傳之意，故在此之前即已囑咐兒
子在歐美學習管理盲童學堂的經驗及最
新教育方法。傅步蘭在來滬之前，先在
美國加利福尼亞州盲啞學校學習六個
月，初步瞭解和掌握盲人教育的基本知
識；接著，又赴阿弗不羅克地方盲人學
校見習五個月，加深對盲人教育理論的
認識；然後，再赴波士頓潘金司盲人學
校學習，提高自己對盲人教育的管理實
踐能力。傅步蘭在1912年年底抵達上
海，上海盲童學堂（1913年後改稱上海
盲童學校）也在這年的11月正式開學，
傅步蘭出任校長。盲校的校址有過幾次
搬遷。最初的校址在北四川路（今四川
北路）176號，那個地方是一位外國人
的住宅，辦校上課都不很方便。故學
校很快就在憶定盤路（今江蘇路）購地

宣統三年（1911）出版
的博蘭雅著作書影

建校，並於1915年10月在新校址開學。十餘年後，盲校又有了很大發展，校舍日趨擁擠，而憶定盤路一帶地價高漲，難以擴展。校董會決定出售憶定盤路的地產，另在愛丁堡路（今虹橋路）購地二十餘畝建校。虹橋路新址於1931年12月正式啟用，學校並開始招收女生。

　　傅步蘭為盲校的發展傾注了大量心血。學校的課程設置及內容，除根據當時教育部規定的公立學校和教會學校常設課程外，還根據盲人特點另設了打字、手工、風琴演奏、聲樂演唱等學科。各項功課均用中文講授，課本則採用全球通用的布雷爾六點制盲文體系。布雷爾盲文被定為國際標準盲文是在1895年，傅步蘭在十餘年後即將其引入中國，使上海盲童學校成為近代中國正式使用布雷爾標準盲文的第一

1912年上海盲童學堂師生合影

所盲校。為籌措辦學經費，傅步蘭曾五次回國向各界募捐；他還分別在1917年、1927年和1937年，借回國休假的機會，對歐美各國的盲人教育制度作深入的考察。一方面，他虛心學習各國特殊教育的最新成果，另一方面，他也用隨身帶去的幻燈和圖片資料，向國外同行展示中國盲人教育的情況。在傅步蘭的努力下，中國在特殊教育方面所作的工作逐漸為國內外所瞭解。1917年，商務印書館拍攝了一部《盲童教育》的影片，「記錄了上海一個盲童學校的情況，並配合盲人技藝表演映出。當時中國人還沒有自辦的盲人教育，影片記錄了一個外國人辦的盲童學校」（程季華等著《中國電影發展史》，中國電影出版社1963年2月版）。這部記錄片使上海盲童學校聲名大噪。傅步蘭還通過自己的努力，使盲人教育的課程走進了大學課堂。1932年，傅步蘭在大夏大學開課講學，雖只有本科學員九人，但在大學設置盲人教育課程這一事件本身，已足以引起社會對盲人教育事業的關注和重視。傅步蘭還出席了1931年4月在紐約召開的國際盲人會議，他以非政府代表的身份，同與會的三十六個國家和地區的八十二位代表一起討論，宣傳了中國的盲人教育事業。傅步蘭的這些教學、考察和交流活動，架起了中國盲人教育事業與世界盲人教育事業之間溝通的橋樑，贏得了世界對中國盲人教育事業的支持。傅步蘭主持上海盲童學校歷時三十八年，於1949年9月宣佈退休，次年4月回國。2002年10月，上海舉行了盲童學校建校九十周年的紀念慶祝活動，這當是對傅蘭雅、傅步蘭這對英國父子為中國盲人教育事業所作辛勤努力的肯定。

　　話題回到傅步蘭的這枚藏書票上，竊以為，這枚書票的圖案很好地反映了傅步蘭所從事的事業。書票正中是票主的英文名字：Geo.

傅步蘭藏書票

Brown.Fryer，傅步蘭此名正是據其諧音所起。兩冊精裝書籍代表了知識。書籍上方的高樓和外灘的萬國建築非常相像，應該象徵著上海。最顯眼的是右方那盞閃閃發光的蠟燭。這燃燒自己，驅除黑暗的聖物本就象徵著教師這一崇高的職業，而對盲人來說，這盞發光發熱的蠟燭不更代表了照亮他們人生旅征的明燈嗎？可以說，傅蘭雅、傅步蘭這一對父子，一生始終在做著點燃明燈，驅除黑暗的工作。傳播西學使很多人開了天竅，不再做一個睜眼瞎子；而開辦盲校則實實在在替很多盲人點燃了他們生活中的一盞明燈。和同時代有著相同遭遇的很多殘疾人相比，這些受過教育的盲人是幸運的，他們的眼睛雖然失明，但有人替他們點燃了一盞燈，這盞燈終生受用，使他們能看清前途的光明！對傅氏父子來說，藏書票上那盞發光的蠟燭，象徵了他們畢生的追求！

二十世紀初的山東，有一個白皮膚、藍眼珠的外國人經常來往於青州——濰縣之間，行程匆匆，卻一臉欣悅之色。他就是英國浸禮會的傳教士Samuel Couling，中文名字叫庫壽齡。此人出生於1859年，1884年他25歲那年來華，在山東傳教。三年後，他在距濰縣百里之遙的青州開辦廣德書院，招徒講學。1904年，庫壽齡從青州到濰縣在廣文大學任教。廣文大學是山東境內最早的大學，由美、英教會合辦，在當時名聲很響，美國人將此稱為「中國的哈佛」，英國人也稱讚它為「蘇伊士運河以東最好的學校」。庫壽齡就是在此期間開始接觸到甲骨文，並以對此的整理研究奠定了其漢學家的地位。

1899年，殷商甲骨的出土發現掀開了中國歷史嶄新的一頁，這些沉睡地底幾千年的枯朽甲骨上的秘密一旦為人所揭開，頓時就把漢字發明的歷史和中華文明的信史上推了一千年。甲骨發現初期，就有英、美、加等

國的學者加盟探秘，他們不惜重金，大量搜求甲骨，並開始研究這門學問，庫壽齡就是其中最為著名的幾個外國學者之一。當時庫壽齡正在山東，而神秘的甲骨最初正是由山東濰縣的一些古玩商獨家經手販運的，庫壽齡得地利之便，先後從濰縣古玩商人趙允中和李茹賓等人手中陸續購得了大量甲骨。近水樓臺先得月的庫壽齡很快就認識到了這批殷商甲骨的重大歷史價值，遂開始傾力摹寫研究。由於庫壽齡在青州辦有企業，故有較充裕的資金來滿足他對甲骨的收藏和研究，因此，很快他就成了當時甲骨收藏大家之一。和他同時展開這項工作並獲得較大成績的還有也在山東的美國傳教士方法斂（Frank Herring Chalfanr）。著名學者李學勤對他們的研究工作有很高評價，他在1999年7月於河南安陽舉行的甲骨文出土100周年國際學術討論會上說：「早在1899年剛發現甲骨文時，西方人就有研究。國外對甲骨文的研究也比較全面，什麼角度都有，如文字、文學、歷史等等。歷史上，美國的方法斂，英國的庫壽齡等在甲骨文的分期研究、收藏、摹本以及其他方面都做了卓有成效的工作。」（周華公〈讓枯朽的甲骨活起來——訪著名考古學家、歷史學家李學勤〉，載1999年8月27日《中國藝術報》）庫壽齡和方法斂收藏的甲骨以後都轉讓給了國內外的大學和博物館，如上海的亞洲文會博物館、美國的普林斯頓大學等。1935年，紐約大學的教授白瑞華（Roswell S. Britton）將庫壽齡和方法斂兩人收藏的甲骨精華部分進行歸類整理，編成《庫、方二氏藏甲骨卜辭》一書，由商務印書館出版。此書共收入甲骨1687片，是早期甲骨文研究領域的經典之作，為後繼的甲骨文學者提供了可靠的研究資料。

　　1905年，庫壽齡離開他生活了二十餘年的山東前往上海發展，先是擔任亞洲文會名譽幹事及編輯，後又創辦刊物，並出任上海麥倫書院代理院長一職。期間，他繼續從事對中國的研究，1917年，他積幾十年心血完成了《中國百科全書》（The Encyclopaedia Sinica）的編寫，同時在上海和英國牛津大學出版。此書是當時英國學界漢學研究成果的總匯和集成，也是英國第一部以中國為主題的百科全書。學術界認為，此書的出版「標誌著英國的漢學研究得到了歐洲大陸的承認」（何寅、許光華主編《國外漢學史》，上海外語教育出版設2002年3月版），庫壽齡也憑藉此書獲得了1918年度的法國儒蓮漢學家紀念獎。庫壽齡研究中國的另一成果是他與蘭寧（George Lanning，1852-1920年）合著的《上海史》（The History of Shanghai）。此書本由蘭寧撰寫，但1920年1月蘭寧逝世時尚未完成，於是，上海工部局聘請庫壽寧接著完成。《上海史》分上、下兩卷，分別於1921年和1923年出版。上卷505頁，共53章；下卷508頁，共57章。全書敘述了上海從開埠前一直到1900年的歷史，並附39幅珍貴照片和地圖，以及工部局從1854年到1900年的歷屆董事會名單和阿查立、史密斯、戈登、麥華陀等22人小傳，資料十分翔實，很多歷史細節均賴此書才得以保存下來。這部用英文寫成的第一部嚴肅記載十九世紀上海租界歷史的著作在學術界享有很高的聲譽，被認為是「民國時期西人所寫關於上海的專書中」影響最大的「五部之一」（熊月之主編《上海通史》第一卷，上海人民出版社1999年9月版）。1922年6月，庫壽齡在撰寫《上海史》進入最後階段時因病逝世，齎志而沒，剩下的收尾工作是由其夫人完成的。

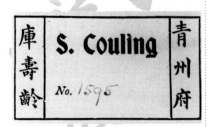

庫壽齡藏書票

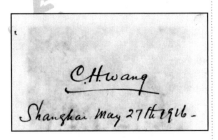

王寵惠簽名

王寵惠藏書票章

庫壽齡這枚藏書票是其1900年前後在山東青州辦學時所用，構圖簡潔，別有韻味。票上幾個漢字未知是否出自票主之手。從書票上所手寫數位1595（冊）來看，庫壽齡的個人藏書已頗具規模。筆者饒有興趣想插敘一筆的是，庫壽齡的這本書未知何故在20世紀初曾散落出去，被王寵惠於1916年5月27日在上海購得，這有他在此書上的親筆簽名作證。王寵惠其人在中國近代史上也大有來頭，他出生於1881年，最初就讀於天津北洋大學，1901年被傅蘭雅帶往美國就讀於耶魯大學，獲法學博士學位。辛亥革命期間回國，擔任南京臨時政府外交總長一職，以後他多次出任政府外交、司法和教育總長的職務，並於1922年兼代國務總理。1923年後多次擔任荷蘭海牙國際法庭法官，並代表中國政府出席聯合國大會。1958年3月在臺灣病逝。王寵惠在此書上除親筆簽名外，還鄭重地蓋了一枚個人收藏章。稀罕的是，這枚藏書章除了「王寵惠藏」及他的英文譯名「Wang

Chung－Hui」之外，竟然還有著「Ex Libris」這幾個拉丁字。誰都知道，這是藏書票的國際通用標誌，而王寵惠卻非常有創意地把它用到了自己的藏書章上，這是不是可以稱得上是一次洋為中用的成功嘗試？在中國的藏書票史上是否應該具有別樣的意義？以筆者的孤陋寡聞，這一別出心裁的創意以後似乎還未見有人沿用過。兩位中、外名人的藏書票、章出現在同一本書上，而且頗為別致，這應該是每一個喜愛藏書票的愛書者所樂意知曉的一段佳話。

一百年前的「世界」

2004年的年關歲末，有一條新聞頻頻出現在各家媒體：甘肅博樂拍賣公司徵集到一冊中國最早的攝影畫報《世界》，此畫報流傳至今已不滿三冊，故底價將達到十萬元人民幣，開創了中國期刊有史以來的最高拍賣價。雖然在2005年元月2日舉行的拍賣會上，這冊《世界》創刊號終因價高而導致流拍，但人們仍然要問：《世界》畫報究竟是本怎樣的雜誌？為何它能有這麼高的文獻價值和經濟價值？

世界社和《世界》畫報

要談《世界》畫報，首先必須提及張靜江、吳稚暉、李石曾等人當年在巴黎創辦的世界社。清代末期，一些先進的知識份子不惜拋棄科舉時代獲得的一切榮譽，離鄉背井，毀家求學，前往歐美吸收先進的文化，跟隨孫中山從事革命活動。張、吳、李諸人當年在巴黎創辦世界社，就是受了西方思想

《世界》畫報第一期書影

的影響。論其源頭，是狄德羅、盧梭等人的人文主義思想，而論直接影響，當年法國邵可侶、戴葛夫等人創辦世界社，並在法國、比利時出版《新世紀》週刊和叢刊，給他們以很大啟發，張、吳、李諸人以後辦社、辦刊，連名字都模仿他們。1906年，張靜江、吳稚暉、李石曾等人在巴黎市區達盧街25號創辦世界社，這裏也是當年中國革命黨人在歐洲活動的中心場所，孫中山到巴黎時也曾在此下榻。張、吳、李等人首先印出革命叢書七種，繼之又編輯出版《新世紀》週刊、《世界》畫報和《近世界六十名人》，還翻譯發行鼓吹革命的《夜未央》、《鳴不平》等劇本。這些出版物傳播著革命思想，在祖國大陸及歐美留學生中產生了很大影響，也成為推動辛亥革命的重要思想武器，因此受到了以孫中山為首的革命陣營的強有力的支持，故李石曾日後曾撰文認為：世界社「最有力之扶導人為孫中山、蔡孑民諸先生」（〈世界社與中國農工銀行〉，載1947年12月《世界月

刊》2卷6期）。

　　1907年秋，張、吳、李諸人主辦
的《世界》畫報在巴黎創刊。只要解剖
一下畫報的內容，就可以知道，這是深
受狄德羅百科全書影響的一份刊物。
《世界》畫報圖文並茂，分「世界各殊
之景物」、「世界真理之科學」、「世
界最近之現象」、「世界紀念之歷史」
和「世界進化之略跡」等五大版塊，
各個版塊都集中介紹能代表西方民主和
科學的一些事物，如「景物」版塊介紹
了美國、英國、法國的議會政治和法、
英、德等國的大學制度；「科學」版塊
介紹了達爾文、赫智爾的進化學說、巴
斯德的微生物學和倫琴、居里等著名科
學家及其重要發現；「略跡」版塊則展
示比較了世界各國的教育、體育、戲劇
和交通等各領域的過去和現況。與中國
有關的新聞在畫報中也有一定報導，如
反映租界鬥爭的「上海權利之競爭」，
反映婦女解放的「上海婦女天足會大
會」，反映中國憲政改革的「出洋調查
專使團」等。編者在介紹這些反映世界

《世界》畫報第一期扉頁

《世界》畫報第一期版面

進化新潮流的事物時，還煞費苦心地注意涉及中國的現狀，即使是一些別國的事物，也旁敲側擊和中國現狀進行比較，如在第一期「世界紀念之歷史」版塊中，介紹了被革命黨人鎮壓的英國查爾斯王和法國國王路易十六，在圖文末尾附有一篇措辭巧妙的〈君民權利之消長〉的文章，作者寫道：「自印刷器出，而民智之開，一日千里，民權之伸長，君權之減縮，較之古昔，實為一加速比例。其開幕則在英，次及英法。至拿破倫絕代英雄，亦不能成從帝王之偉業，此非才力之有所拙，即時為之也。然世之君人者，亦人群中之一人，斷非兇虎豺狼，別為異類。苟隨時勢為演進，明衛群之義，則見群德之進，亦且欣然，而己亦必於承其休也。故歷史之事實（即查爾斯第一奇禍，魯伊十六之慘劇，拿破倫之末路等圖說）以為鑒戒，將求和平吉祥之果，於我此後之人群，時勢進，而悲慘之劇必可滅矣。」可以想像，在當時君權神聖不可侵犯的神州大地，這樣的文字會引起怎樣的激蕩！

《世界》畫報的三員幹將

　　張、吳、李諸人當時編印《世界》畫報是耗費了大量精力和財力的。張靜江主要給予財政支持，所有的辦刊經費，幾乎都是由其一人負擔。張家是湖州南潯巨富，著名的「四象」之一，張靜江以自己繼承的財產和經商所獲利潤曾多次支援革命。1902年，他與著名古董商盧芹齋合作在法國馬德蘭廣場創辦「通運」（Ton Ying）公司，主營茶絲綢緞兼古董字畫，。據楊愷齡著《民國張靜江先生人傑年譜》（臺灣商務印書館1981年版）一書記載，1908年正是「通運」經營非常困難的時期，「（國父）兩次電先生匯款，先生均數轉電匯鉅款，但通運公司卻發生周轉困難」。公司不能正常運轉，但許多事務還需要協調，所以這一年特別忙碌。從最近披露的上海博物館館藏有關資料看，這一年，「通運」經理盧芹齋與張靜江夫人姚蕙有關商討業務的信件往返特別頻繁，故《世界》第三期雖然已經刊出要目預告，但最終卻未能出版，筆者猜測，這和張靜江當時陷入經濟困境，無力再撥款支撐有著密切關係。《世界》畫報的具體編排和印刷等一應事務，主要由吳稚暉負責。吳當年因《蘇報》案遭緝捕，經香港轉抵英國，曾在倫敦工藝學校學過「寫真銅版」，故對印刷業務有相當基礎。《世界》畫報是用中文印刷的，所用鉛字都特地從國內運到法國，為此，他們在世界社附近的三台路83號開設了一家中國印字局，由吳稚暉親自負責排版印刷。這一方面是因為人手少，另一重要原因也是為了學習狄德羅。當年狄德羅編輯百科全書，就是親自在印刷廠負責督印，從檢查機器一直到排版印刷，都親身參與。吳稚暉也是如此，日

《世界》畫報第二期版面

後他曾回憶：「我編《世界》畫報時
所擔任的工作，特別注重印刷方面。
我自己慎重研究攝製銅版的方法，如
怎樣墊版，選用怎樣性質的紙張，可
以使版圖平均地纖毫畢露。在編輯方
面，也頗注意到文字和插圖的排列和
支配，怎樣可以合乎讀者興味，使人
一目了然。好在排字都是自己動手，
文字的長短，都可以自由伸縮。有時
我做文章，最先並不動筆寫稿子，我
只打好了一個腹稿，就到鉛字架上去
檢尋鉛字，像外國人用打字機器一般
地做稿子。這樣對於文字編排方面，
倒反而要覺得省力方便得多。」（張
光宇〈吳稚暉先生談世界畫報〉，載1935
年6月《萬象》第三期）吳稚暉所用的印
刷方法是當年十分先進的凸版印刷，
用此法印刷的照片畫面非常清晰，在
當時亞洲具領先水平。故主編過多種
畫報的張光宇認為：「《世界》畫報
初次發行的時候，不用說在中國是屬
於空前的創舉，即使在印刷界進步甚
速的日本，也沒有那樣精美和豪華的

類似性質的畫報出現。《世界》畫報真可以驕傲地占坐東亞印刷界的第一把椅子，是東亞畫報中的鼻祖。」（〈吳稚暉先生談世界畫報〉）《世界》畫報上的文章都不署名，但其中有不少出自李石曾之手，特別是第二期上〈演劇〉一篇長文，可以肯定是由李石曾執筆。因李當時特別喜歡西洋的戲劇與音樂，曾編譯過比利時音樂家歐思東的《新樂譜讀本》，而波蘭廖抗夫的《夜未央》和法國穆雷的《嗚不平》這兩部著名劇本，也是由他翻譯，作為「萬國美術研究社」的叢書出版的。李石曾在這篇長文中，重點介紹了西洋戲劇在劇院、服裝、燈光、佈景等方面的成就，並譯錄了西洋著名劇本故事二十餘個（均附劇照），其中有歌劇《蝴蝶夫人》、《風流寡婦》等；文章還與中國傳統戲劇及當時剛剛興起的新劇等作了比較，是研究中國近代戲劇發展十分重要的一篇文獻，惜尚少人知曉。

《世界》畫報的發行和影響

　　《世界》畫報雖在巴黎編印，但總發行卻設在上海，顯然目標瞄準著國內。上海圖書館珍藏有齊全的兩期《世界》畫報，其第一期扉頁上蓋有一枚藍色印章，印文為「上海老閘橋南厚德里世界畫報總發行所，電話2890」。這應當是《世界》畫報最初設在上海的發行所的地址。從第二期起，發行所就遷到了上海新聞界的大本營：四馬路望平街，地址是204號，坐鎮指揮發行的是張靜江的一位同鄉周伯年。李石曾在一篇文章中曾回憶此事：「周伯年先生在那裏主持，推廣巴黎出版的《世界》，亦暗中銷流最激烈的革命刊物《新世紀》，並努力介紹留學，推廣一切社務。」（〈世界社四十周年紀念〉，載1946年12

月16日《世界半月刊》1卷4期）《世界》畫報內容新潮，圖文並茂，又印刷得特別漂亮，在當時確實引起了很大反響。畫家張光宇曾回憶，自己少年時路過望平街，每每被《世界》畫報所吸引，但該刊每冊定價高達大洋兩圓，且又有明顯的革命傾向，故父母不肯買。以後成年了才收集到該刊，算是圓了自己的少年之夢（參見〈吳稚暉先生談世界畫報〉）1921年，沈知方創辦世界書局，經十餘年經營，終發展成堪和「商務」、「中華」比肩的大書局。成為大企業家的沈知方後來也承認，他開設書局，以「世界」為名，正是看了《世界》畫報後受到的啟發（參見李鴻球〈世界書局與世界文化〉，載1947年12月《世界月刊》2卷6期）作家施蟄存對《世界》畫報的評價更高，他在30年代曾撰文表示：「要找一種像英國的《倫敦畫報》、法國的《所見週報》和《畫刊》這等刊物，實在也很少。就是以最有成績的《良友》和《時代》這兩種畫報來看，我個人仍覺得每期中有新聞性的資料還嫌太少一些，至於彩色版之多，編制的整齊，印刷之精，這諸點，現在的畫報似乎還趕不上三十年前的《世界》。『東方文明開闢五千年以來第一種體式閎壯圖繪富豔之印刷物。西方文明灌輸數十年以來第一種理趣完備組織精當之紹介品。』這個評語，即使到現在，似乎還應該讓《世界》畫報居之無愧。」（〈繞室旅行記〉，轉引自《施蟄存七十年文選》，上海文藝出版社1996年4月版）這些都足以證明《世界》畫報當時在知識份子心目中的崇高地位。

世界社同仁編印的諸多刊物中，以《新世紀》存世最罕，但《世界》畫報卻反而可能是流傳最少的一種，這也是甘肅博樂拍賣公司在徵集到該刊後引以為奇，開出10萬元天價的原因之一。因為《新世

紀》等曾被翻印過，化一為百，得到廣泛的流傳。如1937年11月，李石曾在上海舉辦世界學典展覽會，期間曾複印過《近世界六十名人》一書以為紀念（參見〈張靜江先生七十壽辰與世界社四十周年〉一文，載1946年12月16日《世界半月刊》1卷4期）1947年夏，吳稚暉將自己收藏的國內僅有的一套《新世紀》週刊送交當時的國史館保存，為供學界方便使用，世界出版協社出資將此刊影印五百部發售，《新世紀》也因此得以流傳。而《世界》畫報卻始終未曾翻印，張光宇在上世紀30年代搜覓到此刊已感到萬分慶幸，延至今日，此刊就更顯珍罕了。據統計，全國僅上海圖書館、首都圖書館、復旦大學圖書館等八家單位完整地收藏有兩期《世界》畫報，另還有個別單位和個人藏有一期。顯然，時屆百年，1907年在巴黎創刊的中國第一份攝影畫報《世界》，已名副其實可歸入新善本之列了。

著名歷史學家章開沅認為：「辛亥革命不是極少數人的事業，它是一個數以萬計的新興知識份子群體共同發動和推進的社會運動……但是，隨著時間的流逝，由於種種原因，並不是所有的仁人志士都受到人們應有的重視，有些當年曾是星光燦爛的風雲人物，甚至會被後世逐漸淡忘。」（〈為歷史寫傳〉，載2005年2月2日《中華讀書報》）當年在巴黎創立的世界社及世界社同人創辦的《世界》畫報當可作如是觀。

在中國現代新聞史上，有好幾家畫報佔有著舉足輕重的地位，如《點石齋畫報》、《圖畫時報》、《良友畫報》等。若仔細分析一下，可以發現，它們有著一些幾乎是共同的特點，如類型首創、發行期長、內容豐富等等，因而影響深遠，受到學術界的高度評價。但正是在這一層面上，還有一家類似的畫報，長期以來卻一直逸出人們的記憶，乏人提及，更缺少研究，它就是1925年由畢倚虹創辦的《上海畫報》。

「五卅」風潮中呱呱墜地

畢倚虹（1892-1926），江蘇儀征人。名振達，字倚虹，別署清波、天狼、婆婆生等。民元後，他在上海一面擔任律師，一面從事寫作，其詩、詞、散文皆能，尤以小說聞名於世，代表作有《人間地獄》、《極樂世界》等。畢倚虹曾擔任過多家報刊的編輯，辦刊經驗豐富；也曾與各界名士以詩文相酬

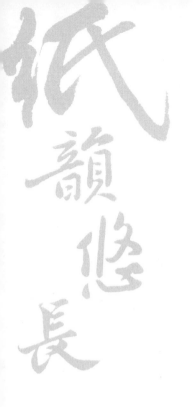

唱，互來往，人緣極熟。1925年，畢
倚虹敏銳地覺察到新聞圖片和攝影報導
的重要性，他想充分發揮自己的辦刊經
驗和人緣資源，創辦一份介於日報和月
刊、半月刊之間的新型畫報，每三日出
刊一次，圖文並茂，剛柔兼濟。由於畢
倚虹出生於陰曆六月初六，故他決定把
畫報定在陽曆6月6日創刊發行，刊名
就定為《上海畫報》。他在天津路、貴
州路口租了晨社的一間房作辦公室，召
集了張光宇、王敦慶、丁悚、許窺豹、
江紅蕉諸人，從4月份起即開始了緊張
的籌備工作。5月30日，為抗議工人顧
正紅的被害和學生運動遭到租界當局的
暴力壓制，南京路上爆發了反對帝國主
義的群眾示威宣傳活動，這一愛國正義
行動竟遭到了公共租界當局的屠殺鎮
壓，位於南京路上的老閘巡捕房的巡捕
們悍然開槍，打死13人，重傷17人，
輕傷數十人，造成了震驚中外的五卅慘
案。這一天，原本是《上海畫報》的發
稿日，畫報辦公室與老閘巡捕房的後門
相鄰，辦事員們目睹了血淋淋的慘案過

《上海畫報》報頭
（1927年1月21日第195期）

程，均惶悚不安。畢倚虹聞訊趕到辦公室，他鼓勵記者到現場採訪，自己則趕往紅十字醫院探視傷者。當時南京路上戒備森嚴，畢倚虹便設法請開設在南京路上的心心照相館代為拍攝實景。有人建議，動亂期間一切不易，很多報刊都停刊了，畫報不妨也暫緩出刊。畢倚虹堅決不同意，他不但堅持主張按原計劃創刊，而且對新聞時事有著極度敏感的他，當即調整原先準備的內容，撥出很大篇幅報導「五卅」，這些都反映了畢倚虹作為報人的勇氣和職業道德。1925年6月6日，《上海畫報》如期創刊，第一期上就發表了畢倚虹親筆撰寫的〈滬潮中我之歷險記〉，並刊發「心心攝」的〈淒涼之南京路〉、〈學生大遊行〉等現場照片5幅。在接下去的幾期中，《上海畫報》連續對「五卅」作了跟蹤報導，還刊登了大量外地市民甚至國外華僑支援上海人民的消息和圖片，並對聖約翰大學爆發的學生風潮和「商務」、「中華」的罷工潮都作了及時報導。畢倚虹自己則連續幾期發表了〈滬潮雜詠〉、〈上海新竹枝〉等詩，對「五卅」中的人和事作了多方面的描述。以竹枝詞的形式寫「五卅」，頗為少見新穎，可以說是充滿海派風格的嘗試。《上海畫報》6月15日第4期報頭照為〈六國專員來滬調查慘殺案〉，並刊出相關照片4張，其說明云：「以上攝影及說明，為上海中國新聞社照相通信部特別製贈《上海畫報》，以供留心五卅慘殺事案者之參考，而為各日報所未經見，閱者寶諸。」可見，畢倚虹是很注重獨家新聞的，以後他還刊出廣告，在上海及北京、廣州等各大城市招聘攝影記者，並聘黃梅生專門負責攝影美術方面，這些都是朝著這一方向努力的。可以說，《上海畫報》創刊之初恰逢震驚中外的「五卅慘案」，畢倚虹以其職業敏感，堅持出刊，並

充分發揮畫報的優勢，對事變作了圖文並茂的報導，打了一個漂亮的開門戰役，為其以後成為三日刊畫報之鼻祖奠定了基礎。

《上海畫報》創刊後，以其新穎的形式和紮實的內容贏得了市民的青睞，發行量節節上升，很快就達到了二萬份的銷售數，「京津報房以電索報者踵相接」（炯炯〈嗚呼！畢倚虹先生〉，載1926年5月18日《上海畫報》112期），這在當時的期刊界是一個奇蹟。報界名宿周瘦鵑先生當時曾著文贊道：「五卅慘案初發之後，老閘捕房門前之槍

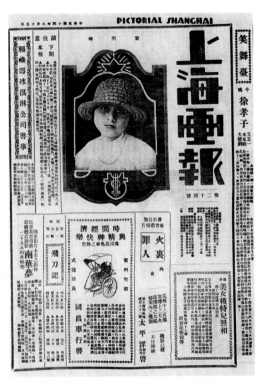

《上海畫報》封面（1925年8月15日第24期）

聲血影，似猶縈繞吾人耳目間，租界中商店罷市，情勢極緊張，不意白幟招展，揭貼紛飛中，而《上海畫報》奮然崛起，如春雷之乍發，如奇葩之初胎，吾人驚魂稍定，耳目為之一新，倚虹之毅力，有足多者。」（〈去年今日〉，載1926年6月6日《上海畫報》118期）《上海畫報》的成功，刺激了芸芸眾生，跟風而起者頓如雨後春筍，畢倚虹的助手們也先後離他而去，獨創門戶。據筆者統計，1925-1926年間發行的類似畫報起碼有二十餘種。這些畫報從外觀形式到發行週期都模仿《上海畫報》，在當時形成了一個蔚為壯觀的「三日刊畫報潮」。但浪潮來得兇猛，去得也迅捷，這些畫報大多數無法達到《上海畫報》的高度，很快就宣告停刊，《上海畫報》依然一枝獨秀，穩步向前發展。畢倚虹身體本來就羸弱，畫報的創辦經營耗去了他太多的精力，朋友們的離去對他又是一個打擊，慢慢他感到了力不從心，病倒在床。1926年歲首，畢倚虹勉力支撐身體，在病榻上寫了〈余之新年回顧談〉一文。他充滿感情地回顧了自己艱苦創業的歷程，又十分傷感地談到了自己的病情。為了讀者的利益，為了畫報的更好發展，他以快刀斬亂麻的意志，明確表示：「余乃於最短期間，決心以簡單條件，讓渡有實力者，繼續管理此《上海畫報》。凡吾今日感受痛苦諸點，後來者或能一一改良，如吾之最初希望，則余雖負報而終不負報，雖負讀者而終不負讀者。」（載1926年1月3日《上海畫報》71期）在畢倚虹的堅持下，畫報很快找到了新東家：四合公司，並聘請周瘦鵑出任總經理，由錢芥塵具體負責編務。安排好這一切，畢倚虹心頭一塊石頭落地，安然告別了這個他留戀的世界，時在1926年5月15日。畢倚虹病逝後，家庭失去了頂樑柱，妻兒生活陷入困境。他的朋友們

感佩倚虹開創的功績，特地為他設立了一筆基金，以解決他的身後事，各方友人紛紛解囊捐助。依靠這筆基金，他的夫人入校學醫，畢業後在婦產科醫院工作，用柔弱的肩膀支撐起了生活重擔。畢倚虹的兒子畢朔望刻苦學習，日後成為了著名的翻譯家。

名人政要紛紛登臺亮相

在給「畢倚虹基金」捐款的朋友中，值得一提的是，張學良捐助了其中最大的一筆善款：一千元。這其中也有一段掌故可敘。1926年春畢倚虹病重，經過多方接洽，由四合公司出面接辦，而真正後臺則是東北軍閥張作霖、張學良父子，牽線的就是錢芥塵。錢是著名文人，各方頭面很熟，曾出任過袁世凱的顧問，後又追隨張作霖，並受到重用，接辦《上海畫報》的經費就是由張作霖提供的，同時該刊也成為了張氏父子在華東地區的一個陣地。以後，錢芥塵還曾因此遭到蔣介石的通緝。我們知道，張學良是個重情義的人，在此之前，他和畢倚虹也有過一些接觸，因此在得知他不幸病逝並身後蕭條的情況後，立刻捐出鉅款予以支助，並有一信給主持《上海畫報》編務的錢芥塵，全文如下：

芥塵先生：
畢君倚虹，身後蕭條，良聞之深為痛悼，特敬奠儀乙千元，請轉送其家為荷！此頌
道安！

張學良啟

《上海畫報》上刊出過不少有關張學良和東北軍的消息，其中，關於張學良預定「萬有文庫」之事也頗有趣味。「萬有文庫」是商務印書館編譯所所長王雲五主持編輯的一套大型叢書，開本統一，規模宏大，收有不少古籍，也有翻譯的東西洋名著，還有科普讀物，一套在手，就猶如擁有一家小型圖書館，在當時及以後都產生了很大影響。「萬有文庫」出版的消息見報後，張學良就寫信給「商務」，表示「敝人擬定《萬有文庫》」，並提出要求，希望能為他另外布面精裝一套，並將他家的族記燙印上去，一切額外費用由其承擔。張學良並不霸氣，而是委婉情商：「能否如此辦法，或請商諸總館。」張學良的儒雅，在此或可見諸一斑。

　　胡適的名字也屢屢見諸《上海畫報》的版面。上世紀90年代末，某拍賣公司曾拍出「文學叛徒胡適之」寫給葆真女士的一幅扇面〈江城子小詞〉，當時曾引起文化界很多人的重視，認為對研究胡適的心

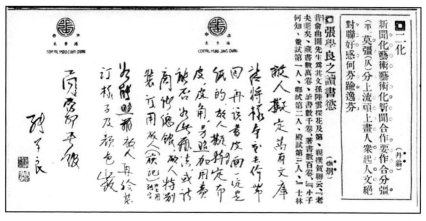

《上海畫報》上刊載的張學良手跡（1929年8月30日第502期）

101

路歷程頗有價值，這幅扇面最初就刊登在《上海畫報》第58期上。實際上，《上海畫報》還刊出過不少胡適寫的詩詞和扇面，即使專門研究胡適的專家也多有並不知曉的。茲例舉一二：

〈胡適為黃梅生書扇〉
鮑老當筵笑郭郎，笑他舞袖太郎當。
若教鮑老當筵舞，依舊郎當舞袖長。

楊大年的文字，石守道目為三怪之一，然這一首卻是很好的白話詩，殊不像西崑大師的作品。

這應當是研究胡適提倡白話文的一則很好的史料。

〈胡適答丹翁詩〉
慶祥老友多零落，只有丹翁大不同。
喚作「聖人」成典故，收來乾女畫玲瓏。
頑皮文字人人笑，憊賴聲名日日紅。
多謝年年相捧意，老胡怎敢怪丹翁。

這是胡適寫於1929年3月19日的一首打油詩，詩後還有「跋」：「丹翁忽然疑我怪他，不敢不答。」這裏的「丹翁」，是當時正主持《上海畫報》編務的張丹斧，也是胡適的老友。在這首詩的背後其實隱藏著胡適早年的一段難忘經歷。1906年夏，胡適考入中國公學，並很快成為學校的風雲人物。中國公學當時發行有一份倡議民主，主張

自治的《競業旬報》，擔任主筆的前後有三人，即傅君劍（鈍根）、張無為（丹斧）和胡適，三人之間有著深厚的友誼。1908年秋，中國公學因學生倡導自治而鬧學潮，多數激憤的學生退校，籌組了一個「中國新公學」，新校舍就租賃在美租界愛而近路慶祥里。新公學在艱難的條件下支撐了一年多，後接受調停，決意解散，大部分學生回到了老公學，但仍有一些死硬派堅持不肯回去，胡適就是其中一員。中國公學的這一次風潮在少年胡適的腦海裏留下了消磨不去的印象，以至他在後來的年代裏曾多次撰文回憶。胡適在這首〈答丹翁詩〉裏又一次提到「慶祥老友」，顯然正是對這段難忘歲月的深情回憶。

《上海畫報》首創三日一刊的發行模式，既充分發揮圖片的新聞性（每期平均約刊出10幅照片）和可看性，又注重小品文字的雋永和知識性，做到了俗而不豔，智而不澀。它的報導範圍非常廣泛，一般以人物為重點，輔以新聞時事和歷史掌故，具有相當的可讀性，故在當時的知識階層廣受歡迎。它描述過的政局要人有吳佩孚、蔣介石、陳獨秀、李大釗等，報人有邵飄萍、林白水、戈公振，學術界有蔡元培、王國維、胡適，畫家有吳昌碩、陳師曾、吳湖帆，劇人有梅蘭芳、程硯秋、孟小冬，明星有胡蝶、阮玲玉、楊耐梅……可謂林林總總，方方面面。它還刊出過很多名人的親筆手跡，如孫中山的題詞、袁寒雲的日記、王國維的絕命書、張學良的購書函、劉海粟的手札、胡適的書扇、梁啟超的刻印、邵洵美的畫像……吉光片羽，彌可珍貴。它更發揮畫報的優勢，圖文並茂，出版了10餘期特刊，保存了大量史料，如256期的「中華歌舞大會特刊」（1927年7月24日）、290期的「天馬會特刊」（1927年11月6日）、412期的「劉海粟先生去國紀念

展覽會特刊」（1928年11月15日）、492期的「南國戲劇特刊」（1929年7月30日）、557期的「荀慧生特刊」（1930年2月15日）、689期的「藝苑展覽會特刊」（1931年4月3日）、705期的「言菊朋特刊」（1931年5月21日）、775期的「救濟國難書畫展覽會特刊」（1932年1月24日）、815期的「陳樹人個人畫展特刊」（1932年7月16日）、824期的「劉獅個人畫展特刊」（1932年9月17日）、847期的「遊藝救國總動員特刊」（1932年12月26日）等等。這些圖文今天都已成為研究相關人物和團體的珍貴歷史文獻了。

圖文並茂成為鮮明特色

　　圖片是《上海畫報》的一大特色，然就其優勢而言，其所刊發的社會各界名流的照片，不但數量龐大，其價值也遠勝於那些新聞時事照片。這些名流照片，有的是藏家供該刊獨家發表，有的是畫報記者親自拍攝，具有很高的文獻性；而且由於《上海畫報》係用銅版紙精印，圖像質量要明顯好於當時其他畫報，更不必說新聞報紙了。如1912年4月6日，孫中山在哈同花園出席統一黨歡迎會，並接受哈同宴請的那張著名照片，筆者見過很多版本，但質量均遜於《上海畫報》所刊發的那張；而蔣介石與新劇藝人顧無為的合影、杜月笙與張嘯林合演《連環套》劇照、未赴歐洲留學前之青年徐悲鴻、徐志摩遊印度時著印服和泰戈爾合影、提琴神童馬思聰、中華口琴會全體合影、杜宅堂會名伶雅集圖、宋春舫褐木廬戲劇圖書館內景等等照片，史料價值均很高，有的從未在其他報刊發表過，有的因成像質量好而具有更高的應用價值。由於《上海畫報》影響大，發行量高，當時很多名人

結婚都樂意將照片供該刊發表，這也形成了《上海畫報》的一道奇異風景。這類照片據筆者粗略統計就有：電影導演但杜宇和殷明珠、詩人邵洵美和盛佩玉、作家黃中和周愉、畫家江小鶼和朱素蓮、電影導演陳鏗然和徐琴芳、張學良秘書朱光沐和朱啟鈐之女朱湄筠等等。在所有種類照片中，影劇類照片最蔚為大觀，其數量幾占全部刊發圖片的一半，像梅蘭芳、荀慧生、張織雲、楊耐梅等名演員的照片，若逐張收集起來幾乎可為他們出一本影集了。有些照片，如張石川、曾煥堂與訪問上海的好萊塢名導演弗蘭克勞的合影、求學時代的楊耐梅和毛劍佩、影片《再造共和》中的唐繼堯將軍、少女時代的袁美雲和其姐袁漢雲、胡蝶演出京劇《四郎探母》劇照等，都極為少見，有的甚至可稱孤品了。

　　《上海畫報》的文字尤以掌故小品和人物側記較有特色且頗具趣味。由於作者多為文壇宿將，故對於軼事逸聞堪稱圓熟，信手拈來，皆成文章，

《上海畫報》內頁
（1931年8月9日第731期）

並且充滿個性，很有可讀性，其文獻史料自然也寓於其中。這類文字有黃警頑的〈介紹一位青年畫家徐悲鴻〉、李石曾的〈故宮博物院記略〉、周瘦鵑的〈胡適之先生談片〉、黃梅生的〈劉海粟訪問記〉、秋君女士的〈梁啟超為康有為治印〉，以及〈留美音樂家黃今吾學成歸國〉、〈馬思聰提琴音樂會預記〉、〈棄音樂而從事筆墨之傅彥長〉、〈總理哈同合影記〉等大量攝影報導。

《上海畫報》從1925年6月創刊一直出到1933年2月，8年間共出版800多期，論出版時間之長、發行期數之多，當時眾多畫報無出其右。它不僅開創了一種新穎獨特的畫報形成，而且創造了當時畫報界的一個奇跡。包天笑先生曾說：《上海畫報》融匯了《圖畫時報》的新聞時事和《晶報》的文人小品，「並二美為一」，故「不踵而走，成為一時風雨」（釗影〈畫報的文字〉，載1925年9月21日《上海畫報》36期）。此可謂中肯之語。《上海畫報》出刊8年，總共發表了近兩萬篇文章，一萬餘張照片，為那個時代留下了一部忠實的圖文寫真集！八十餘年後的今天，已很難找到一套完整的《上海畫報》了。2005年，錢芥塵本人保存的一套《上海畫報》由其後人提供給北京某拍賣公司上拍，底價僅1萬8千～2萬5千元。其實，這是全國少有的一套堪稱齊全的《上海畫報》，且附有不少當年的原照，價值遠不止此，不知最後落入誰家囊中？

二十年代的圖像新聞戰

上世紀20年代中期，在中國經濟、文化重鎮的上海新聞界，曾經以圖像為競爭工具湧現過一陣小報型畫報的出版風潮。這些畫報大都為4開大小（類似人們習稱的小報），每期1張或2張，圖文並茂，正反兩面印刷，以各類圖片和新聞時事評述及文人小品文字為主，每3天出版1期，售大洋3分。這股風潮的最盛階段，同時有20餘種這樣的畫報在市場上爭奇鬥豔，成為當時上海出版界的一道奇異風景線。

畫報潮形成的背景

小報型畫報潮的湧現看似偶然，實卻必然，背後有其社會需求和物質基礎作支撐。在中國傳統社會，新聞時事的傳播是統治階級的特權，下層社會無此權利，也沒有相應的渠道，百姓們基本上只能以唱戲、說書、貼年畫等娛樂形式口口相傳，藉此對社會大事聊知一二。鴉片戰爭以後，門戶開放，西

方事物大量湧進中國，各類報刊首先在大、中城市相繼創刊，新聞傳播的模式有了很大改變，但因內容以政論和經濟為主，得益的主要仍是知識階層。清末民初，城市小報和鴛鴦蝴蝶派雜誌的大量湧現，使報刊的讀者群迅速擴展到廣大的市民階層，此時，對圖像的需求也空前強烈起來。雕版印刷是中國圖像傳播的傳統方式，雖然清晰，但卻費時費力，不便作為新聞工具。攝影技術的發明，給傳媒注入了加速器，大約在1904年左右，照片製版技術也在中國得到突破性進展，大眾傳媒的圖像時代終於宣告來臨。1907年，中國人創辦的第一本攝影畫報《世界》誕生；1920年，第一本真正以市民階層為對象的新聞圖片刊物《時報圖畫週刊》創刊，戈公振在發刊詞中明確指出：「世界愈進步，事愈繁頤，有非言語所能形容者，必藉圖畫以明之。」很明顯，圖像在新聞傳播中的優勢，人們已一目了然。正是在這樣的背景下，畢倚虹主編的《上海畫報》融合了《時報圖畫週刊》的圖畫新聞和當時著名小報《晶報》的文人小品優勢宣告創刊，如包天笑所說：它「並二美為一」，故「不踵而走，成為一時風雨，於是隨倚虹為步趨者日眾」。

一馬當先——畢倚虹和《上海畫報》

在這股畫報潮中，一馬當先領跑的無疑是畢倚虹創辦的《上海畫報》，正是它的成功，才引發了大量跟風者，匯成了令人矚目的小報型畫報大潮。畢倚虹（1892-1926），名振達，字倚虹，後以字行。他是江蘇儀征人，據說是乾隆時官至總督的「靈岩山人」畢沅之後。畢倚虹生性聰穎，從小詩文俱佳，15歲時即娶詩人楊雲史之女芬若（李

鴻章外曾孫女）為妻，故他也是顯赫李
家的外曾孫婿。畢倚虹成年之時，科舉
已廢，家裏給他捐了個正五品的官，先
後在陸軍部、法部任事，並擔任過駐
外領事。辛亥後，畢倚虹入中國公學法
律系讀書，畢業後在上海掛起了「畢振
達大律師事務所」的招牌，然業務並不
佳，幸而他長於寫作，漸漸地就轉以賣
文為業了。1925年，畢倚虹敏銳地覺
察到新聞圖片和攝影報導的重要性，他
充分發揮自己的辦刊經驗和人脈資源，
創辦了一份介於日報和月刊、半月刊之
間的新型畫報，每3日出刊1次，圖文
並茂，剛柔兼濟，刊名就定為《上海畫
報》。刊物創刊於6月6日，時正值五
卅慘案爆發，很多報刊因事變停刊，畢
倚虹以其職業敏感，堅持出刊，並當即
調整原先準備的內容，對事變作了圖文
相濟的報導，打了一個漂亮的開門戰
役，為其以後成為小報型畫報之鼻祖奠
定了基礎。

　　《上海畫報》甫一創刊，即以其
新穎的形式和紮實的內容贏得了市民

《上海畫報》創始人畢倚虹像

《上海畫報》封面

的青睞，發行量節節上升，很快就達到了二萬份的銷售數，這在當時的期刊界是一個奇跡。報界名宿周瘦鵑曾著文贊道：「五卅慘案初發之後，老閘捕房門前之槍聲血影，似猶縈繞吾人耳目間，租界中商店罷市，情勢極緊張，不意白幟招展，揭貼紛飛中，而《上海畫報》奮然崛起，如春雷之乍發，如奇葩之初胎，吾人驚魂稍定，耳目為之一新，倚虹之毅力，有足多者。」《上海畫報》的成功，刺激了芸芸眾生，跟風而起者頓如雨後春筍，畢倚虹的助手們也先後離他而去，獨創門戶。據筆者統計，1925-1926年間發行的類似畫報大約有三十餘種。這些畫報從外觀形式到發行週期都模仿《上海畫報》，在當時形成了一個蔚為壯觀的「小報型畫報潮」。但浪潮來得兇猛，去得也迅捷，這些畫報大多數無法達到《上海畫報》的高度，很快就宣告停刊，《上海畫報》依然一枝獨秀，穩步向前發展。畢倚虹身體本來就羸弱，畫報的創辦經營耗去了他太多的精力，朋友們的離去對他又是一個打擊，慢慢他感到了力不從心，病倒在床，於1926年5月15日，安然告別了這個他留戀的世界。畢倚虹病逝後，畫報由四合公司出面接辦，具體主編是錢芥塵，而真正後臺則是東北軍閥張作霖、張學良父子。錢芥塵是知名文人，各方頭面很熟，曾出任過袁世凱的顧問，後又追隨張作霖，並受到重用，接辦《上海畫報》的經費就是由張作霖提供的，同時該刊也成為了張氏父子在華東地區的一個陣地。以後，錢芥塵還曾因此遭到蔣介石的通緝，被迫於1928年2月辭去《上海畫報》的編務。接他手的是周瘦鵑、張丹斧、黃梅生、余空我、秦瘦鷗、舒舍予等人。

　　《上海畫報》從1925年6月6日創刊一直出到1933年2月26日，8年間共出版858期，論出版時間之長、發行期數之多，影響報壇之廣，當時眾多畫報無出其右。它開創了一種新穎獨特的畫報形式，其發表的近2萬篇文章，1萬餘張照片，為那個時代留下了一部忠實的圖文寫真集！80餘年後的今天，已很難找到一套完整的《上海畫報》了。1996年，嘉德拍賣公司以24200元拍出一套；2005年，錢芥塵本人保存的一套《上海畫報》也由其後人提供給北京某拍賣公司上拍，底價僅1萬8千－2萬5千元。其實，這是全國少有的一套堪稱齊全的《上海畫報》，且附有不少當年的原照，價值遠不止此，不知最後落入誰家囊中？

萬馬奔騰——幾十家畫報匯成洶湧大潮

　　說「萬馬奔騰」當然未免誇張，但幾十家畫報此起彼伏，相繼湧現，其陣勢還是相當壯觀的。1927年6月，有一位記者有感於當時的這種現象，寫了一篇題名為〈畫潮記〉的文章，說自《上海畫報》發刊獲得成功後，「時仿效者達三十餘種」，並開列了這些畫報的具體名稱。更有人形象地寫道：「畢倚虹君創《上海畫報》後，畫報之熱，誠可與炎暑比酷，而種類之繁，則足與夏星競密，亦可謂盛極一時矣。」其實，〈畫潮記〉中例舉的那些畫報還遠遠不是當時的全部，筆者就曾發現不少類似畫報而〈畫潮記〉中並未列進的，但文章所言至少說明，這股「畫報潮」在當時確實已形成了很大陣勢，因此而引起了社會的重視。縱觀這些畫報，總體上大都模仿《上海畫報》，如畢倚虹所說：「吾報既出，效者踵起，規模格局，十九惟

花國選舉大會選舉票

《三日畫報》（1926年6月20日第97期）

吾是式。」刊期一般以3日刊居多，也有部分為5日刊或週刊；開本以4開為主，1張2版或2張4版，雙面印刷，橫翻、豎翻都有；內容除時事新聞外，以刊登戲劇、電影、美術和掌故類文字為主，篇幅大多短小，稍長一些的則以連載形式刊出，並多配以圖片，一般每期都有10來張照片發表。對花界新聞的喜好重視也是這些畫報的一個普遍特色，「北里群芳」、「挾彈王孫」之類的文字時常見諸於報端，有的畫報更發起「花國大總統」的選舉，開起了時代的倒車。

「畫報潮」中湧現的畫報大都壽命短暫，3、5期，10來期就終刊的為數不少，能出到20期以上的就屬「中壽」了。當時就有人總結道：「五卅一役，《上海畫報》出版，不一月而銷數盈萬，繼之者，一月而十數家，停刊者一月又二、三家。甚哉！辦小報易，辦畫報非易，一人才，二印刷，三鑄版，三者不能無求於外，余終決其難與持久也。」就筆者所過目的眾多畫報

來看，在當時的小報型畫報中，出版
刊期較長的，除了《上海畫報》，其
他的有：《三日畫報》，169期；《遊
藝畫報》，75期；《駱駝畫報》，73
期；《中國畫報》，40期；《環球畫
報》，24期……相對而言，這些畫報
出版比較正常，內容也比較健康。它們
的編輯一般較有名氣，喜歡文藝，待人
交友講義氣；刊物登載的文史掌故類文
字頗具文獻價值，有的至今仍被頻頻徵
引；記述電影、話劇、唱片、油畫、電
臺等時尚風物的文章，則見證了這些舶
來之物在上海這座十里洋場生根繁榮
的歷程；大量的歷史、時事照片，如
〈十九世紀五十年代的黃埔灘〉、〈孫
中山大總統誓言手跡〉、〈五卅慘案時
沖洗血跡的老閘捕房〉、〈忠勇衛國之
十九路軍將士〉等，更讓這些畫報染上
了一層凝重的滄桑感。在這些畫報中，
若論出版週期之長和影響之大，《三日
畫報》都僅僅次於《上海畫報》，且有
自己的鮮明特色，故被譽為當時小報型
畫報的「榜眼」。

《游藝畫報》封面

《環球畫報》封面

葉淺予在《三日畫報》上發表的
女裝設計

《三日畫報》刊登了不少著名畫家的作品，而中國漫畫界更有兩位大師的處女作是發表在《三日畫報》上的，其一是葉淺予，他的第一幅諷刺漫畫就發表在1926年4月30日的第80期上。葉淺予當時才19歲，從家鄉浙江桐廬闖蕩到上海灘，在南京路上的三友實業社當練習生，負責畫廣告。一次他偶爾畫了一幅漫畫投寄給《三日畫報》，主編張光宇很欣賞，不但予以發表，還鼓勵他繼續投稿，並介紹其他畫家和他相識。和《三日畫報》社張光宇等人的結識，在葉淺予的人生旅途上是一個很大的轉捩點，葉淺予以後成為一個職業畫家可以說就是從此起步的。《三日畫報》上發表的另一位漫畫大師的處女作是丁聰所畫的一幅古裝人物畫，刊登在1926年5月27日的89期上，題為〈丁悚之子一怡（丁聰）作畫〉，此時他年僅10歲。

《三日畫報》所刊基本內容，大體上和當時盛行的小報型畫報差不多，比如有關戲劇掌故和電影明星的文章和圖

片較多一些。和一般畫報略有不同的是，由於畫報的創辦人張光宇及其圍繞在他周圍的很多朋友都是畫家，故對美術一門有較多的關注，除每期都有漫畫發表，還有一些長篇連載，如葉淺予的服裝設計〈新裝束〉，曹涵美的工筆人物〈聊齋故事畫〉等。此外，該刊發表的一些有關美術的文章也值得關注。如翠袖的〈鴻案讀畫記〉，記作者與丁悚、張光宇、胡伯翔三人拜訪剛自法國留學歸來的徐悲鴻，觀賞了徐的百餘幅自作及其收藏的一些名畫，對徐的作品及其努力刻苦的精神十分激賞，讚歎為「中國作此類西洋畫之第一人！」丁悚的〈與天翼君談「上海之洋畫界」〉，是一篇談論上海早期西畫教育的重要文章，丁悚以其親身經歷，澄清了不少事實，頗具史料價值。

《三日畫報》關於中國第一個漫畫組織「漫畫會」的報導尤其值得重視。當時圍繞著張光宇、丁悚周圍有一批年青有為、熱心漫畫創作的青年，他們有著共同志向，經常聚居在一起進行交流，慢慢便成立了一個叫「漫畫會」的組織。這個組織被譽為是中國美術史上最早的漫畫組織，但在關於這個組織的成立時間及成員、地點、會標等諸多問題上，諸本史書俱存在著錯誤，而《三日畫報》上對此的報導無疑是最權威可靠的第一手文獻。

邵洵美筆下的留學生涯

今年春，邵洵美的女兒邵綃紅從美國回國省親，我們也因此有機會在上海圖書館碰面，聊些彼此感興趣的話題。邵女士對我說，她為父親寫的人物傳記已經殺青，即將由上海的一家出版社出版。邵洵美的傳記難寫，是因他沒有日記和完整的回憶錄存世，來往書信也缺損得厲害，親友的回憶文章也因種種原因而數量很少，故很難為這位中國文學、出版界的先輩勾勒一個相對比較完整的輪廓。這次幸好發現了邵洵美30年代中期在報上連載的一部回憶錄殘稿，才大大豐富了這一部分的內容。這部分回憶殘稿，我倒是在幾年前就瀏覽過，至今還留有清晰的印象，唯稿子當年是在一份小報上連載的，故很少有人知曉。也未見有人在文章中引用，因此值得向大家介紹。

邵洵美這部回憶錄名叫《儒林新史》，1937年6～8月間連載於上海《辛報》。稿子最初「寫在一本舊式賬簿上」，共24段，約2

邵洵美著《儒林新史》
（1937年6月17日《辛報》）

邵洵美著《儒林新史》
（1937年6月18日《辛報》）

萬餘字，全部是對其留學生涯的回憶。按照邵洵美的計畫，這部回憶錄先從歐洲留學生活寫起，然後寫回國後十餘年來中國文壇發生的情形，後因故停筆。其中最主要的原因是：「這部戲裏的角色百分之九十都是我們天天可以碰見的朋友，說錯一句話會使他們受到相當的影響；或則好意的敘述會使他們疑心到是惡意的中傷；同時太顧慮了又會使真實打折扣。這都是我當前的困難。」1937年，這部《儒林新史》開始在報上連載，邵洵美也「決計接下去寫了。假使天氣或是時局不使我悶出病來，我是絕不願再有什麼間斷的」。這回剛寫了4段，又未作任何說明地輟筆了。估計是抗戰局勢的發展打斷了邵洵美回憶的思路。故邵洵美的這部回憶錄，除了開篇的「小序」和中間的「插曲」，全部28段，而其中的主題部分，即前24段是寫他留學生涯的，這也是這部《儒林新史》中最有價值的部分。

邵洵美寫留學生涯，文筆輕鬆，細節生動，一路讀來，堪稱享受；然文中

涉及的對象，如徐志摩、徐悲鴻、羅家倫、常玉、梁宗岱、劉海粟、吳經熊、滕固、張道藩、江小鶼等等，在今人看來個個都是在各個領域裏獨樹一幟的顯赫人物，因而又令人感到其沉甸甸的文獻價值。邵洵美觀察很敏銳，文筆也很生動，往往一句話就點出了一個人的精髓，如他認為：張道藩「做畫家是不適宜的」，劉紀文最醉心的是「市政考察」等等；此外，他寫梁宗岱的執著、常玉的名士氣息和徐悲鴻的書呆子氣，都顯得異常生動。

最令我感興趣的是邵洵美寫他和詩人徐志摩的關係。在邵洵美的筆下，徐志摩當時在他們那一幫朋友中絕對是個領袖人物，影響也最大。就邵洵美個人而言，他對徐志摩簡直就是著魔般地崇拜，甚至把他看作是真理的化身。我們知道，邵洵美赴歐洲本來想學的是政治經濟，後來因看了希臘女詩人莎菲的詩和像，受到震撼，才轉行學了文學，而其實，徐志摩在這其中的起的作用絕對不小於莎菲，這有邵洵美的親筆回憶作證。我們且看邵洵美的這一段生動記敘：「說也奇怪，我和他雖然只交了一個多鐘頭的朋友，這一鐘頭裏又幾乎是他一個在講話；可是他一走，我在巴黎的任務好像完了。往常走在街道上，我心裏總有一種期待著什麼奇蹟的感覺，現在卻逐漸地發現眼前的事物的陳舊；天上是一樣的顏色，原來我已經看到我所要看到的東西了。我帶了這種神話回劍橋，心思再也不能回復到原有的書籍上；下午在圖書館裏，也只是在詩歌的架子邊上徘徊。每天從寢室的視窗，看到了草地裏的蘋果樹，看到了隔壁禮拜堂後面的墓碑，我似乎感覺到一伸手便可以觸到真理，又隱隱地明白我有改行的必要。每一樣不重要的事情都會把我領進回憶裏，我於是追憶著過去所忽略的愉

快，和沒有重視的幸福。這種縈繞心頭的思慮，我會把來寫成壓了腳韻的句子；自己竟然相信自己是一個大家所等待著的詩人了。」邵洵美寫得既生動又明晰，這種煩躁不安，預感到有重大事情即將發生的心理活動是不難理解的。從這些生動描述中，我們是不是對當年叱吒風雲的留歐學子們有了更深一層的瞭解了呢？殷切希望邵洵美的這部《儒林新史》能夠在湮沒多年之後早日和更多的人們見面。

葉靈鳳的一本另類書話

葉靈鳳先生不僅藏書多，讀書也雜，在老一輩文人中是出了名的藏書家、愛書家，他的諸多作品中也以書話類文字最受讀者歡迎。姜德明先生就曾經説過：「我有一個偏見，儘管葉靈鳳先生的創造主要是小説，我卻覺得他一生在文學事業上的貢獻還是在於隨筆小品方面。」（〈葉靈鳳的散文〉）上世紀80年代中，絲韋先生為葉靈鳳選編了厚厚三大冊的《讀書隨筆》，發行後令讀書人喜不勝收，大呼過癮。以後陸續出版的還有陳子善先生輯錄的《葉靈鳳隨筆合集》、小思女士編的《葉靈鳳書話》等等。這些集子可説基本囊括了葉靈鳳的此類文字，但「漏網之魚」不能説「一條」也沒有，其中之一就是他的《書淫豔異錄》。葉靈鳳讀書向以多、雜而著稱，這裏的「淫」也就是「愛書過溺」之意。讀書一多且雜，難免會有些一般人難以觸及的「奇文異編」過眼，葉靈鳳隨手摘錄整理，以明白曉暢的文字敘述，於

是就誕生了他的這本另類書話。

　　《書淫豔異錄》最初發表於上世紀30年代中期上海的一份小報上，署名「白門秋生」。葉靈鳳是南京人（「白門」即南京之別稱），至於「秋生」本就是他筆名之一，因此這個署名明眼人是不難猜測的。我曾就此向施蟄存先生求證，他也明確表示：「白門秋生」就是葉靈鳳。《書淫豔異錄》連載時共刊出102則，從文章篇名看似乎都較敏感，如〈談猥藝文學〉、〈中外淫詞考〉、〈初夜權與貞操〉、〈性的拜物臣〉、〈關於秘戲〉等等，但內容卻很乾淨，只以知識的介紹為主。葉靈鳳自己也很注意這個問題，特地在〈小引〉中鄭重聲明：「所記雖多豔異猥瑣之事，必出以乾淨筆墨，以科學理論參證之，雖不想衛道，卻也不敢誨淫，至於見仁見智，那要看讀者諸君自己的慧眼了。」應該説，作者是盡可能這樣去做的，不去刻意渲染，重在知識傳輸，書中一些人名、物名和專業名稱都附有外文原名，以供讀者參考。

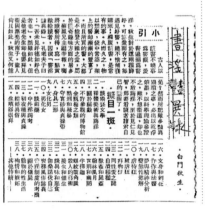

葉靈鳳在上海某小報上發表的《書淫豔異錄》

據說抗戰期間，葉靈鳳在香港為稻梁謀，也應約寫過一些此類文字，但在內地卻一直未查到線索。2001年夏，筆者代表上海圖書館赴港辦展，順便偷閒到香港中央圖書館看書，蒙李光雄高級館長和潘偉承館長大力相助，慷慨地將他們善本庫中珍藏的民國期刊提供給筆者閱覽，並允許複印。我驚喜地發現，在1943年香港出版的《大眾週報》上，葉靈鳳確實又發表過幾十則《書淫豔異錄》，內容風格均同上海，這也算解開了筆者多年縈繞心頭的一個疑團。

香港《大眾週報》上發表的《書淫豔異錄》

說起疑團，筆者想起了香港名作家黃俊東先生也有一個和葉靈鳳有關的疑團。黃先生在他的著作《獵書小記》中有一篇〈性知性識〉，專門介紹民國著名藏書家周越然先生的此類書話，他在文中提到：「1940年上海風行出版社所印行的一部《書豔獵奇錄》，著者署名『敬渠後人』，我疑心該書也為周氏所著之書也。」這裏，黃先生的疑問實有誤，筆者正好也看過這本《書

《書淫艷異錄》的盜版書
《凝脂撩香錄》

豔獵奇錄》，全書共收文40餘篇，實即輯錄自葉靈鳳4年前發表的《書淫豔異錄》，並故弄玄虛地署名「敬渠後人」，還編造了一篇〈小引〉，內謂「祖敬渠公撰著《野叟曝言》，天下爭以先賭為快」云云，以夏敬渠後代自居。我懷疑這是上海淪為「孤島」期間出版的一本盜版書，因此書封面上除《書豔獵奇錄》這個書名外，還有另一個並列的書名：凝脂撩香錄。我想這不可能是葉靈鳳所為，一定是不法書商只為賺錢的無聊之舉。

關於葉靈鳳的這類書話，向來見仁見智，有不同的看法。杜漸先生在《書癡書話》中有一段話涉及此，筆者覺得頗有意思，謹錄在此作為本文結束：「照我所知，葉靈鳳生前所寫的有關書的文章，還有不少尚未收入這三大冊的《讀書隨筆》中，例如他研究世界性風俗和性文學，就寫了不少十分有趣的文章，也是很有價值的。大概把這些文章收進《讀書隨筆》會有點兒『不雅』吧。我倒是沒有這種潔癖，我覺得葉

靈鳳那些文字是寫得樂而不淫,很有意思,能增加我們的知識,也能使讀者倍增樂趣的。希望將來有心人能把他這類隨筆也收集出版就好了」(〈葉靈鳳的《讀書隨筆》〉)

一部研究上海的稀見圖冊

從時間概念上來說，民國時期出版的書籍距今並不久遠，存世數量不會太少，尋覓起來應該比較容易。但事實卻並非如此。由於社會動盪，運動頻繁，一些上世紀初發行的書籍已非常少見，其珍罕程度和一些明、清刻本相比已可說是差堪相似，至於一些在特殊背景下出版的書籍就更是如此了。1936年由上海斯羅沃出版社發行的大型紀念冊《俄羅斯人在上海》就是這樣一本稀見之書。

1917年「十月革命」以後，大批不滿或不容於蘇維埃政權的貴族、官吏、資產階級、帝俄軍官以及自由職業者，倉惶逃離俄國，紛紛前往鄰近的歐亞各國避難。中國的哈爾濱和中東鐵路沿線以及京、津地區，當時擠滿了處境艱窘的白俄成員，而上海也是他們嚮往的理想避難地之一。據汪之成的《上海俄僑史》統計，上海開埠之初，在滬定居的俄僑極少，1870年有3人，至1900年，也僅有俄僑47人。20世紀初，隨著西伯

利亞大鐵路和中東鐵路相繼建成，上海俄僑人數顯著增加，從1904年日俄戰爭至1914年一次大戰爆發的十年間，上海公共租界的俄僑人數大體穩定在360人左右。而自1918年起，大批俄國難民蜂湧抵滬，至1930年左右，上海俄僑總數已有近2萬人。這些俄僑當中真正有錢的貴族只是少數，大多數人到達上海時已淪為窮人，甚至有不少囊空如洗的難民，其境遇之慘超出了人們的想像。但他們中間卻彙集了各行業的專業人員，他們肯吃苦，願意從事那些工作最重而報酬卻最少的勞動。1925年因五卅慘案而引發的上海「三罷」運動（罷工、罷市、罷學），使俄僑們覓到了千載難逢的良機，大多數俄僑難民幾乎都因此找到了工作，並以其熟練的技能和誠實的勞動而使租界當局各部門及許多外商企事業樂於雇傭他們。短短幾年，這些俄僑們終於熬了過來，在上海站穩了腳跟，並開始展示他們的才華。

俄僑們大多生活在當時上海的法租界，聚居於今淮海路、瑞金二路一帶，形成了東起重慶南路、西至陝西南路、南自復興中路、北到巨鹿路的俄僑社區。當時僅霞飛路（今淮海路）一條街，俄僑們便開設了一百多家商店，其中有不少是著名店號，如以西點聞名的老大昌法蘭西麵包廠總店，上海第一家花園餐廳：特卡琴科兄弟咖啡餐廳，把羅宋湯作為招牌菜的茹科夫餐廳，以及皮貨聞名的西比利亞皮貨店霞飛路分店和最大的俄僑百貨商店：百靈洋行等等。霞飛路也因此成了僅次於南京路的上海第二條現代繁華大街，當時的很多上海人也確實將霞飛路稱作「羅宋大馬路」。與此同時，俄文報刊和俄僑圖書館、學校、教堂等也逐漸多了起來，那時，上海俄國總會每週定期舉辦一項名為「星星會」的社交活動；俄國人舉辦的芭蕾舞演出、歌劇音樂

會、假面舞會、拳擊比賽、聖誕晚會等等更是層出不窮，整個俄僑社區以霞飛路為中心洋溢著濃郁的俄羅斯氛圍。

《俄羅斯人在上海》這本書正是1937年前旅滬俄僑生活的全景記錄。為了編輯這本大型紀念冊，編撰者日加諾夫用去4年零9個月的時間，走訪了16000多人次，拍攝到的照片達1600張之多。打開紀念冊一頁頁流覽：霞飛路上的眾多俄僑商店、禮查飯店裏的別爾沙茨基五重奏樂隊、在東華大戲院裏演出的俄羅斯藝術團、榮膺「上海小姐」稱號的俄羅斯美少女，以及為數眾多的俄僑學校、醫院、圖書館和禮拜堂等等，真正稱得上是「上海俄羅斯人的眾生相」。書中有些文獻非常珍貴，如俄國著名歌唱家夏里亞賓1936年訪問上海的記載，別處就難以看到；「一・二八」事變期間，各國武裝在上海佈防的情景，日本兵在虹口、閘北耀武揚威、燒搶掠奪的罪行以及中國軍隊的反

《俄羅斯人在上海》一書發表的照片：1928年4月22日俄僑在東華大戲院演出話劇

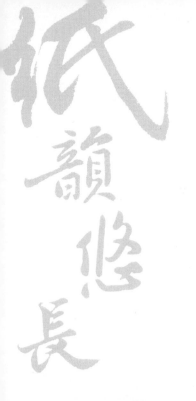

擊，書中有非常詳細的反映和大量的圖片，出自外國人之手，這些文獻就顯得格外難得。至於那張南京大戲院（今上海音樂廳）放映《泰山情侶》盛況的著名照片，至今仍是這家特級影院當年輝煌時代的最精彩的留影。

《俄羅斯人在上海》由於其特殊的背景，當年主要在俄僑中發行、流傳，華人及其機構極少有收藏，即使是一些大型圖書館也鮮有這本書的記錄，以致專門研究上海史的專家中也有不少人從未目睹過此書，成為學術界的遺憾。

《俄羅斯人在上海》一書發表的照片：
由俄僑擔任警衛的中國銀行裝甲運鈔車

被遺忘的應時

上海音樂學院的陳聆群教授近日來上海圖書館看書，攜來一冊1939年版的應時《德詩漢譯》，真皮金字精裝，屬稀見之本。此書為上音所藏，且為應時書贈蕭友梅的特製本，當然價值更非一般可比。陳教授正在編纂《蕭友梅全集》，在注釋「應時」這一條目時遇到一些困難，故來上圖諮詢。確實，無論是作為一位法學家還是作為一名譯者，應時其人其事都已逸出了人們的記憶，即使在很多文史類辭典中也不見他的名字。

應時（1886-？），字溥泉，浙江吳興人。他從小父母雙亡，靠獎學金在南洋公學完成學業。1907年末赴英國伯明罕大學選修理科，生活非常刻苦，平時僅以麵包冷水充饑解渴。不久染上肺病，在同學們的相助下轉赴德國療養，病情稍愈後即在加魯高等商業學校進修德文，因任教老師恰為一德國詩人，故應時在這段時間閱讀了大量德國詩歌，為以後的《德詩漢譯》打下了基礎。

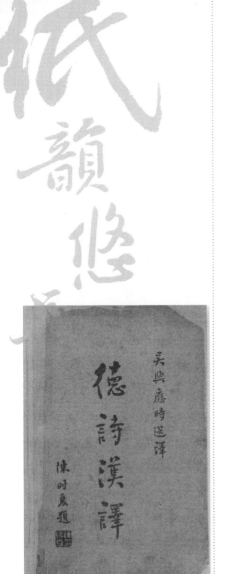

1914年版《德詩漢譯》

1911年春，應時從德國回到上海，住在友人田北湖家，翻譯德詩就在這段時間。譯稿一放三年，至1914年1月，應時才在朋友們的鼓勵下自費出版了這本《德詩漢譯》。全書共收入戈德（歌德）、翕雷（席勒）、哈英南（海涅）等十位詩人的十一首詩，詩前並附有應時的〈德詩源流〉等文。應該說，應時在選擇詩人詩作時還是很有眼光的，他選擇的詩人都堪稱德國詩歌史上代表人物，他選擇的詩歌也大多為名篇。如席勒的〈質友〉（今譯〈人質〉），是其晚年的代表作之一；歌德的〈鬼王〉（今譯〈魔王〉）是詩人在學習民歌的基礎上寫出的，非常有名；海涅的〈兵〉（今譯〈兩個擲彈兵〉）則是詩人的早期代表作。但即便如此精心譯作，《德詩漢譯》這本僅印了一千冊的我國第一部德國詩歌翻譯集，在書店裏寄售了很久都沒有賣完，這在很大程度上影響了應時繼續從文的決心。應時後來曾這樣表述自己的看法：近二十年來「既少為文，文亦不敢求工，蓋文

愈工者人愈窮，古今中外如出一轍」
（《〈德詩漢譯〉自序二》，載《德詩漢
譯》1939年1月版）。

　　1916年，應時以浙江省官費生的
資格攜眷赴德國柏林攻讀法律，不久因
中德宣戰而改入瑞士羅山大學續習三
年，然後又赴法國入巴黎大學研究二
年，獲法學博士學位。1922年應時學
成回國，任浙江法政專門學校教務長，
從此正式步入法律界，先後擔任過修訂
法律館副總裁，東吳大學法學院教授，
上海法租界特區地方法院院長等職，著
作有《羅馬法》等。應時步入法律界
後，經濟狀況大有好轉，故於1939年1
月再次自費重印《德詩漢譯》，現在外
間還能看到的就是這個版本。

　　這個再版本除了增加了一些詩人
照片外，最大的不同是有顏惠慶、張元
濟、蕭友梅等名人作序，他們在一些循
例的應酬場面話之外，也貢獻了很好的
意見。如蕭友梅認為應時的譯文「純照
古詩體譯成，固不失其本意，即使離
開樂譜朗誦出來，亦覺得淋漓盡致，聲

1939年版《德詩漢譯》

調鏗鏘」；而張元濟對此略有不同看法，他認為應時的漢譯在今天似過於古奧，一般難以看懂，故他非常坦率地寫道：「余竊謹進一解，倘能更以極明淺之義，恒習之學，別譯一編，使如白香山詩，老嫗都解，則所以激發吾國人者收效不益廣且遠乎？」應時自己也新寫了一篇序，他在序中非常感慨地回顧了自己的留學生涯。雖然因為文學不能養家自己沒有走上從文之路，但他還是堅定地認為：「戲劇、小説及詩歌等為改良社會最有力之急先鋒。」

再版本《德詩漢譯》共有三種版本，一為真皮金邊金字精裝，售價五元六角；一為准皮金邊金字精裝，售價三元六角，一為准皮金字精裝，售價二元八角。三者中以第一種最為稀見，而1914年的初版本則更為少見。

曾氏父子與上海貧兒院

在近代中國，作為父子，在不同領域各有建樹，贏得眾人尊敬，享有很高聲譽的，可謂並不多見，而曾鑄、曾志忞正是這樣一對父子名人；至於他們父子接力，捨家捐財，克服種種困難，創辦上海貧兒院，救助眾多貧寒子弟走上自食其力之路，報效國家、服務社會的義舉，則更令人感佩。

曾氏父子：實業家和音樂家

曾鑄（1849-1908），字少卿，福建泉州府同安縣人，後來滬幫父經商，定居上海，故從他兒子曾志忞起，填寫履歷時，「籍貫」一欄一律寫成上海，成為名副其實的上海人了。[註1]曾鑄來滬後致力經營南洋大米、海味食品以及各種洋貨，獲利甚豐，成為上海灘巨富。他積極投資興辦民族工業，在工商界很有人緣。光緒三十一年（1905年）十月，他被推為上海城鄉內外總工程局辦事總董，次年一月，又被推為江蘇鐵路公司董事，並發起

曾鑄像

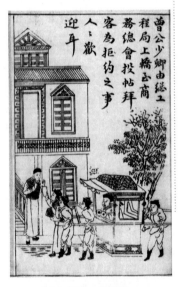

《曾少卿》一書插圖

領導了收回受美資控制的蘇浙鐵路權益的愛國運動。他還是一位君主立憲的擁護者，1906年，當清政府宣佈「預備立憲」時，曾鑄與張謇等在上海創立「預備立憲公會」，積極回應。曾鑄一生最為人所稱道的是他領導的抵制續簽「華工禁約」一事。清光緒二十年（1894年），美國政府與清政府的出使大臣楊儒簽訂了為期10年的《限制來美華工保護寓美華人條約》（亦稱「華工禁約」），到光緒三十年（1904年），該條約期滿，華僑報紙和國內輿論一致要求美國政府廢除這項虐待華工的條約，但美國政府不予理睬。清光緒三十一年（1905年），美國派新任駐華公使威廉姆打算強迫清政府續簽「華工禁約」。消息披露後，舉國譁然。5月，上海商務總會召開特別大會，商討抵制簽約的辦法。曾鑄以總會議董的身份登臺演說，提出以兩個月為期限，若到期「美國不允許將苛例刪改而強我續約，則我華人當合全國誓不運銷美貨以為抵制」。會上，商董們合議

致電外務部、商部堅拒簽約，並電請南、北洋大臣合力抗阻，再通電全國21個重要商埠的商會，要求齊心合力。商會總理嚴信厚等對抗議如此強硬面露難色，曾鑄見狀毅然表示：「此公益事，並無風險，即有風險，亦不過得罪美人，為美槍斃耳。為天下公益死，死得其所，由我領銜可也。」因此，3個通電均署「滬商曾鑄等公稟」，嚴辭聲明要「伸國權而保商利」。[註2]兩個月後，由於美國政府不肯妥協，抵制美貨運動在曾鑄等人的倡導下，以上海為中心，迅速席捲全國，形成了浩大的聲勢。美國政府多次向清政府發出威脅性照會，迫使清廷電令兩江總督處置曾鑄，並向全國發佈禁止抵制美貨的上諭；上海商務總會在壓力下也被迫發出公告，要求各行業商董對已訂已買的美貨繼續允許銷售運行；同時，各種中傷、恐嚇曾鑄的流言四處流傳，甚至有人威脅要暗殺曾鑄。8月，曾鑄發表〈留別天下同胞書〉，從而退出運動。抵制美貨的運動雖然出現逆轉，但輿論壓力最終卻迫使清政府未與美國政府續簽「華工禁約」。天下自有公道，就在這年的11月，曾鑄以高票當選上海工商界最大的同業組織——上海商務總會的第二任總理，成為清末上海工商界的領袖人物；而曾鑄在抵制美貨運動中的函電、信稿等，以後也由蘇紹柄編纂為《山鍾集》刊行於世。所謂「山鍾」者，取「國民合群，回應神速，猶如山鍾」之意也。[註3]當時有人作了一幅對聯，高度評價曾鑄在這一運動中的壯舉：抔此頭顱，尺書驚破美人膽。誰無血氣，高唱叫醒中國魂。[註4]曾鑄一生樂善好施，從事過很多慈善事業，直至臨終前一年，他仍以很大精力在籌辦著一所為貧苦兒童提供受學和就業機會的慈善教育機構——上海貧兒院。他利用自己在工商界的深厚人脈，呼籲大家捐資出力，自己則

帶頭捐獻了3萬元鉅款。1908年6月，曾鑄積勞成疾，不幸病逝，臨終前他囑託焦樂山、邱子昂等人承擔開院一應事務，並希望其子曾志忞繼承遺志，辦好貧兒院。

曾志忞，1879年出生於上海，字澤霖，又字澤民。他1901年赴日留學，進的是日本名校早稻田大學，學習法律，並且以該校政學士的資格畢業。但在日本的那幾年間，他最下功夫學習的其實還是音樂，並曾專門進入音樂學校研修。梁啟超在《飲冰室詩話》第77則中説：「去年聞學生某君入東京音樂學校，專研究樂學，余喜無量。蓋欲改造國民之品質，則詩歌音樂為精神教育之一要件，此稍有識者所能知也。」這裏所説的「某君」即指曾志忞。曾志忞在異域他國刻苦研習音樂，並非僅僅只是把音樂當作一門藝術，他是抱著改良社會的志向來學習音樂、倡導音樂的，他創作的《馬蟻》等歌，就曾被梁啟超譽為是「救亡歌曲之鼻祖」。註5 1904年，曾志忞在《樂典教科書·自序》中明確提出了德育、智育、美育、體育四育並行的主張，並大聲疾呼：「欲改良中國社會者，蓋特造一種二十世紀之新中國歌。」在日本留學的幾年間，他身體力行，開展了多方面的音樂活動，並創作了一系列後來被學界公認為「中國近代音樂之第一」的著述。

1903年9月起，他在《江蘇》雜誌上連續發表〈樂理大意〉等文，並隨文刊出《練兵》、《揚子江》等歌曲，這是中國近代最早以簡譜形式公開發表的學堂樂歌。

1904年5月，他編著的《教育唱歌集》一書在東京出版，集中收錄樂歌26首，其中署名「志忞」者16首。此書和同時期出版的沈心工著《學校唱歌集》初集一起被譽為中國近代最早的音樂教科書。

　　1904年9月，他編譯出版了《樂典教科書》，此書為第一部介紹近代西方樂理的譯著，也是學堂樂歌初起時，出版最早的一本較為完備的樂理教科書。

　　1905年3月，他編著出版袖珍《音樂全書》，內含〈樂典大意〉、〈唱歌教授法〉和〈風琴教授法〉三編，此為近代中國最早的一本普及音樂知識的音樂讀物。

　　1905年10月和12月，他在《醒獅》雜誌上連載〈和聲略意〉一文，這是中國人寫作的講述西洋和聲學知識的第一篇文章，他也因此成為我國研習和介紹和聲學知識的發軔者。

　　曾志忞1907年8月自日本留學回國，他聯合了高硯耘、馮亞雄等人在上海創辦「夏季音樂講習會」，傳授西洋音樂理論知識及器樂演奏技能，講習科目包括樂典、和聲、鋼琴、小提琴等，此舉開中國近代為普及音樂教育而舉辦社會性音樂講習活動之先河。

　　曾志忞當時開展的一系列音樂活動和撰寫的音樂論著，其產生的影響要較同時期的沈心工、李叔同、蕭友梅等人都要更為廣泛，故梁啟超在《飲冰室詩話》第97則中讚其為中國人從事新音樂活動的「先登第一人」。

　　1908年，曾志忞繼承父親遺志，傾其全部心血創辦上海貧兒院，把自己最年富力強的一段黃金歲月獻給了中國的慈善教育事業。當時曾志忞正值而立之年，且畢業於日本名校，家境富裕，父親又是海上工商鉅子，他要做官，要經商，都是輕而易舉之事，而他卻拒絕了這所有一切，堅持從事既辛勞又費神，且無任何報酬的貧兒院工作。當時有學校欲延聘他擔任督學，地方自治公所也擬聘他出任議員，這些

也都被他一一婉辭。為了全力籌畫院事，他甚至公開登報，聲明為「保衛精力，增理院事」，「凡公私宴會酬應，概行謝絕」。[註6]面對來自親朋好友的疑惑不解和輿論的各種猜疑，曾志忞撰文明確回答：「予不應留學生考試去做官，不設一公司、工廠去做總辦、總理，不涉足地方自治去做總董、總長，不潛心學術、學理去做政法學家，而偏入此貧兒院，日與數輩乳臭伍，何哉？拋盡名利，離卻俗尚，將研究一種中國的少年性質也。」[註7]曾志忞在全力操持貧兒院院務的同時，仍念念不忘對音樂的摯愛。1909年，他結合教學創辦的上海貧兒院管弦樂隊成為近代中國第一支完全由中國人自己組織並擔任指揮演奏的西式管弦樂隊，並在1915年美國巴拿馬世界博覽會上榮獲樂隊組織金獎。這在中國近代音樂史上堪稱精彩一頁，曾志忞也以此為自己的音樂生涯劃上了一個有份量的句號。1913年夏，曾志忞因滬南兵災北行[註8]，移居北京從事自己的本行——律師業務，同時仍舉行一些音樂活動，創辦過「中西音樂會」，1929年夏，他在北京病逝，年僅50歲。

父子接力創辦貧兒院

現有文獻多認為，曾志忞是受父命才從日本回國接辦貧兒院的，似乎主要是一種被動行為。[註9]這種說法似可商榷。實際情況是曾志忞很早就已有了從事慈善教育的志向，並且一直在為此積極籌備。曾志忞從小居住在上海西城，鄰近居者半為貧民；後就學於泉漳別墅，左鄰右舍亦多有貧苦民眾。當時上海多為私塾少有學校，僅有義塾而無給衣食者，公共教育和社會救助十分薄弱。曾鑄樂善好施，對社會各

種善舉，如養老恤孤之類，無不熱心贊助，這對曾志忞影響很大，他對和自己年齡相仿，但卻饑寒交迫、衣食無著，更遑論上學受教育的貧窮兒童，也常給以各種援助，據其自述：「予自塾出，恒於庭中聚鄰兒給以食餌，寒冬則偶以熱粥湯與之。……良心上固有一種救助之願。」[註10]當時，他已深悟「兒不教可怕，兒貧可怕，兒貧不教更可怕」[註11]的道理，但卻不知如何去改變這一切。1898年，19歲的曾志忞參觀了天主教會主辦的徐匯育嬰堂及孤兒院工藝廠等慈善機構，「始恍然悟，著手之有自矣」。[註12]他回去向父親稟告自己的感悟，曾鑄告訴他：「登高自卑，行遠自近」，可以先從小事一點一滴做起，積小善為大善。父子倆決定先從家族開始著手，再逐漸面向社會，遂於1900年在上海嘉定「創敝族瑞芝義莊」[註13]，以田租收入救濟族中窮人。次年，曾志忞遊學日本，其間，他特地去調查了日本各地的慈善教育事業，對他影響最大的是岡山市的岡山孤兒院。這是由耶穌會主辦的慈善機構，組織、教育系統純仿歐風，院中有農場、印刷廠等設施，院長石井有著二十年的教育經驗。曾志忞認真向石井請教辦院心得，並詳細考察了院中設施和教育方法。日本的慈善教育使曾志忞深有感觸，他寫信向父親「時以稟聞，冀合地方同志研究仿行」。[註14]曾志忞1900年曾在上海虹口方濟各學堂任教半年，該校「附收在申西人之孤兒」。曾當時寄宿在學校，「旦夕目睹教養之法」，很有感悟。他事後回憶：「貧兒院之萌芽，及今思之，已發生於彼時，而岡山、徐匯則更研究中之大受刺激者。」[註15]於此可知，曾志忞創辦中國慈善教育的想法由來已久，絕非1907年受父命囑託後才開始被動進行。

1900年以後，曾志忞已下定決心從事慈善教育事業，並向周圍人大力宣傳：「親友來，必擇可以解悶動聽之言勸」。[16]可以說，曾鑄、曾志忞父子兩人在這方面的志願是一致的，並都在一點一滴做著自己力所能及的事。1907年夏，由於盛宣懷認捐土地25畝，曾鑄遂亦捐獻3萬元作為院舍建築費，創辦貧兒院一事開始有了實質性進展。9月，曾鑄、施子英、焦樂山、曾志忞、席子佩、湯心源等人聯名柬邀上海紳商學界，商議創辦上海貧兒院（最初叫「上海孤兒工藝學堂」）一事，並由曾鑄等擬定了貧兒院章程。曾氏父子「十年夢想一旦解決，……貧兒之幸福來矣」！[17]同年10月，曾鑄由於「冒疾親往，徒步過勞，病因復發」。[18]病重期間，他仍念念不忘貧兒院的籌建工作，並仔細作了妥善安排。他囑託好友焦樂山負責經費籌措，技師邱子昂擔任營造所總理，負責院舍建築，並安排曾志忞、曹汝錦夫婦再赴日本考察貧兒教育。1908年6月，曾鑄病逝，臨終之際，「遺命其子志忞承志開院」。[19]這年12月，曾志忞、曹汝錦自日本調查歸國，當月即搬進了尚在修建中的貧兒院工地，以此表示繼承父命，同心辦院的堅定信念。1909年4月，上海貧兒院開院收兒，公舉周金箴擔任總董，施子英為院長，而曾志忞則出任監院，實際主持院務。他曾撰文這樣表白自己的心情：「予年少，無學無術，負此重任，捫心自愧，固不待言。但自恃不病不死，當一試驗。蓋此院之組織方法，在國內既無前師，在今日更無熟手，處處困難，事事阻礙，特不避勞怨，毅然為之耳！」[20]當時主要辦事人員僅曾志忞、曹汝錦夫婦及高硯耘、馮亞雄、丁莖九、童省三等6人，諸事開端，千頭萬緒，工作之緊張繁忙是可想而知的，但眾人意氣奮發，樂此不疲，絲毫沒有

吃苦受難的感覺，相反心中充滿了獻身理想的喜悅。高硯耘事後曾回憶：當時他們「日日爭論，事事揣摩，辦事之當否不論，精神之富足可知」。[註21]

上海貧兒院設在西門外瞿真人廟西南，鄰近江南製造局（即今製造局路、瞿溪路口，殘存房屋現為上海製造局路小學），主要招收7～14歲之間的男女少兒，收養條件是父母不並存及家庭月收入在5元以下者。「教以普通智識，兼習各種工藝，總以能成一技一藝，足自糊口為宗旨，且俾慈善、教育兩無偏廢」。[註22]創辦之初，以當時物價水平，每名貧兒教養衣食住各費，全年預算為人均60元，以後隨著歷年物價上漲，這個數額實已遠遠不夠開支。上海貧兒院純為民辦機構，沒有官方背景，也無足夠穩定的固定經費支撐，主要依賴民間捐款維持。故籌措金錢是主持者必須操心的頭等大事，而他們對經費的使用情況也持完全透明的態度，「分寸錙銖，具詳簿籍」。[註23]我們現在所能看到的有關貧兒院的檔案文獻，其中數量最多的就是每年每月各項捐款和開支的清冊。曾氏父子在這方面堪稱楷模。曾鑄在貧兒院創辦之初就捐獻了3萬元鉅款，這是個人所捐最大的一筆錢款；曾志忞秉承父志，所捐錢財也是眾職員中最多的，據筆者統計，至少在2千元以上，這是當時一個普通職員大約10年的收入。他的夫人曹汝錦則捐獻了大量布料、衣服，體現了作為女性的細膩。曾志忞的母親也長年累月捐獻，除了金錢以外，她捐得最多的是一些家常食物，如1914年10月捐月餅190個，11月栗子8包，1915年6月鹹蛋138個，1916年5月香脆餅8斤，6月糯米32磅，1917年1月年糕11斤，醃肉5斤等等。瑣碎之間，真實流露了一位母親對子女後輩的拳拳之心。曾氏全家的

慈善愛心，正如曾志忞所言：「先嚴捐錢設院養兒，令僕捐錢辦院養兒，令僕令兒捐錢再養各兒，吾道一貫。」[註24]當時捐獻錢物的人群中，既有虞洽卿、黃楚九、聶雲台、簡照南、朱葆三、劉鴻生等工商紳士，也有章仲和、曹潤田、何豐林、魏廷榮、薩鎮冰、王省三等軍政要人。一些文化界人士，如李叔同、吳昌碩、王一亭、汪康年、狄楚青、龐萊臣、李超士、周桂笙、張聿光、劉海粟等，也在此留下了愛心的痕跡。張元濟、高夢旦、鄺富灼、莊百俞、黃警頑等商務印書館同人是比較顯眼的團隊捐獻者，而一些機構也以各自的便利條件為貧寒子弟們作出了貢獻，如冠生園餽贈糖果，新舞臺招待看戲，《申報》、《時報》等常年免費寄贈報紙，供電局、自來水公司等允諾免收水電費用，同仁醫院、中國紅十字會義務提供醫療救護，上海商業儲蓄銀行、蘇州崑劇傳習所等則供給學生實習機會。一些個人顯然經濟並不寬裕，每月雖只捐幾角、幾分，但常年堅持，精神可嘉；也有些個人則以自己的技能輸送著愛心，如張剛父醫生持之以恆堅持為學生義務診療，仲子通先生常年累月來校免費教授體操。正是由於這些來自社會各界的熱心呵護，上海貧兒院才在艱苦的條件下得以維持了10餘年，一千餘名貧寒子弟（平均每年約招收一百人）在這裏衣食無憂，既學到了文化知識，又掌握了勞動技能，成為自食其力，有益於社會的合格公民。

揚名史冊的貧兒院樂隊

貧寒子弟們在貧兒院裏主要學習相當於中、小學程度的文化知識，並量材培植，選修職業教育科目（如園藝、女紅、藤草編織、金木

水電、打字、廚藝等），基本學成後，則由院方負責聯繫，派往各處
實習，以學會一技一藝，能自立於社會為目的。貧兒院還十分重視美
育，設有繪畫、雕刻等藝術課程，其中尤以音樂最具特色。曾志忞從
小就對音樂戲劇懷有濃厚興趣，赴日留學後又研修了專業音樂知識；
他的夫人曹汝錦和他同時赴日留學，雖然學的是美術，畢業於東京美
術學院，但也曾專門學習過提琴演奏。1907年曾志忞從日本回國，
在上海創辦夏季音樂講習會，手下加盟了高硯耘、馮亞雄兩員幹將。
高、馮兩人都畢業於東京音樂院，一個學習小提琴，一個學習長笛、
圓號等西洋管樂器，均有嚴謹的專業背景，也是我國近代最早選修音
樂的留學生。高、馮兩人都要比曾志忞小5歲，既是曾的下屬，又均
視其為兄長，彼此之間關係很融洽。1909年3月，他們應曾志忞邀請
加入上海貧兒院，從時間上來說僅比曾志忞晚一個月，是貧兒院最早
的一批教員。他們的加入讓曾志忞如虎添翼，他的理想得以實現，貧
兒院的音樂教學活動就此得以轟轟烈烈開展起來。

　　上海貧兒院是1909年4月20日開院收兒的，少年們甫一入院，曾
志忞就從中挑選了一些人成立管樂隊，讓馮亞雄帶領他們開始訓練。6
月13日是曾鑄逝世一周年紀念日，就在這次的紀念儀式上，這支成立
剛50餘天的管樂隊就首次亮相，由曾志忞指揮「合奏管樂兩闋」。註25
這應該是曾志忞心目中紀念父親的最好方式。作為副監院的高硯耘對
此有這樣一段說明：貧兒院剛一成立就「組織管樂隊，選年長男兒，
體力充足者，日課管樂一時，不二月而小管樂隊成」。註261909年8月
4日，音樂傳習所第3期夏季音樂講習會全體成員到院參觀，貧兒院
管樂隊在大哥哥們面前作了彙報演出。這兩支隊伍都由曾志忞親手創

建，手心手背皆為心頭肉，此時的曾志忞心中一定充滿了難以言說的喜悅之情。音樂講習會的全體成員為樂隊捐了款，而其他一些愛好音樂的朋友們，尤其是南洋華僑，也有感樂隊條件之簡陋而慷慨捐款，曾志忞從這些善款中當年就拿出一千法郎向法國定購樂器，以改善樂隊的條件。管樂隊的成功讓曾志忞信心大增，他隨即下令組建絃樂隊。1909年12月，貧兒院絃樂隊正式成立，由高硯耘負責教習。上海貧兒院自1909年4月開始招生至當年年底，共招收學生111名，其中小學科57人，另設藝科，下分木工、雕刻、刺繡、機織、園藝、音樂、庶務等7個專科（後又增加圖畫、革工、編物、烹飪等專科），其中

上海貧兒院弦樂科童子之部

雕刻科、刺繡科等各僅三、四人上課，唯音樂科學生最多，共有20人之多（管樂11人，弦樂9人，均兼習鋼琴、風琴）。[註27]曾志忞對音樂科也最為重視，其他科均只有一位主任，而獨有音樂科設了兩位主任，分別由副監院高硯耘和幹事長馮亞雄兼任，高負責教習弦樂，馮負責教習管樂。[註28]絃樂隊成立尚不滿半年，曾志忞就迫不及待地向外界披露進展情況：「中國雖無高尚管樂隊，然海陸軍中不正則之軍樂，形式已存，弦樂則絕未聞見。本院管樂始於去夏，已詳報告；去冬更加習弦樂，經副監院悉心指導之下，已得結果，不日披露，幸愛樂者賞判焉。」[註29]1910年6月3日，在有眾多社會名流參加，共一千餘人出席的紀念曾鑄病逝二周年懇親暨紀念會上，上海貧兒院管弦樂隊首次公開亮相。音樂史學家劉靖之在《中國新音樂史論》一書中曾論到上海貧兒院的音樂活動，他感慨：「有關這個音樂部的資料很少，只知高硯耘曾教過『和聲理論諸科』，並實地試驗和聲學的教學。」他還引當時《教育雜誌》上刊出的短訊報導，說貧兒院樂隊在開懇親會時曾表演音樂節目，但因《教育雜誌》報導太簡，無法知道學生們究竟演出了些什麼？[註30]由於近年來關於上海貧兒院的一些文獻被陸續發現，這些疑惑今天已有望揭開謎底。就以這次懇親會上的演出來說，我們現已知道，貧兒院音樂科的學生們演出了眾多節目，其中有男聲獨唱《懷鄉》（馬丁羅培原曲）、女聲二部合唱《月夜》（麥松原曲）、男聲三部合唱《古森林》（史邱其原曲）等，這些歌曲都是學堂樂歌的模式，即根據外國歌曲重新填詞演唱，填詞者均為曾志忞。那天還演出了風琴獨奏、鋼琴連彈等節目，尤其值得注意的是，貧兒院的管弦樂隊演奏了亨德爾的管弦樂《進行曲》、莫札特的歌劇《魔笛》選段，

以及管弦樂《培特利爾》和管樂曲《金星幻想曲》等。[註31]此時距管樂隊成立訓練僅一年有餘，而絃樂隊的成立更只有區區半年時間。能在這樣短的時間內，將一批原先毫無音樂知識的貧寒子弟訓練成一支能演奏像《魔笛》這樣世界名曲的樂隊，不能不說是一個奇蹟。故曾志忞不免豪情萬千，他寫道：「採名人傑作譜之歌詞，挹強國雄聲教諸孤窶，時未及年，樂已成隊，竊欣亦竊幸也。管弦樂隊計四十餘人，絲管雜陳，聲韻一致，世有知音，當能解人好惡也。」[註32]筆端流露出難以壓抑的興奮。曾志忞私下還曾對馮亞雄說：「得一如此少年樂隊，合全球以觀之，恐亦不可多得。」[註33]這話簡直已有些酒後微醺了。

　　曾志忞如此快樂愉悅是有緣由的，他在日本學習音樂時，曾屢次聽到一些日本人以不屑的口氣說：「中國人萬不能成管樂隊，即成亦不能高尚。」[註34]這給他以強烈的刺激，成為鞭策他創建中國樂隊的反動力。主持貧兒院事務

上海貧兒院管弦樂團1910年
6月3日演出曲目

後，他始終以極大的熱情推動著貧兒院樂隊的組建和訓練，馮亞雄認為：貧兒院樂隊能獲得好的成績，「實曾先生熱誠壹志，有以致之也」。[註35]這是發自內心的感慨。1910年冬，馮亞雄提出，希望能以賣藝所得來彌補購買樂器經費之不足。當時，貧兒院內部和社會輿論對此都有非議，是曾志忞頂住壓力支持他，並為此不惜和人展開論戰；他還下令刊出「出隊吹奏」的廣告，言明「一切收入，悉充購辦樂器經費」。[註36]從1910年年底至1912年年初，樂隊共出外吹奏60餘次，收取出奏費約1800元，[註37]有效地解決了樂器不足和質量太差的矛盾。

在曾志忞的熱心呵護和鼎立支持下，上海貧兒院管弦樂隊發展很快，從1909年年底樂隊正式組建時的約20人的規模，到1911年9月時樂隊人數已發展到81人，其中管樂隊38人（均為男生），絃樂隊43人

1910年上海貧兒院管弦樂團合影

（男生26人，女生17人），[註38]這已是一支較大規模的管弦樂隊的建制了。1914年5月，高研耘、馮亞雄在樂隊中挑選了31名學生赴京，參加由曾志忞發起組織的中西音樂會，研究專門音樂並經常應邀出外演奏。上海貧兒院的這支樂隊在北京大受好評，連外交部、農商部等政府部門遇到有大型活動或宴請外賓時，也每每邀請樂隊出席助興。由於演奏出色，樂隊還獲得了好幾枚這些部門頒發的獎章，如「外交部宴敘外使吹奏金章特獎」、「農商部國貿展覽會吹奏寶飾章」等。1915年，美國三藩市舉辦巴拿馬世界博覽會，共有31個國家參加，參展品達20多萬件。中國政府運去了二千多噸展品，陳列在農業、工業、教育、文藝等9個館內。上海貧兒院也選送了24件展品參展。最終，貧兒院的絃樂隊組織法榮獲特獎金牌，成為中國所獲的258枚金獎之一，這也很可能是近代中國在歷屆世博會中所獲的唯一一枚音樂金獎。1915年11月，北京中西音樂會停辦，貧兒院樂隊由

上海貧兒院弦樂團於1915年
獲得的巴拿馬世博金牌獎章

高硯耘帶領返滬，但樂隊的活動並未停止，至1918年，樂隊還組織了童子軍。從現仍遺存的照片來看，這支童子軍樂隊的規模仍達到了58人（其中弦樂28人，管樂30人）。有人認為，貧兒院樂隊在1921年前後就結束了活動，[註39]這並不符合事實。上海貧兒院的音樂教育及樂隊組織始終是其特色，只是在清末民初的那幾年間表現得更活躍一些，以後幾年則趨於常態而已，如上海地方政府每年於仲春（陰曆二月）及仲秋（陰曆八月）上旬丁日舉行祭祀孔子的丁祭樂舞，從1916年到1926年間，就一直由貧兒院負責表演。誠如高硯耘1923年在一篇文章中所言：上海貧兒院「音樂的陶冶施行獨屬，聲樂器樂均備，清宣末季最盛，民二以後，平均進行」。[註40]

如果說，在東京留學期間，曾志忞以很大精力從事學堂樂歌的編寫和音樂方面的著述，那麼，回國以後他則主要致力於開展普及音樂的社會活動，其中，影響最大、成就最著的是他在貧兒院內創立音樂科，向廣大貧寒子弟教授音樂知識，同時又親自組建了上海貧兒院管弦樂隊，讓一批原本不懂音樂的少男少女們在短時期內能夠嫻熟自如地演奏世界名曲，並公開到社會上及政府有關部門的正式場合演出，廣受好評，屢獲獎牌。貧兒院期內的有關音樂活動堪稱曾志忞一生中的精彩華章，也是中國近代音樂教育中的一大亮點，應該引起人們的足夠重視。

【注釋】

註1：參見〈上海貧兒院職員表〉，載《自開辦至宣統元年六月止——上海貧兒院第一次報告》，上海貧兒院[1909年秋]出版。

註2：參見《上海工商社團志》第7章第1節，上海社會科學院出版社2001年9月出版。

註3：參見《南市區志》「人物傳略」章「曾鑄」條，上海社會科學院出版社1997年3月出版。

註4：《曾少卿（鑄）全傳》（石印本），上海裕記書莊[1909年]出版。

註5：王足〈救亡歌曲之鼻祖〉，載1937年3月14日《辛報》。

註6：〈曾志忞通告諸親好友〉，載宣統二年十二月二十五日《上海貧兒院月報》第12號。

註7：曾志忞〈貧兒院要大擴充了〉，載辛亥年八月二十五日《上海貧兒院月報》第20號。

註8：參見葉逵〈《上海貧兒院概況》序〉，載《上海貧兒院概況》，上海貧兒院[1923年]出版。

註9：如陳聆群先生在〈曾志忞——不應被遺忘的一位先輩音樂家〉（原載《中央音樂學院學報》1983年第3期，後又收入上海音樂學院出版社2004年7月出版的《中國近現代音樂史研究在20世紀——陳聆群音樂文集》）一文中認為：「1908年曾鑄謝世，臨終遺言要曾志忞用他在嘉定所設救濟窮人的『義莊』餘款，開辦一個為貧苦兒童提供受學和就業機會的慈善機構——貧兒院。曾志忞即以此為契機，遵照父命辦起了『上海貧兒院』，並借此在貧兒院內部分地實現自己創立音樂學校的設想。」這是所有關於曾志忞的論文中最有代表性的一篇，其他文章大多轉引自此。

註10：曾志忞〈予之貧兒觀〉，載《自開辦至宣統元年六月止——上海貧兒院第一次報告》，上海貧兒院[1909年秋]出版。

註11：同上

註12：同上

註13：同上

註14：同上

註15：同上

註16：同上

註17：同上

註18：同上

註19：丁莖九〈上海貧兒院1907-1909大事記〉，載《自開辦至宣統元年六月
止──上海貧兒院第一次報告》，上海貧兒院[1909年秋]出版。

註20：同10

註21：高硯耘〈上海貧兒院概況〉，載高硯耘編《上海貧兒院概況》，上海
貧兒院[1923年]出版。

註22：曾鑄〈呈兩江總督稟〉，載宣統二年正月二十五日《上海貧兒院月
報》第1號。

註23：〈上海貧兒院啟事〉，載《上海貧兒院概況》，上海貧兒院[1923年]
出版。

註24：曾志忞〈開辦孤童感化所之計畫〉，載宣統二年三月二十五日《上海
貧兒院月報》第3號。

註25：同19。

註26：高硯耘〈教養實況〉，載《自開辦至宣統元年六月止──上海貧兒院
第一次報告》，上海貧兒院[1909年秋]出版。

註27：〈半年中之實行事〉，載宣統二年正月二十五日《上海貧兒院月報》
第1號。

註28：曾志忞、高硯耘〈上海貧兒院組織及管理方法〉，載宣統二年八月
二十五日《上海貧兒院月報》第8號。

註29：[曾志忞]〈院事記錄‧管弦樂之進步〉，載宣統二年四月二十五日《上
海貧兒院月報》第4號。

註30：劉靖之《中國新音樂史論》（上），臺北燿文事業有限公司1998年9月
出版。

註31： 〈懇親紀念會演奏曲目及梗概〉，載宣統二年五月二十五日《上海貧兒院月報》第5號。

註32： [曾志忞]〈院事記錄·音樂披露〉，載宣統二年五月二十五日《上海貧兒院月報》第5號。

註33： 馮亞雄〈本院管樂隊出隊吹奏報告〉，載宣統三年正月二十五日《上海貧兒院月報》第13號。

註34： 同33。

註35： 同33。

註36： 〈上海貧兒院管樂隊出隊吹奏廣告〉，載宣統二年十月二十五日《上海貧兒院月報》第10號。

註37： 根據辛亥年七月二十五日《上海貧兒院月報》19號《樂隊收支總登》和1912年11月25日《上海貧兒院月報》第24號《財政一覽》相關資料統計。

註38： 〈開辦以來之事事物物〉，載辛亥年八月二十五日《上海貧兒院月報》第20號。

註39： 同30。

註40： 同21。

黎錦暉與中國通俗歌舞

如果追根溯源的話，那麼，如今人們耳熟能詳，人人都能哼上幾句的通俗歌曲的鼻祖就是黎錦暉！他是中國音樂舞蹈史上的開宗立派者，也是見證一個時代的代表性人物。

黎錦暉（1891-1967），湖南湘潭人，從小即喜歡吹拉彈唱，學過京劇、花鼓戲及北方曲藝，25歲起又開始學習西洋音樂，打下了較紮實的音樂基礎。1920年，黎錦暉到上海中華書局任職，主編《小朋友》週刊，並兼任上海國語專修學校附屬小學校長，較多地接觸了兒童的學習和生活。也即從這時起，黎錦暉開始組建明月社，致力於音樂普及教育和推廣國語運動。他通過自己的教學實踐，明確提出：「學國語最好從唱歌入手」，且最好從「訓練兒童」做起（《麻雀與小孩·卷頭語》，中華書局1928年版）。他並身體力行，成為這一理論的具體實踐者，先後創作了《可憐的秋香》、《麻雀與小孩》、《葡萄仙子》、《小小畫家》等共十餘部兒

黎錦暉像

童歌舞劇和二十多首兒童歌舞表演歌曲。這些作品有人物、有情節，旋律優美動聽，內容健康通俗，且在不同程度上反映了「五四」前後中國社會的現實，真正做到了寓教於樂，雅俗共賞。作品的表演性也很強，聲情並茂，載歌載舞，深得兒童喜愛，因此而成為各地中、小學音樂教學的主要教材，其影響也從上海擴展至全國各地乃至南洋一帶。1927年2月，黎錦暉以自己創作歌舞劇所得的版稅收入3000元作為基金，創辦中華歌舞專門學校。這是一所屬於短期培訓性質的專業學校，以學習音樂、舞蹈為主，也兼授語文、算術等文化課程。教學方法採用啟發式，邊學邊練，以實用為主，一般三、五個月內就能登臺演出。1927年7月，中華歌舞專門學校在虹口中央大會堂作了小範圍的預演，反映很好，這給黎錦暉以很大鼓舞。9月7日，學校在中央大戲院正式登臺公演，節目包括歌詠、舞蹈、歌舞表演和歌舞劇，每場演出為3小時，

共演出8天，場場客滿，中華歌舞專門
學校也因此一炮打響。

　　1928年，黎錦暉在歌舞學校停辦
之後又組建了中華歌舞團，這也是中國
最早的營業性歌舞團體之一。全團30
餘人中，有不少日後走上了專業演員的
道路，有的還享有較高聲譽，如王人
美、徐來、黎明暉、顧夢鶴、黎錦光、
馬陌芬、薛玲仙等。中華歌舞團為了獲
得較好的營業收入，選擇了流動演出的
道路，1928至1929兩年間，他們赴南
洋作巡迴演出，先後到達新加坡、馬來
西亞及南洋群島各城市公演，所到之
處，盛況空前，既為當地人民帶來了歡
樂，也播下了藝術種子。結束南洋巡迴
演出回國後，中華歌舞團因部分團員另
有打算而解散。黎錦暉一生組團演出的
生涯中，內部矛盾和經費困難兩大難題
始終困惑纏繞著他，分分合合，解散重
建於他是司空見慣之事。這也說明，黎
錦暉能寫很好的作品，能創作非常流行
的歌舞，但卻並不擅長經營，更不善於

「明月」的成員大多成為各唱片公司
爭相拉攏的熱門歌星

1936年5月出版的《明月十五週年
紀念特刊》

157

處理人際關係；而當三十年代中華民族日益面臨異族入侵之際，他又不能緊跟時代，因此，日後他的沒落和失敗也是情理中事。中華歌舞團解散後，黎錦暉於1930年初又組建了明月歌舞團，不久即被上海聯華影業公司吸收改組，成立聯華歌舞班。這以後，犁錦暉組建過的演出團體有明月歌舞劇社、明月歌舞社等，每次時間都不長，但卻培養了不少藝壇名人，除中華歌舞團的王人美等外，以後陸續出名的有黎莉莉、胡茄、白虹、聶耳、周璇等多人，黎錦暉創作的《野玫瑰》、《毛毛雨》、《桃花江》、《桃花太子》等作品，在當時也曾風靡一時，並因此在中國音樂歌舞界誕生了一個新名詞：黎派歌舞！

　　20世紀以來，隨著「學堂樂歌」在中國的傳入和興起，造就了一種新穎的被稱之為「歌曲」的形式。經過多年的培育發展，社會上逐漸形成了風格比較鮮明的不同歌曲創作陣營和欣賞群體，當時除了在音樂會上演唱，有一定藝術氛圍的藝術歌曲和以聶耳為代表創作的音調激昂、節奏鏗鏘的大眾歌曲外，傳唱較廣的就是以黎錦暉為首創作的「黎派」通俗歌曲。黎氏的早期作品富於教育意義，也反映了民主與科學的進步思想；後期為了生存，出於商業需要創作和演出了大量純粹描寫男女之情的歌曲。這些作品有很大的娛樂性，通俗上口，易於傳唱，為市民階層所樂於接受，在當時廣為流行。這其實是傳統情歌之類的民歌小調在歷史不同時期的時尚反映，而它們能得到廣泛傳唱和流行，則是得益於現代媒體（如電臺、唱片、電影、廣告等）的強大支持。黎錦暉一生以「通俗」作為自己的使命，他有一段話說得很情真意切：「我將永不捨棄天真的小朋友們以及愛好歌舞劇的同志，仍舊努力工作下去。我也永不能得『音樂程度較高的賞鑒者』和『音

樂專家』的原諒，因為仍舊不願盡遵固有的『樂式』，不願盡配完美的和音；而且『造詞』力求接近普通的白話，『配譜』力求接近平常的語調，希望歌舞劇的『歌詞』一天天和對話戲的『對話』相似，臺上人『唱著』和『說著』一樣的明白。這樣工作的成效，其最低的限度，對於『國語事業的宣傳』，總不無小補。在『最近的現在』，大多數民眾賞鑒音樂的程度尚未能那麼樣增高時，有人供給這樣的『不違背音樂原理』，『旋律並不難聽』，『內容不含腐惡下流的成分』的歌舞劇，也可以說『慰情聊勝於無』吧！」（〈《小羊救母》序言〉，載《小羊救母》，中華書局1930年12月版）

黎錦暉的《毛毛雨》、《桃花江》、《妹妹我愛你》等情歌大都寫於20年代中後期，既有其商業上的趨利需要，也是他作為愛情歌曲大眾化的一種嘗試。這些作品儘管在藝術上有其可取之處，但和30年代抗戰救亡的形勢的確不相合拍，甚至格格不入，在當時客觀上的消極意義是不容置疑的。聶耳當年就曾以「黑天使」的筆名發表〈評黎錦暉的《芭蕉葉上詩》〉和〈中國歌舞短論〉兩文，公開抨擊黎錦暉歌舞創作的軟性化傾向，指出當前形勢和廣大人民需要的是「真刀真槍」而不是「輕歌曼舞」。但即使聶耳也沒有把黎錦暉「罵」死，而是實事求是地認為：黎錦暉的歌舞創作也有其「反帝反封建的因素」和「揭露社會矛盾」的一面。至於後來幾乎一邊倒的評論，把黎錦暉斥之為「道德敗壞」，是專寫「黃色歌曲」的「大師」，則是明顯以偏概全，置歷史真實於不顧。王人美晚年在其回憶錄中對黎錦暉的人品有這樣的敘述：「我的記憶裏，黎錦暉是位值得敬重的長者。他不僅教我歌舞藝術，而且教我做人道德。……他辦歌專、美美女校和歌

舞團的初衷，不是為了發財，也不是為了沽名釣譽，而是為了創出
一條歌舞新路，培養一批歌舞新人。他的作風正派，為人寬厚，把我
們當自己的子女那樣愛護、關心。我們進美美女校，不拜師，不立契
約，也沒有人身束縛。黎先生供我們吃住，教我們歌舞。當我們能夠
參加演出後，每演一場，他都抽出部分收入，分給我們，名叫場費，
還根據我們的進步情況不斷增加場費，鼓勵我們上進。黎先生培育我
們成才，又允許我們離開明月社，從歌舞轉向銀幕，或者尋找更好的
前途。」（《我的成名與不幸──王人美回憶錄》，上海文藝出版社1985
年11月版）另一位明月歌舞團的重要成員黎莉莉也在回憶錄中特闢專
章，這樣評價自己的老師：「黎錦暉是當時中國著名的新興歌舞開拓
者，他受五四文化運動的影響，所辦過的歌舞學校和歌舞團都比較民
主開明，和當時的一些舊戲班子大不相同。……關於黎先生的為人和
私生活問題，我作為自幼在他辦的歌舞團工作、生活的一個成員，切
身體會是比較深的。他辦的歌舞團，作風相當民主。入團固然要經過
考察，但不少團員是經熟人介紹進去的，來去都很自由，不受什麼約
束。我們在團裏的生活，相當優厚，吃的很好，演出以後都按場次分
場費，從來沒有克扣的事情。他辦團不是為了牟利，而是為了歌舞事
業。……他對所有的團員充滿著慈愛之心，從不起壞心眼，我們這些
女孩子都有體會，社會上的流言都是捕風捉影別有用心。」（〈回憶
中華歌舞團、明月歌劇社〉，載《行雲流水篇：回憶、追念、影存》，黎莉
莉著，中國電影出版社2001年12月版）這些雖然只是一家之言，但作為當
年親歷者的感受和評價，應該值得我們尊重。黎錦暉開創一代通俗歌
曲的功績，我們更不應該忘卻。他創作的很多歌曲在國內和海外至今

仍有人傳唱，具有強大的生命力；而在當年，黎錦暉的作品更是風靡一時，成為一種奇特的文化現象。像《三蝴蝶》、《麻雀與小孩》、《葡萄仙子》、《可憐的秋香》等作品，往往一經首演，便馬上廣泛流傳於全國，最遠甚至傳播到南洋及美國、日本等國。當時的江西中央蘇區和湘贛革命根據地也曾多次上演這些作品，並深受軍民喜愛。根據地軍民還創造性地「活用」黎氏歌曲，重填新詞，作為鼓舞鬥志，瓦解敵軍的宣傳武器，如《葡萄仙子》中的《太子》一曲，就被填詞改成《抗日反帝歌》和《戰鬥射擊歌》；《可憐的秋香》則被填詞改成《可憐的白軍》，「在蘇區廣為流傳」，成為「一首瓦解白匪軍的歌曲」（中華舞蹈志編輯委員會編《中華舞蹈志·上海卷》，學林出版社2000年12月版）。今天的不少紅軍老戰士還能清晰地記得當年的歌聲（參見《我的成名與不幸——王人美回憶錄》）。李嵐清同志因在國務院分管文化工作，對黎錦暉作過系統的研究。他認為：「藝術的發展和繁榮需要創新。環顧古今中外的音樂史，我們發現舉凡受到後人重視和研究的人物，最主要的是他的作品對社會產生了積極的影響，特別是做出了有利於音樂藝術發展的開拓性貢獻。今天我們依然重視和研究黎錦暉，也正是因為他在我國近現代音樂史上做出過開創性的貢獻，特別是開創了近現代兒童歌舞音樂事業。儘管他生前身後毀譽相隨，我們還是要很好地借鑒和發展他在這方面的貢獻，以改進我們的兒童音樂教育，進一步提高素質教育的水平。」（〈中國近現代兒童歌舞音樂的開創者——黎錦暉〉，載2005年9月30日《文匯報》）

在黎錦暉之前，音樂歌舞從來不曾和人民大眾產生過這麼密切的關係，他創作了一個奇跡，一種通俗的表現形式，讓歌舞和音樂如此

深入地走進民眾。他的作品中有精華也有庸俗，有一時的閃耀也有長久的輝煌，這一切都值得後人深深思索！

邵洵美的書生事業

1930年，邵洵美在一首詩中寫下了這樣幾句詩：「你以為我是什麼人？／是個浪子，是個財迷，是個書生，／是個想做官的，或是不怕死的英雄？／你錯了，你全錯了，／我是個天生的詩人。」[註1]邵洵美的這幾句夫子自道，我以為將他自己概括得非常貼切，頗為精彩，完全可視作他為自己寫的墓誌銘。邵洵美一生著作等身，集小説家、散文家、翻譯家、出版家、集郵家於一身，但他最珍惜的是「詩人」這個稱號。而事實上，他的身上也的確有著非常濃郁的詩人氣質：敏感，衝動，做事不計後果等等，或者更準確地説，他是一個典型的書生。中國的讀書人自古就有這樣的傳統：窮則獨善其身，達則兼濟天下。邵洵美是一個有實力的文化人，當然他就要躊躇滿志，幹一番事業，而他的「兼濟天下」的很大一部分計畫就是從事出版事業。

1933年訪華的墨西哥畫家珂弗羅皮斯
為邵洵美畫像

邵洵美（1906-1968），浙江餘姚人，出生於上海。他的曾祖父和祖父都是清朝的大官，他的生母是盛宣懷的女兒，他的嗣母則是李鴻章的千金，因此，他的家可以說是一個既有勢力、又有財富的官宦大家庭。到他父親一輩，雖然家道已漸趨沒落，但家境還相當殷實。1923年，邵洵美從南洋路礦學校（今上海交通大學）畢業後赴歐洲留學，在那裏，他結交了許多日後成為名家的詩人畫家，並廣泛涉獵各國詩作，開始創作新詩。1926年初夏，邵洵美從歐洲留學回國，從此，中國文壇便多了一位風雲人物。他以對藝術的虔誠心態並憑藉自己富裕的家境，訪朋拜友，高談暢論，很快便成為獅吼社、新月社、中國筆會等文藝團體的核心成員，並創辦刊物，開設書店，投資出版業，推出了一大批有影響的文學報刊，如《獅吼》、《金屋》、《新月》、《詩刊》、《論語》、《人言》等。其中，1930年他投資引進當時最先進的影寫製版設備，出版大型畫報《時代》，

1934年他創辦第一出版社，主持出版有巴金、沈從文等著名作家自傳的《自傳叢書》等，都是在學術界享有盛譽之舉。值得一提的是，邵洵美幾乎每次都是變賣了家產來從事這些文化活動的，1936年，在詩壇極不景氣的情況下，他甘願出資出版最沒有銷路的《新詩庫叢書》就是鮮明一例。

對美的追求，是邵洵美的人生目標之一，藝術已成為他生活中不可缺少的一部分。邵洵美有不少朋友在政府中官居高位，他要走仕途是輕而易舉的事。他從歐洲回國後，1927年經朋友推薦，擔任過南京市政府秘書長一職，很快他就覺得這不合自己的志趣，於是辭職退隱，仍舊做他的自由職業者。但他又絕非是一個對國家大事冷漠的人，1932年上海一二八事變爆發，他熱血沸騰，出資創辦《時事日報》，積極宣傳抗日。日軍佔領上海後，1938年他又主編了大型抗戰刊物《自由譚》，旗幟鮮明地表明自己的正義立場。日偽勢力威脅利誘他做漢奸，他大義凜然，堅決予以拒絕，並在當時的惡劣條件下，擲筆罷文，潔身自好，以集郵消磨時光，並在此領域內作出了不菲的成績。這大概也算得上是另一種「蓄鬚明志」吧。抗戰勝利後，他復刊《論語》，創辦《見聞》，一介書生鍾情的仍然是文字生涯。終其一生，邵洵美自己以詩人為榮，而他對社會貢獻最大、付出心血最多的實乃編輯出版！他是一個無愧於時代的傑出出版家！

在邵洵美的編輯出版生涯中，最重要的是20年代的「金屋」時期和30年代的「時代」時期。抗戰中他的財產幾乎全部毀於戰火，戰後他實際已無力再續輝煌。故本文僅對邵洵美在「金屋」和「時代」兩個階段的作為略作論述。

1929年創刊的《金屋月刊》

金屋：獻給一切愛詩愛畫的朋友

　　雖然金屋書店開設於1928年，《金屋月刊》創辦於1929年，但要說起「金屋」的淵源及邵洵美與其的關係，則必須上溯到1926年。這年夏天，邵洵美從歐洲留學回國，途中在新加坡上岸時偶然看到滕固等人編輯的《獅吼》半月刊，極為欣賞，一到上海即去拜訪獅吼社同人，與滕固等一見如故，並很快成為獅吼社的一員。於是，這年8月出版的獅吼社同人叢著《屠蘇》上立刻引人矚目地刊出了邵洵美的4篇著譯，這是邵洵美回國後首次發表作品。從這時起，即標誌著獅吼社從以滕固為中心的前期階段開始逐漸過渡到以邵洵美為中心的後期階段，而且也可以說，所謂的「金屋」時期實即已徐徐拉開了序幕，因為「金屋」和「獅吼」實乃一脈相承，並無明顯的界限劃分。當時，無論從社會影響和文學成就，邵洵美都還無法和滕固他們相比，但他富有年青，對文學充滿熱情，又肯拿出家

產來支持社務，再加上滕固此時又有志於從政，因此，邵洵美實際上已成為後期獅吼社的主要人物。

邵洵美和獅吼社一拍即合絕非偶然。他在歐洲生活、學習過幾年，最初崇拜古希臘女詩人薩福，以後又對唯美主義詩人斯溫朋、羅賽諦、魏爾蘭、波特賴爾等頂禮膜拜，寫過不少追求官能享受的詩篇，甚至模仿波特賴爾的《惡之花》，將自己的詩集命名為《花一般的罪惡》。而獅吼社其他成員的著作也有著濃郁的唯美色彩，他們寄社會叛逆精神於放蕩頹廢，以唯美感傷的風格背棄和衝擊數千年來的封建倫理道德，作品經常是美感與道德相悖，妍麗與恐怖並存，體現出鮮明的唯美主義傾向。邵洵美主持社務以後，憑藉其經濟實力，先後推出了「獅吼社叢書」和《獅吼》月刊（1927年5月-1928年3月）、《獅吼》半月刊復活號（1928年7月-1928年12月），出版了滕固的理論專著《唯美派的文學》、自己的詩集《天堂與五月》，發表有詩歌〈神光〉、小說〈搬家〉等受到文壇好評的作品，還撰文介紹了羅賽諦、喬治‧摩爾等有影響的外國作家，小說、散文、詩歌紛呈，書評、譯文、繪畫雜覽，其汪洋恣肆、自由灑脫的辦刊風格，顯示了邵洵美及其朋友的美學追求，也開啟了他以後的出版之路。

就在邵洵美創辦《獅吼》月刊的同時，金屋書店也宣告誕生。早在1927年10月，就有刊物報導邵洵美將開設一家書店，[註2]但金屋書店的真正開張卻要到1928年初。書店位於靜安寺路（今南京西路）邵家住宅對面，雖只有一開間門面，但卻佈置得富麗堂皇。至於「金屋」這名字的來歷，章克標晚年曾回憶：「『金屋』這名字的取義，既不是出於『藏嬌』的典故，也不是緣於『書中自有黃金屋』詩句，而是

1988年5月28日，章克標在
《金屋月刊》上親筆題跋

由於一個法文字眼，即『La Maison d'or』的聲音悅耳動聽，照字義翻譯過來便成了『金屋』。英國十九世紀末有一種刊物被叫做Yellow Book（黃面書），是唯美派文學的濫觴，邵洵美十分愛重，就模擬仿效，也出了這種用黃面紙作封面的雜誌，叫做《金屋月刊》。」註3邵洵美開辦書店自然因為這是其喜歡的事業，但還有一個原因恐怕也不容忽視，即書店是結交朋友的極好的場所。文人之間，志趣相投者往往容易形成圈子，圈子中也必有一二充滿智慧和風趣的中心人物，而邵洵美正是朋友圈子中這樣一位人緣極好的核心人物。郁達夫在〈記曾孟樸先生〉一文中說：金屋書店開在邵洵美老家的對面，「我們空下來，要想找幾個人談談天，只須上洵美的書店去就對，因為他那裏是座上客常滿，樽中酒不空的」。邵洵美一生傾力傾心從事文化事業，也熱心結交意氣相投的朋友，雖然彼此之間交情的深淺、熟識的程度各有不同，但他為人豪爽，慷慨瀟灑卻是當時盡人皆

知的。1928年，夏衍在上海生活困難，託人將譯稿《北美印象記》介紹給「金屋」，邵洵美熱誠相待，安排出版，並立即預付稿酬五百大洋，解決了夏衍經濟上的燃眉之急；胡也頻被殺害後，沈從文護送丁玲回湖南老家，也是由邵洵美支助路費後才成行的。當時文人間流傳著這樣的一句名言：不管是茶室小酌，還是酒店聚會，只要在座有邵洵美，最後付帳的就一定是他。[註4]可能有人把這歸結於富家子弟的有錢，但其實恐怕更和他天性率真，生就一副俠義心腸有關，否則難以解釋，在20世紀60年代邵洵美已一貧如洗，但當他聽說好友徐志摩的妻子陸小曼要來訪時，便將自己最心愛的一枚吳昌碩親刻的「姚江邵氏圖書珍藏」壽山石章換錢去招待。

金屋書店開辦後究竟出了多少書，一直沒有人統計過，僅就筆者粗略翻過的，應該就在30種以上。範圍大致包括這麼幾類：1、獅吼社同人的著作，如滕固的《外遇》、章克標的《銀蛇》、黃中的《嫵媚的眼睛》、邵洵美自己的《一朵朵玫瑰》等。2、朋友的作品，如郭子雄的《春夏秋冬》、盧世侯的《世侯畫集》、朱維琪的《奧賽羅》、傅彥長的《十六年之雜碎》、張若谷的《文學生活》等。3、朋友相託之書，如沈端先的《北美印象記》、王任叔的《死線上》、陳白塵的《旋渦》等。這些書均屬文學範疇，多為小說、理論、詩歌和譯著，大都具有唯美色彩，很少有暢銷書。有研究者認為：「從金屋書店的書目看來，邵洵美辦書店，根本不圖經濟利益，只是為自己出書方便，為朋友和朋友的朋友出書方便。有朋友求他，他會豪爽地給予幫助，有些書稿接受下來，書還沒有出他會先付稿酬。金屋書店雖然沒有出版轟動一時或在文化史上有一定地位的書，但也沒有出不

堪一讀的書。」[註5]另一位研究者更乾脆指出:「邵洵美是一位熱衷於書刊藝術的實踐家。他辦金屋書店,把資金全部投入對藝術的追求,捨得花錢,所以賠錢多,關門也快。」[註6]1929年,邵洵美在其編譯出版的《琵亞詞侶詩畫集》的扉頁上印有這樣一句話:「獻給一切愛詩愛畫的朋友。」這可視為他開辦金屋,賠錢出版眾多書刊的心聲。

關於邵洵美在「金屋」時期的活動,邵綃紅在《我的爸爸邵洵美》一書中說:「那時期洵美忙得快活。讀書、寫詩、做文章、編輯《金屋》,也讀別人的好文章,還要會朋友。他朋友的名單愈聚愈長了,交遊的範圍也愈擴愈大。」應該說,這一段時期,邵洵美的生意雖然賠本,金屋書店也最終收盤(1930年底為創辦「時代」而自然結束),但過的日子卻是他最愜意快活的。一應事情都是他喜歡做的,眾多朋友也均為會心之人,而整天忙得腳不著地,正是他嚮往的文人處世、兼濟天下的生活方式。至於金錢上的虧本,他並不在乎,錢本來就是拿來用的,況且蝕掉的銀子還遠遠沒有動搖其根本。

時代:我是一個天生喜歡文學的人

邵洵美辦《時代》,在很大程度上似乎出於偶然,但從其維繫一生的性格秉性來說,這又絕對是水到渠成的必然。當1930年張光宇他們找到邵洵美,懇請他接下《時代》畫報續辦下去的時候,邵洵美的心裏可能已經浮現出一幅若隱若現的出版宏圖。他毅然關閉了自己的金屋書店,開始一點一點描繪心中的那張圖紙。經過一番籌畫,1932年初,邵洵美將出賣房產所得的五萬元美金鉅款,向德國訂購了全套影寫版的照相、製版、印刷設備。為了運輸安裝的方便,他在虹口楊

樹浦地區靠近公興碼頭的平涼路上租了
一排房子，成立了時代印刷廠。為了更
好地做事，邵洵美甚至把自己的家從市
中心搬到了遠離市區的楊樹浦麥克利克
路（今臨潼路），距印刷廠僅隔一條馬
路。德國機器運到上海後，經過一番試
印，時代印刷廠正式開幕，那是1932
年9月1日，這也是我國印刷界正式使
用的第一部影寫版印刷設備，代表了當
時的最高水準。邵洵美出鉅資購買這套

邵洵美創辦的時代印刷廠

設備也顯示了其一貫的做事準則：要做
就儘量做最好的！當時滬上畫報盛行，
印刷圖片都用銅板，紙張要求高，成本
也高。而如果用影寫版機器來印，不但
畫面網點小，效果好，而且可以用道林
紙印，降低成本。這樣一筆帳人人會
算，問題在於購買機器的一次性投入太
大，而且機器的印刷能力強，如果攬不
到足夠的印刷業務，其人工和維護的成
本也難以承擔。但做事考慮滴水不漏非
邵洵美行事風格，他買進這套德國設備
後非常自豪，在廣告上宣稱：「上海時
代印刷廠是中國唯一以影寫版印刷為主

要營業，技術較任何印刷廠為專門，交貨較任何印刷廠為迅速。」[註7]
「時代」畫報的印刷質量也確實更上了一層樓，但精明商人所後怕的
印刷業務不足的問題還是難以避免。有一段時間，機器停頓的時間遠
比開動轟鳴的時間要長，加上邵洵美講人情，心腸軟，製版印刷的款
項時常收不回來。1933年12月，鄒韜奮主編的《生活》週刊被國民黨
政府密令查禁，欠「時代」的紙張、印刷費一時無法償還。《生活》
週刊社去找邵洵美商量，邵激於義憤，慷慨相助，非但舊欠一筆勾
銷，甚至連「生活」職工的解散費也代為發放了。[註8]如此這般，營業
情況當然不會見好，但邵洵美沒有太在乎這一些，他還是那樣樂觀，
那樣整天忙碌。自從接受《時代》畫報，辦起印刷廠，他的雄心愈來
愈大，對出版的興趣也愈來愈濃。他創辦第一出版社，出版各種叢
書，尤其以其名下的多種刊物引人矚目，「洵美辦刊物是興之所至，
突然來個念頭，或是朋友裏有人出個點子，他就會辦份新的雜誌。新
開爐灶對他來說並不煩難，反正身邊有的是有才華、有特長、有興
致的作家、畫家、攝影家和記者們。」[註9]當時「時代」系號稱有九大
刊物，按創刊時間依次為：1、《時代》畫報（1929-1937）。2、《論
語》（1932-1937；1946-1949）。3、《十日談》（1933-1934）。4、《時
代漫畫》（1934-1937）。5、《人言週刊》（1934-1936）。6、《萬
象》畫報（1934-1935）。7、《時代電影》（1934-1937）。8、《聲色
畫報》（後改週報，1935-1936）9、《文學時代》（1935-1936）。這些
刊物裝幀漂亮，內容豐富，有些在當時堪稱獨樹一幟，起著引領時代
潮流的作用。如《時代漫畫》出版時間長達三年半，擁有百人以上的
作者隊伍，發行數量達一萬冊，是民國期間我國出版時間最長、影

響也最大的漫畫刊物。《人言週刊》時論和文學兼蓄，風格鮮明，出版期數多達115期。撰稿隊伍包括胡適、郁達夫、林語堂等名家，邵洵美更是不辭辛勞，不但親任主編，而且為刊物寫了大量文章，他的最美的長篇學術散文〈一個人的談話〉、他的為徐志摩續寫的以丁玲為原型的小說〈璫女士〉等都發表在《人言週刊》。邵綃紅在《我的爸爸邵洵美》一書裏說：「洵美作為諸多刊物的主人，每一份他都要關心，尤其在刊物創辦之初，他更是費神，從制定編輯方針到挑選編輯，從組織撰稿陣容到分頭約稿，乃至具體的編務、出版，他都事必躬親，有時連封面設計、廣告詞都參與意見。編輯們常常到他家裏來跟他討論到深夜。」可以想像，邵洵美當年那忙碌的身影，而這也正是他感覺最充實的生活。

邵洵美並不單純以出版物的數量多而滿足，而是追求出版物有新意，對文學藝術有貢獻。他主持的《聲色畫報》、「論語叢書」、「自傳叢書」、「新詩庫」叢書、「時代科學圖畫叢書」等，都是苦心孤詣、辛勤策劃的出版物，耗費了大量心血。但這樣的結果，往往付出難以得到回報，最終以虧本告終。「時代」1934年創刊《萬象》畫報時充滿豪情，宣稱要「將現代整個尖端文明的姿態，用最精緻的形式，介紹於有精審的鑒別力的讀者。」註10畫報大16開本，有大量彩頁，用三色銅板和彩色橡皮版精印，內容非常豐富，裝幀堪稱豪華。但刊物出版後虧得十分厲害，只出了三期就不得不停刊。「時代」承認過高估計了讀者的「欣賞興趣」和「購買力」，「的確是我們衝鋒太勇敢。」註11就這樣，邵洵美一次次衝鋒，一次次失敗，儘管被現實撞得鼻青臉腫，但卻從不懊悔，而且為中國出版界留下了一批

精美的出版物。1933年，他曾在一篇文章裏這樣傾心表白自己對文學的真情喜愛：「我喜歡文學，我知道我是一個天生喜歡文學的人，在任何環境之下我總沒有把它冷淡過。即使我在做生意的時候，吃黨飯的時候，一有機會，我就飛過去接近它。有人奇怪我為什麼一天到晚手裏要帶本書，原來他們沒有知道我的苦心。從這個出發點看出去：有許多朋友，起初費了十多年工夫學藝術，結果是丟了油畫板去批公文；還有幾個曾立誓要成為大哲學家的，眼睛一霎竟掛了皮帶在做紀念周。環境使他們對於自己的志向失節，我只有對他們表示憐惜。」他還寫道：自己希望寫本小說，題目叫做《永別》，寫一個極聰明的男子，有自己的事業追求，但因「時代的轉變和機會的來臨，他竟踏進了一個他素所鄙棄的集團裏」。他懊悔，恐慌，但最後名利戰勝了他，於是「他決計和真實的自己永別」。[註12]言為心聲，邵洵美雖然不拘小節，天性率真，但卻有著自己堅定的信念，他沒有像他的許多朋友那樣被名利戰勝，而是決心永遠保持一個「真實的自己」！

時代圖書公司是邵洵美事業最盛期的標誌，它出版發行了眾多書刊，有不少已成為中國現代文化的精品，限於篇幅，本文在這裏只選擇兩種略作分析。

1、《時代》畫報

如果說，邵洵美曾是位被歷史遺忘的人物，那麼，《時代》畫報就是一份被人們長久忽視的重要刊物。畫報是重要的資訊載體，由於其具有直觀逼真的特點，故而更受人矚目。在中國，如提起畫報，人們首先想到的就是《良友》，而對《時代》，人們往往不知所以，就是專業治新聞史的，知道的人恐怕也不多。實際上，在中國新聞史

上，和《良友》有得一比，並且毫不
遜色的，也只有《時代》。1929年10
月，張光宇、葉淺予等人創辦《時代》
畫報時，憑藉的是年輕人的一股勇氣，
他們的目標就是與風行一時的《良友》
相對壘，一爭高低。然而，辦一份大型
綜合性畫報，除了人材和勇氣外，絕對
少不了資金的支撐。在苦苦維持了幾期
之後，他們說服了邵洵美出來收拾局
面。邵洵美這次答應出面應該是做了仔
細思考的。他在歐洲留學時結交的朋友
中很多是學畫的，如徐悲鴻、江小鶼、
常玉等；他本人也對繪畫有著濃厚的興
趣，有一段時間還曾和常玉一起天天去
畫苑作人體寫生的練習。這些經歷為他
的美術鑒賞力打下了堅實的基礎，對他
接辦《時代》這樣一份大型畫報顯然也
大有裨益。因此，他的書生意氣又一次
被激發起來，決心辦一份與時代名實相
符的綜合性大型畫報。他除了拿出鉅資
作為畫報的啟動資金外，還以出賣房產
所得的五萬美金去國外購買最先進的印
刷設備。於是，從二卷起，邵洵美的名

1929年創刊的《時代畫報》

字正式出現在《時代》畫報上。我們今天看《時代》，它的印刷是用當時最好的機器承印，紙張、油墨亦為向外洋定造的高級專用品。故《時代》的畫面質量是當時第一流的，而這對一份畫報來說是很大的優勢。其次，它對時事新聞的關注要遠勝於當時其他的畫報。邵洵美率先垂範，除了用「郭明」、「浩文」等筆名撰寫大量議論文外，還用本名在畫報上開「時代講話」的專欄，一開就是十五期。《時代》還以「專號」、「號外」等形式，對當時人們普遍關心的社會大事予以更多的關注和報導。1933年6月，中國民權保障同盟總幹事楊杏佛在上海被國民黨特務暗殺，魯迅等不畏威脅，出席追悼會向獨裁統治抗議。當時不少報刊不敢刊登這個消息，邵洵美則把楊被暗殺的凶訊和追悼會的照片在《時代》畫報上發表，顯示了一個出版人的良知。《時代》還有一個很大的優勢是出版週期長達九年，基本涵蓋了抗戰爆發以前的整個三十年代。一份大型畫報出版期數多達119期（包括一期號外），在動盪的現代中國是一個奇蹟，這也是除《良友》外的其他畫報難以相比的。從1929－1937年，這樣的時間厚度對一份大型畫報來說本身就是極可寶貴的資源，許多事件被完整地展現，人們觀察社會也得以保持一個連續的視角。它刊發的幾萬幅照片，幾千篇文章堪稱一個巨大的寶庫，任何領域從事研究的人都能從中發掘出寶藏。

2、《論語》

說起《論語》這份雜誌，人們往往會想到林語堂，而實際上若論和《論語》的關係密切程度，邵洵美絲毫都不亞於林語堂。醞釀創辦《論語》時，幾次籌備會都是邵洵美發起在自家客廳舉行的；《論語》創刊後，出版發行也都由邵的書店、印刷廠一手承擔；資金方

面，一開始林語堂出了一點，第10期後就完全由邵洵美獨資了。至於編輯人選，邵洵美也以發行人的身份統籌安排，費了很大心血。最先的幾期，先後由章克標、孫斯鳴實際負責，林語堂對《論語》的貢獻，邵洵美當年有實事求是的評價：「到了十幾期，方由林語堂先生來接替。這時候《論語》已日漸博得讀者的愛護，銷路也每期激增。林語堂先生編輯以後，又加了不少心血，《論語》便一時風行，『幽默』二字也成為人人的口頭禪了。」註13但林語堂忙於別的事，自26期起就改為陶亢德主編。後陶去編《宇宙風》，82期起由郁達夫出面任編輯，但實際上是邵洵美親自出馬主編刊物，後來才由林達祖協助編輯。

　　《論語》是本風格獨特，講究創意的刊物，當年它推出的很多專號，如「鬼故事專號」、「燈的專號」、「家的專號」等曾引起很大反響。魯迅對《論語》的風格並不認可，曾委婉地表示過意見，但他對《論語》的「蕭伯納遊華專號」卻大加讚賞，說「它發表了別處不肯發表的文章，揭穿了別處故意顛倒的談話，至今還使名士不平，小宦懷恨，連吃飯睡覺的時候都會記得起來。憎恨之久，憎惡之多，就是效力之大的證據」。註14《論語》還非常重視讀者和刊物的關係，除多次舉辦徵文外，還開設「你的話」、「群言堂」等專欄，加強和讀者的聯繫。在每期的「編輯隨筆」裏，邵洵美每每會就讀者關心的問題展開交心，他曾就讀者質詢的「名作家與無名作家」問題真誠地表白：一個編輯，哪裡肯讓一篇好文章輕易錯過！他是無時不刻不在希望著能遇見一位生疏的天才的！從106期起，他甚至把底頁上印的「編輯」改稱「文字編讀」，這是邵洵美的別出心裁。他希望每一個編輯都要像讀者一樣，有誠心也有耐心去讀每一篇文章；同時，他也

希望每一位讀者都能變成「讀編」，關心《論語》，使刊物成為自己「趣味的寄託」。邵洵美這樣説也這樣做，他從一封普通的讀者來信中發現了林達祖，邀之長談後認為其人文、識皆好，於是便從110期起委以編輯重任，還寫文「慶《論語》得人」，並「自喜平時與讀者間關係的密切」。註15

《論語》提倡幽默閒適，以「旁觀者」、「超脱派」的立場洞察人間，發表自己見解。作者很多為文壇名家，文章筆調輕鬆，信筆寫來，娓娓而談，富有藝術感染力。由於刊物風格特立獨行，《論語》問世不久即一紙風行，成為一本暢銷雜誌，且歷久而不衰，不但分流出眾多跟風模仿的雜誌，還在文學史上形成了一個文學流派——論語派。幾十年後的今天，還有研究者將《論語》上的文章分門別類輯錄成十大本《論語》選本發行，足證無論在當時還是在今天，《論語》都是一本成功的、有影響的重要刊物！

綜上所述，邵洵美顯然不是那種做事精明，考慮周詳的成熟企業家，甚至可能根本就算不上是一個合格的商人。邵洵美年少時猶如生活在《紅樓夢》的大觀園裏，像賈寶玉那樣受到眾多長輩的溺愛。在那樣的環境裏，他享受了太多的富貴榮華，也看到了形形色色的眾生相，並經歷了家族由盛轉衰的過程。因此，他反而比常人更痛切地感受到：金錢是罪惡的淵藪，在年輕時就逐漸樹立起了「不愛金錢愛人格；不愛虛榮愛學問；不愛權利愛天真」的人生哲學。註16從本質上説，他就是一個文人，一個書生，他幹很多事，往往就是自己認為有意義，會受社會歡迎，而很少去做市場調查，通盤考慮。對他來説，做事的本身，忙碌的過程就是莫大的享受，他從中感受到了做人的尊

嚴和樂趣。至於生意上的失敗，不要緊，下次再重新來起。就這樣一次次失敗，一次次重起，邵洵美就像一個大戰風車的唐吉訶德，一次次被現實碰得頭破血流，最後一份諾大殷實的家產被消耗殆盡，但中國出版界也因此誕生了這樣一位雖敗猶榮的出版家，留下了很多精彩漂亮的出版物！

【注釋】

註1：洵美〈你以為我是什麼人〉，載1930年8月《金屋月刊》第1卷第11期。

註2：浮雲〈記洵美的書〉，載1927年10月8日《上海畫報》第284期。

註3：章克標〈邵洵美與金屋書店、時代書店〉，載1987年7月《出版史料》1987年第3期。

註4：上海市文史館〈上海最早的文藝沙龍──「新雅」〉，載1991年2月16日《新民晚報》。

註5：倪墨炎〈邵洵美的事業也有其輝煌的時期〉上，載《文人文事辨》，武漢出版社2000年3月。

註6：姜德明〈琵亞詞侶詩畫集〉，載《書葉叢話──姜德明書話集》下，北京圖書館出版社2004年10月。

註7：載1935年8月1日《電通》第6期。

註8：林淇《海上才子──邵洵美傳》，上海人民出版社2002年2月。

註9：邵綃紅《我的爸爸邵洵美》，上海書店出版社2005年6月。

註10：〈編輯隨筆〉，載1934年5月20日《萬象》畫報創刊號

註11：〈《萬象》停刊啟事〉，載1934年11月《論語》第53期。

註12：邵洵美〈寫不出的文章〉，載1933年8月10日《十日談》第1期。

註13：邵洵美〈一年論語〉，載1947年12月《論語》第142期。

註14：魯迅〈論語一年〉，載1933年9月16日《論語》第25期。

註15：邵洵美〈編讀隨筆〉，載1937年6月《論語》第111期。

註16：邵綃紅《我的爸爸邵洵美》，上海書店出版社2005年6月。

阿甫夏洛穆夫的「中國情結」

這是一個幾乎把自己的全部心血和智慧都融進中國的外國人，他的執著和努力曾讓很多中國同行感到慚愧，他的名字也因此被破例收入《中國大百科全書・音樂舞蹈》卷中。他就是阿甫夏洛穆夫，一個俄籍猶太人。

定居上海，為《義勇軍進行曲》配器

阿龍・阿甫夏洛穆夫（Aaron Avshalomoff）1894年11月11日出生在中俄邊境的尼克拉耶夫斯克（廟街），這是當地的一個華人聚居地，隔江就是中國。阿氏的家裏有一個華籍的老僕人，平時喜歡哼哼京戲，閒時總要帶著阿氏到戲館裏去聽戲。受此影響，阿氏從小就非常喜歡中國民間音樂和京劇，對京劇中的武打場面及舞蹈身段尤其著迷。1913年，阿甫夏洛穆夫赴瑞士到蘇黎世音樂學院學習作曲，此時他已萌發了創作中國音樂劇的念頭。1917年畢業後，阿氏曾數次到中國，在北平、山東、上海、杭州等地「採

風」，搜集民間音樂的素材。20年代後他定居中國，並創作了第一部中國題材的歌劇《觀音》，於1925年4月24日在北平首演。阿氏親任指揮，劇中觀音一角，由其妹妹莎娜扮演。此劇在1926年曾赴美在紐約鄰地劇場演出，大受歡迎，連演了五個星期。批評家史蒂芬拉斯蓬撰文贊道：「《觀音》歌劇在鄰地劇場中是一切演過的劇作中最傑出者之一。……阿甫夏洛穆夫的音樂有極大的魅力。」（參見洛〈介紹阿甫夏洛穆夫先生和他對改進中國樂劇的意見〉，載《孟姜女》說明書）阿氏在30年代初定居上海，曾擔任百代唱片公司樂隊指揮一職，和任光、聶耳、冼星海、賀綠汀等我國音樂家過從甚密。當時「百代」是中國境內最大的唱片公司，阿氏是公司的樂隊指揮，任光和聶耳又分別擔任了公司音樂部的正、副主任，他們三人配合默契，利用外商以盈利為主不問政治背景的特點，錄製了大量他們自己喜歡的音樂，其中有不少是左翼歌曲，如《大路歌》、《開路先鋒》、《漁光曲》等。聶耳是無師自通的天才音樂家，但他並不滿足於現狀，一直想找一位專業老師，系統地學習作曲理論，而阿氏正充當了這一角色。「經賀綠汀介紹，聶耳拜阿甫夏洛穆夫為師，學習作曲技法和鋼琴，每週一次，一直堅持到離開上海、東渡日本為止。這樣的學習對於聶耳來說，如同猛虎添翼，為今後的創作打下了堅實的基礎」（李定國〈賀綠汀和聶耳〉，載2005年7月11日《新民晚報》）。1935年，田漢寫好影片《風雲兒女》劇本後就被捕了，聶耳主動請纓，爭取到了為影片作曲的任務，他寫出《義勇軍進行曲》的曲譜初稿後即東渡日本留學。1935年4月，聶耳將曲譜定稿寄回上海，由孫師毅和司徒慧敏交給《風雲兒女》攝製組。幾乎同時，阿甫夏洛穆夫也拿到了曲譜，他決

定親自為這首戰歌配器。1935年5月24日，《風雲兒女》在新光大戲院隆重首映，影片廣告上有一行字格外醒目：「片中王人美唱《鐵蹄下的歌女》暨電通歌唱隊合唱之《義勇軍進行曲》，已由百代公司灌成唱片出售。」在現在還能看到的這張編號為34848的唱片上，赫然寫著：「《義勇軍進行曲》，袁牧之、顧夢鶴演唱，聶耳作曲，夏亞夫（即阿甫夏洛穆夫）和聲配器。」為了寫作此文，筆者在朋友的大力相助下，特地將這張珍貴的唱片重新聆聽了一遍。朋友帶上白手套，小心翼翼地將唱片放上唱盤，隨著一陣老唱機特有的「沙沙」聲，首先傳出的是袁牧之的開場白：「百代公司特請電通公司歌唱隊唱《風雲兒女》、《義勇軍進行曲》。」然後就是小號奏出的高亢的前奏曲和袁牧之等人雄壯激昂的歌聲，無論是和聲還是節奏，一切都是那樣的熟悉。唱片轉完最後一圈，唱針微微一顫，雄壯的歌聲隨之消融在空氣中，我彷彿聽到自己的心靈在感慨：這就是中華人民共和國國歌的最早版本呵！

為創立中國音樂劇而辛勤耕耘

1933年，阿氏經招聘考試，出任上海公共租界工部局圖書館館長一職，直到1943年圖書館被日本人接管，他在這個崗位上整整工作了十年，為之付出了不少心血。但不容諱言，他個人的主要興趣還是在音樂劇的創作上。阿氏一生創作了幾十部以中國為題材的作品，其中，很多都是在上海期間創作的。他在任工部局圖書館館長期內，「利用公餘之暇，夜闌更盡，專事考證與寫作」（洛〈介紹阿甫夏洛穆夫先生和他對改進中國樂劇的意見〉），幾乎把所有的精力都獻給了他所

鍾愛的中國音樂劇事業。很多中國同行對他的執著和努力衷心敬佩，稱讚他「以中國旋律為基礎，創作中國風味的音樂，並以此排成了中國舞劇，中國歌劇，中國音樂劇，這一切，可説是對中國音樂與戲劇的重要貢獻」（〈上海文化界推薦《孟姜女》〉，載1945年11月25日《時代日報》）。更有研究者撰文感慨指出：「我不知道什麼念頭激起他弄中國舞踴劇的思想，也許千萬個弄藝術音樂戲劇的中國人也都如此想過，多煩難的一件工作，他們想過了也就算了，想到而做的只有這位異國人。」（葉明〈我看阿甫夏洛穆夫〉，載1946年1月3日《影劇週刊》創刊號）阿氏創作的這眾多作品，幾乎都以中國歷史為題材，以中國民間音樂為基本旋律，由京劇演員擔任演出，用西方管弦樂來表現中國悠久傳統和現代市井生活，因而具有濃郁的中國風味，如歌劇《觀音》、舞劇《琴心波光》、交響詩《北平胡同》、抒情女聲獨唱曲《晴雯絕命辭》、歌劇《楊貴妃》（應梅蘭芳之請而作）、舞劇《古剎驚夢》、樂舞《五行星》、音樂劇《孟姜女》、歌舞劇《鳳凰》（根據郭沫若詩《鳳凰涅槃》改編）等莫不如此，其中尤以《古剎驚夢》和《孟姜女》影響最大。

三幕舞劇《古剎驚夢》原名《香篆幻境》（又名《薔薇夢》），係根據中國民間傳說改編，描寫青年男女為爭取幸福婚姻而和惡勢力鬥爭的故事。該劇演員均由中國京劇藝人擔任，充分發揮京劇武打特色，配以管弦樂伴舞，使人耳目一新。《香篆幻境》1935年3月13日首演於上海卡爾登大戲院，在滬的很多文藝界人士前往觀賞，聶耳觀後曾撰寫〈觀中國默劇《香篆幻境》〉一文（載1935年8月16日《電通》第7期），對阿氏在改革中國舊劇和傳統音樂方面所作的努力予以好

評。阿氏在聽取各方面意見後對該劇作了多次修改。1941年，阿氏為實驗中國歌舞劇而創辦中國舞劇社，當年6月16日—18日，中國舞劇社應益友社之請為籌辦益友醫院募款，在蘭心大戲院公演根據《香篆幻境》修改的三幕舞劇《古剎驚夢》。演出獲得很大成功，不少知名人士紛紛撰文發表意見。阿英（魏如晦）題詞道：此劇「是中國新舞劇的發軔，新樂律的胚胎」（《古剎驚夢》說明書），對舞劇予以很高評價。黃佐臨早年在歐洲留學時曾遇到不少西方藝術家問他：「你們中國人的身體是人類中最靈動最柔活的，為什麼你們沒有舞劇？」對此他只能無言以答。現在，當他看了《古剎驚夢》後頓感揚眉吐氣，他欣喜地寫道：「這次中國舞劇社的演出正好替我作了一個答覆——一個極美滿的答覆——我是何等的興奮，何等的鼓舞！」（《古剎驚夢》說明書）更有人認為，《古剎驚夢》化西方芭蕾藝術和中國歌舞身段於一爐，表演「精彩絕倫」，堪稱「槍尼司巴萊（中國芭蕾）」（袁化〈中國舞踴劇新作〉，載1945年5月30日《光化日報》）。1942年2月17日，《古剎驚夢》在大光明大戲院再度公演，梅蘭芳特地為之題詞「中國舞劇古剎驚夢」，以示對阿氏改革創新的支持。梅蘭芳是阿氏多年的老朋友，平時，梅有演出，阿氏必往觀摩；阿氏新作公演，梅亦到場鼓掌。兩人惺惺相惜，對藝術的共同追求使他們的雙手緊緊握在了一起。

阿氏音樂劇代表作《孟姜女》

六幕十景音樂歌舞劇《孟姜女》是阿甫夏洛穆夫最重要的作品。這出戲的文字編劇是共產黨人賀一青（姜椿芳），劇本以民間傳説

「孟姜女萬里尋夫」為故事藍本，通過秦始皇修築萬里長城的歷史背景，表現了孟姜女尋夫的艱辛和秦始皇的兇殘，鼓舞人民起來反抗專制壓迫。阿氏在劇本的基礎上進行了再創造，他採用傳唱於民間的《孟姜女十二月花名》為音樂素材，以純粹的中國民歌風格並按照西方歌劇的形式進行音樂創作。當時輿論認為：「《孟姜女》的音樂用濃重的色彩塗抹出街市的喧嘩，兵丁捕人的兇暴，孟姜與幻像的搏鬥，民伕造城的淒慘，蠻兵狂舞的粗野。更用輕鬆的筆觸，寫出了孟姜梳妝的恬靜，遊園的幽美，邂逅的詩情，婚禮的愉快。」（〈上海文化界推薦《孟姜女》〉）音樂歌舞劇《孟姜女》能獲得如此成就並不容易，整整七個月，阿氏為此付出了艱辛的努力。熟悉內情的人曾特地在報上撰文，寫道：《孟姜女》的「作曲、導演阿甫夏洛穆夫先生，每天從上海的近郊，騎著一輛自由車趕來排戲，不論風雨，從不間斷，七月如一日，演員們也個個如此，這種精神，真令人欽佩」（沙源〈《孟姜女》瑣話〉，載1945年11月25日《時代日報》）阿氏在藝術上也進行了不少創新，他採用大型合唱隊在樂池中伴唱，有合唱、獨唱、對唱、重唱等各種形式，臺上演員均以京劇身段舞蹈表演，但又有少量對白。此劇的樂隊伴奏，最初均為西籍樂師擔任，後全部改由中國人擔任，其中不少日後成為中國音樂界的傑出人才，如黃貽鈞、韓中傑、陳傳熙、秦鵬章等等。1945年11月25日，《孟姜女》在蘭心大戲院首度公演，當天，梅蘭芳、周信芳、夏衍、于伶、李健吾、傅雷、黃佐臨、柯靈、費穆、衛仲樂等34人在報上共同署名撰文推薦：「《孟姜女》在中國音樂與戲劇的發展上，是一樁重要的事件，

它在音樂作品和演出藝術上都獲得極
大的成功，是應該向觀眾鄭重推薦的
一部戲。」（〈上海文化界推薦《孟姜
女》〉）

　　《孟姜女》共演出了11場，在當
時引起了很大轟動。由於作品的全部音
樂是用西洋樂器演奏的，很容易為西人
所接受，在當時駐滬的美國軍人中也引
起了熱烈的談論，這使美國在華軍隊司
令魏德邁將軍也產生了濃厚的興趣，但
當時他正因公在渝，頗以向隅為憾。
為此，《孟姜女》劇組特地在1946年
1月25日在蘭心大戲院又加演了一場，
招待魏德邁將軍和全部在華的美國高級
將領。魏德邁將軍為此特地寫信向阿氏
表示感謝。這一年，阿氏還應宋慶齡邀
請，率《孟姜女》劇組於3月27、28日
在「蘭心」演出兩場，為中國福利基金
會募款。27日晚，宋慶齡、宋美齡、
孔祥熙和各國駐滬領事、上海各界顯要
以及盟軍高級將領和蘇聯武官均出席觀
看，成為轟動上海的一大新聞，也可說

《孟姜女》演出說明書封面

是中國音樂舞蹈史上的一件盛舉。1947年，阿氏率劇組往南京為國民革命軍遺族學校籌募復校基金獻演《孟姜女》，蔣介石和宋美齡都曾出席觀看。

《孟姜女》的演出在當時引起了很大爭論，很多人佩服他的勇氣，也有不少人譏笑攻擊，認為這部作品不倫不類，「新派人嫌它用舊戲形式而太舊，舊派人又嫌它用音樂而太新」（葉明〈我看阿甫夏洛穆夫〉）。阿氏為此承擔了很大壓力，有人撰文生動描繪了他親眼目睹的阿甫夏洛穆夫的孤獨：「一天晚上十一點多鐘，我繞路走過蘭心的門口，正好夜場散戲，觀眾已經走了十之八九，零落的還有幾個

《孟姜女》說明書內頁

人站在門口說話。在人群中我看見阿甫夏洛穆夫沈默地站在那兒，嘴角略微帶點藝術家收穫後的微笑，站著站著，忽然，蘭心戲院門口的燈滅了，車走完人散盡，他還是站著站著，蒼白的頭髮在暗中更是有光。忽然，千萬年藝術家辛酸之感兜上心頭，我低了頭快步走過了蘭心，眼睛微有些濕潤。」（葉明〈我看阿甫夏洛穆夫〉）

《孟姜女》的公演給阿甫夏洛穆夫以很大的鼓舞，他想帶著這部中國音樂歌舞劇走向世界。1948年，阿氏赴美聯繫《孟姜女》演出事宜，也許，他預感到了什麼，行前他申請加入中國國籍，但未獲當時政府的批准。到美後，聯繫演出之事頗遭困難，中國國內戰爭又起，阿氏遂滯留美國未歸。新中國成立後，歐陽山尊、金紫光等曾去函邀請他回中國，卻因朝鮮戰事爆發，中美交通阻隔而終未能成行。阿甫夏洛穆夫長期在北平、上海工作生活，與很多文化藝術界名人交誼頗深，他十分熱愛中國，視中國為自己的第二故鄉。1948年他離滬時曾表示一定會回來，但終因諸多緣故而未能如願。晚年他夢縈浦江，思念中國，耳中又響起自己創作的充滿中國風格的深情曲調。1965年4月26日，阿甫夏洛穆夫因肺氣腫在紐約病逝，終年71歲。

往事溯影土山灣

土山灣位於上海西南部的徐家匯。此地因有明末禮部尚書徐光啟的墓地及徐氏後人結廬居住，兩側又有肇嘉浜和法華涇等河流交匯，因而被稱作徐家匯。大約在十九世紀初，徐家匯南部的肇嘉浜沿岸一帶，因疏浚河道，堆泥成阜，積在灣處，故得名土山灣。土山灣在近代受到世人矚目，和天主教有關，而天主教在上海的傳佈，又和徐光啟有著很密切的關係。1603年徐光啟受洗信教，他的家人、族人有很多也成為虔誠的天主教徒。由於徐光啟的影響力，以及他的家人後代的大力支持，上海地區在明末清初信仰天主教的風氣十分熾烈，徐家匯一帶也成為傳佈天主教的重要陣地。康熙、雍正期間，清政府禁止傳教，天主教在中國的傳教活動轉入地下。1840年（道光20年）以後，中國的門戶被打開，清廷的禁教令也有所鬆弛，耶穌會傳教士迅速恢復公開活動，1841年至1846年這五年間，先後有四批十九位耶

1933年11月24日之徐匯老街

穌會傳教士到達上海，他們先選浦東金家巷為會址，再遷浦東橫塘，1847年起駐紮徐家匯。傳教士們在徐光啟墓地原有的小教堂邊上開始建立會院居所，並在此地先後修建起天主堂、大小修院、徐匯公學、藏書樓、聖母院、博物院、天文臺等，在徐家匯一帶形成了以土山灣為中心，方圓十幾里的天主教社區；1864年（同治3年），教區命人將土山削為平地，並在土山灣遺址上創設起孤兒院（前身為創辦於1855年的橫塘育嬰堂），專收6至10歲的教外孤兒，「衣之食之，教以工藝美術，其經費由中西教民捐助」「。孤兒略大，能自食其力後，「或留堂工作，或出外謀生，悉聽自便」「（《徐匯紀略》，1933年出版）。為容納孤兒「留堂工作」「，傳教士們1864年在創設孤兒院的同時，還創辦了土山灣孤兒工藝院，下面先後設置有木工部、五金部、中西鞋作、印刷所、圖畫間、照相間等部門，由中、外教士傳授技藝。歷史往往由於人們的一些不經意之舉而添彩生色，這個最初

只為容納孤兒工作而設立的工藝院，無意中卻掀開了中國文化史上重要的一頁。中國近代的不少新工藝、新技術、新事物皆發源於此，如西洋油畫、鑲嵌畫、彩繪玻璃生產工藝、珂羅版印刷工藝和石印工藝以及鍍金、鍍鎳技術等等。近百年間，傳教士們把徐家匯變成了中國土地上最具規模、影響最大的西方文化中心，土山故蹟雖不復可尋，土山灣這個地名卻一直流傳了下來，並因此名垂史冊。如何評價這一切，這是一個複雜艱深的學術課題，值得後人深深思索。

在有關近代中國的研究專題中，土山灣應該算是圖像文獻較為豐富的。這一方面，是作為上海「拉丁區」的徐家匯土山灣有著濃厚的文化氛圍，舉凡宗教、教育、美術、出版、印刷、圖書館、博物館等等，都在近代史上佔有著重要地位；另一方面，活躍在土山灣文化圈的中外人士，文化層次高，經濟上也比較寬裕，有機會較早、較多地接觸到攝影技術，客觀上能為當時的公、私活動留下大量的原始記錄。但在事實上，我們現在所能看到的有關土山灣的歷史照片卻並不能算多，這既有政治上的原因，也和以往的學術界對圖像文獻不夠重視有關。筆者近年來致力於圖像文獻的研究，翻閱了大量中外文獻，逗留於骨董冷攤殘鋪，也接交了不少收藏家朋友，得以陸續收集到大量歷史照片，而土山灣則是我始終關注的一個重要領域。現謹從中擷取若干，略作闡述，以求教於方家。

一、師徒雙星，輝映藝壇

土山灣孤兒工藝院遺留的文獻不多，他們教學生產的詳細過程今天已很難復原，但通過近年發掘出的一些殘存史料，我們還能從中瞭

解一二。以著名的土山灣畫館為例,畫館以孤兒進館時間為序,採用工徒制,分級分班教學。學制一般為4年,如加學油畫,則再延長一年。教授的科目有素描、寫生、勾稿、放樣、著色、書法等專業課,以及算學、歷史、宗教等基礎知識,還要練習體操和唱歌。一年考試兩次,前三名有獎賞,頒獎時各位神父均會到場,十分隆重。學徒期間有少量津貼可拿,滿師後則可計件享受薪酬。畫館對外承接訂單,山水、花草、人物及宗教故事畫等均可受理,按畫件的尺寸大小和難易程度定價,而又尤以各類油畫最受歡迎,常常供不應求。因油畫複雜難學,繪製時間長,而當時畫館只有王安德、徐詠青等7位師生能夠承接油畫定單。畫館的首任教師是義大利傳教士馬義谷,後有人據此認為畫館教師主要由外籍人士擔任,此實不確。在畫館任教的大都為中國人,現存的幾張畫館教學照片可以清晰地證實這一點。我們現已確知的就有:教授油畫的王安德、教授素描的李德和、教授勾稿放樣的溫桂生、教授書法的姚子珊等等。擅長素描,精於水彩的劉德齋則長期擔任畫館主任,統率全局。當年出版的《道原精萃》(1886年)、《五彩古史像解》(1892年)等書中上百幅精彩插圖,都是由劉德齋率領畫館師生「博采名家,描寫成幅」(方殿華〈《道原精萃》像記〉)。

工藝院中的畫館多年來一直受到眾人的關注,而劉德齋和徐詠青則堪稱土山灣畫館中的師徒雙子星座。他們一個是畫館承前繼後的關鍵人物,一個則是眾多學生中聲譽最隆的傑出代表。劉德齋從1880年到1912年長期執掌畫館,既親自教學,又管理協調,為畫館的穩定發展作出了很大貢獻;而海上畫壇的很多著名人物也都或多或少受到

他的影響。如海上畫派的開創者任伯年就是通過劉德齋接觸到西洋繪畫的。19世紀中晚期，任伯年與劉德齋過從甚密，在他的影響下，任伯年學習素描，據說也畫過人體模特，任使用的3B鉛筆，也得自劉德齋，任伯年因此而養成了鉛筆速寫的習慣。有關劉德齋的生平活動，鮮有文獻可資引證，近年發現的一張照片，記錄了他70歲生日之際和畫館新、老學生在百步橋合影的瞬間，彌足珍貴。百步橋位於龍華，當時有河直通徐家匯，教會中人經常泛舟郊遊。劉德齋這天正是借此寶地舉行七十大壽的生日宴會，圍繞四周的除了個別幾位教師，都是他的新、老學生，其中後排右一戴圓帽者即為其得意門生、民國初年以畫水彩畫和月份牌畫而出名的徐詠青。這張師生合影照，非常難得地為後人保留了土山灣畫館當年的盛景。

徐詠青是劉德齋最欣賞的學生，也是畫館諸生中成就最大者，但有關他的生平卻一直模糊不清。筆者通過多年的查閱勾稽，整理出一些線索：徐詠青本姓范，進畫館後改名王永青。光緒二十四年（1898）元月因入贅徐家而改姓徐，自己取名徐宗範，以示不忘根本；又取字坪生，喻一生平安妥帖之意。他出道以後改名徐詠青，但又為其兒子取名范寄病，似乎一生心結於此。徐詠青光緒十九年（1893）正月進畫館學畫，二十四年（1898）正月滿師，為時整整5年，這和畫館的學制規定是吻合的（學制一般為4年，如加學油畫，則再延長一年）。徐詠青是劉德齋最為喜愛的學生，劉曾屢屢為他單獨講課；在畫館的諸項科目考試中，他也幾乎每項都考第一。光緒二十三年（1897）二月，劉德齋親自安排徐詠青拜油畫水平最高的王安德學畫油畫。徐詠青滿師後，因繪畫成績好，得以和王安德等一起成為畫

1912年4月，土山灣畫館新、老學生慶祝老師劉德齋70誕辰在龍華百步橋合影。中坐持手杖者為劉德齋，後排右一戴圓帽者即徐詠青。

1914年10月土山灣孤兒工藝院成立50週年合影

館中有資格對外承接油畫定單的少數幾
人之一，劉德齋為報王安德的傾心教育
之情，還自己掏出兩塊銀元表示酬謝。
1912年4月，劉德齋70歲生日，徐詠
青以老學生的身份特地趕來為老師祝
壽。兩個月後，劉德齋就因病辭世，
這張照片，很可能是這對師生唯一的
一次合影。

土山灣孤兒工藝院中畫館和印刷所
最為著名，但木工部的產品卻最多，其
中又尤以各種雕刻作品馳譽中外。它出
品的各種人物雕刻和寶塔造像，曾在多
次世博會上榮獲褒獎，巴黎基梅博物館
等還曾向其訂購產品。1915年，美國
舉辦巴拿馬世界博覽會，工藝院木工部
也以自己的雕刻作品送展，最終獲得金
獎，當時的評論寫道：「教育館中中國
賽品最出色者，為徐家匯學校出品之木
雕刻。此校原為宗教教育，然其美術教
授，成績最優。」「（嚴智怡主編《巴
拿馬賽會直隸觀會叢編》，1921年出版）
筆者在拙著《滬瀆舊影》中曾引用過一
張土山灣木工部教學的照片，海派黃楊

法國修士潘國盤正在指導
少年徐寶慶木雕技藝

木雕大師徐寶慶老人認出，這正是當年法國修士潘國盤對其進行教誨的情景。在2008年6月舉行的「土山灣文化歷史講壇」上，這張珍貴的照片已得到徐寶慶老人的女兒和老人的學生湯兆基先生確認。

二、徐光啟逝世三百周年紀念

1933年11月24日是徐光啟逝世三百周年紀念日，這在土山灣當然是一件大事。早在1932年1月和1933年1月，《聖教雜誌》就曾兩次發文，倡議紀念。此事後得到南京教區主教惠濟良的支持，「議決於徐子逝世日開一追禱大會，柬請中西政商學界參與典禮」（《徐文定公逝世三百年紀念文彙編》緒言〉，上海聖教雜誌社1934年4月出版）。這次紀念活動辦得十分隆重，蔣介石、林森、孔祥熙、宋子文、吳佩孚、徐世昌、蔡元培、于右任、葉恭綽、張元濟、張伯苓、唐文治等政界、學界頭面人物60餘人寄來題詠，表示敬仰；《申報》、《新聞報》、《大公報》、《東方雜誌》、《新中華》、《科學雜誌》等幾十家報刊或出專號，或刊論文，以表紀念；黃節、竺可楨、向達、潘光旦、牟潤孫、徐景賢等學者撰文從各個方面對徐光啟的貢獻作了闡述。11月24日的追禱大會內容也十分豐富。上午8點30分在徐家匯大堂舉行追思大禮彌撒，由桑黻翰會長主祭，惠濟良主教行大禮追思，神父、修士皆站兩旁。法、比兩國駐滬領事出席。10點15分，在徐匯大修院開演講會，參與者僅限司鐸與修士，會上由丁宗傑、陳秋棠和張登儒三位修士作了演講，題目分別是〈徐文定與利瑪竇〉、〈徐文定公與聖教會〉和〈大著作家徐文定公〉。午後三點，在徐光啟墓開追禱大會。在此之前，已對墓地作了整修，並修築了水泥路。自聖母

院經過徐匯大堂，沿天文臺路至閣老墳，沿途還搭建牌樓三座，分別位於聖母院橋、天文臺路和徐光啟墓前。追禱大會的到場人數超過萬人，除男、女修院外，主要是徐匯中學、啟明女中、類思小學及上海公教各校學生和附近百姓。到會嘉賓有吳鐵城市長代表羅參事、上海公安局長文鴻恩、燕京大學教授劉廷芳等。惠濟良主教主持並行追思大禮，董家渡院長張伯大司鐸演講，羅參事致詞。下午4點30分，典禮結束，來賓到天文臺休憩。

徐光啟逝世三百周年的紀念活動辦得非常隆重，影響廣泛，相關的文字記載，包括新聞報導、報刊專號和紀念文集等等，現在也大都能看到。遺憾的是有關這次活動的圖像文獻卻非常少見，除了當時報刊發表的少數幾張外，其他就毫無蹤跡了，這對相關研究的進行不無影響。以徐光啟墓前的牌坊來説，自毀於抗戰後，就沒有人能説得清這座牌坊的詳細特徵了，以至徐匯區文化局雖然早就有了重修光啟墓的打算，但卻苦於沒有可供參考的可靠依據。近年在民間發現了一批有關徐光啟逝世三百周年紀念活動的照片，可稱十分珍貴。這批照片全部為歷史原照，3×5cm尺寸，內容包括：1933年的徐鎮老街，徐家匯大堂舉行追思大禮彌撒的情景，從聖母院橋到光啟墓沿途的三座牌樓，惠濟良主教和市長代表羅參事、公安局長文鴻恩等出席追禱大會場景，光啟墓前的牌坊以及紀念活動時散發的宣傳品等。這批圖像文獻內容豐富，圖像清晰，堪稱絕版，具有相當的文獻價值。比如通過光啟墓前的那張牌坊照片，我們就能清晰地看到：刻有雙鶴祥雲花紋的柱石應位於牌坊上端，而獸形抱鼓石刻環繞在牌坊底部，雙龍戲珠的石雕則是牌坊中間的橫樑，牌坊頂端中式風格的蓮花底座上托著的卻是西

式的圓球，這恐怕是對徐光啟一生學貫中西的最好寫照。這座牌坊應該是近代上海非常有意義的一個紀念建築。

三、歷史悠久的徐匯公學

　　徐匯公學創辦於1850年，是法國天主教在中國創辦最早的教會學校，也是近代上海歷史最為悠久的現代學校。歷年主持校務的，大多為法、意兩國的神父，學校的內部組織及其管理方法，帶有濃厚的法、意兩國教育制度的色彩。1904年2月，因教外學生急增，學校設上、中、下三院，實行分院管理。上院、下院授內生，中院教外生。上院生有宗教活動，修養身心；教外生則組織講學會（後改「規勉社」）。1931年，教會向中國政府教育部門辦理立案登記，易名徐匯

徐光啟墓地前的石牌坊

中學。並依教育部頒佈的學制規定，將原中學四年制改為初、高中三三制。

　　徐匯公學除實行分層次的學校教育外，課外活動非常活躍，它的戲劇、音樂、體育等文體活動的提倡與實施，在當時上海各校中均處領先水準。據記載，徐匯公學早在1900年就開始組織學生排演戲劇，並長期堅持，成為學校的一項傳統，「來觀者座常為滿，其技至今為諸校冠」（《徐匯公學紀念冊》，1920年出版）劇目以表現宗教內容的居多，也有一些反映世俗生活的劇作。演出主要在校內，也經常參加當時上海的一些校際交流活動。學校舉行賑災活動時，戲劇的慈善演出也是徐匯公學的必備節目。此外，一些重大節慶活動時，也每每會以戲劇演出來助興，如1920年校慶70周年慶典時就演出了三部戲劇，其一是上院學生以法文上演的《巴德值律師》，其二是由上、中兩院學生以官白合演的《英雄血》，第三部是由下院學生表演的小歌劇《多寶塔》。演出非常成功，以致第二天又全部複演了

20世紀30年代徐匯中學大門

1924年徐匯公學演出話劇《銀環》劇照

徐匯中學壘球隊（白鶴隊）合影，前排左起：陳漢東、方鴻寶、柳維万、談增祥；後排左起：石墨言、許炳、鄭大偉、吳允中、劉子文、葉克征

一次。學校歌詠隊、管樂隊的設置與演出在當時也名聲在外，學校方面曾自稱：「樂歌為本校之特長，中西音樂均名振一時」「（《徐匯公學紀念冊》）。學校的體育活動更是活躍，不但足球、羽毛球、游泳等常規運動它應有盡有，就連網球、壘球、棒球、競走、自行車、國際象棋等當時比較稀見的一些運動項目，它也開展得有聲有色。徐匯公學當年的大操場曾為很多局促於都市一隅的學校羨慕不已。慈善活動是學校的光榮傳統，徐匯公學的創辦即因救災而起。1937年8月淞滬戰爭爆發後，上海驟增難民有百萬之多，馬路上但見難民扶老攜幼，蓬首垢面，露宿風餐，奇慘萬狀。教會出面聯合各方成立慈善團體聯合救災會，在土山灣區域內劃定難民安全區，開設難民收容所。當時，收容所的總部就設在徐匯中學內，全校師生積極參加了救災活動。1949年上海解放後，實行學校教育和宗教分離的政策，1953年6月學校改為市立，並開始招收女生。20世紀90年代後，因徐家

匯改建工程，學校佈局有所改變，改校址為虹橋路68號。海峽對岸，現仍有由校友創建的臺灣徐匯中學。

四、抗戰初期耶穌會救濟戰區難民的活動

賑災為教會歷來之傳統，徐匯公學的創辦即因救災而起。耶穌會在土山灣一帶所做善事甚多，各種文獻也屢有記載，但其在抗戰初期為救濟戰區難民而發起的一系列善舉，則鮮有人提及。筆者結合收集到的一些圖像文獻試作介紹。

1937年8月淞滬戰爭爆發後，太倉、嘉定、寶山和虹口、閘北等戰區難民大量出逃，避入尚為中立區的租界。上海的公共租界和法租界內一下子人滿為患，最多時驟增難民有百萬之多。馬路上但見難民扶老攜幼，蓬首垢面，露宿風餐，奇慘萬狀，奄奄倒斃者隨處可見。為救濟難民，也為了維護租界的安全秩序，租界當局聯合各界商議對策，決定由慈善機構出面，尋覓空地，搭建蘆棚，收容難民，各方人士則紛紛捐款捐物，予以援助。當時規模較大的慈善團體有上海華洋義賑會、上海國際救濟會等。像國際救濟會在法租界內就先後建立了6個收容所，收容救濟難民多達2萬5千餘人。徐家匯土山灣一帶是法國人主要聚集地，又是天主教會重鎮，在救濟戰區難民方面自然不甘落後，何況當時情況十分嚴峻，如不能妥善安置難民，很有可能會激起民變。於是，教會出面聯合各方成立慈善團體聯合救災會和救濟戰區難民委員會，在土山灣區域內劃定難民安全區，並以徐匯中學為中心，開設難民收容所。總所設在徐匯中學，下設7個分所，並設難民學校，難民醫院和難民織布廠，分別為：

第一分所：徐匯中學操場（下面再設6個支所：a.沈英標住宅　b.沈禮生住宅　c.潘宅　d.金福山住宅　e.沈雪生住宅　f.沈家花園）

第二分所：匯師中學

第三分所：聖母院

第四分所：若瑟院

第五分所：徐匯小學部

第六分所：博物院

第七分所：新業小學（下面再設4個支所：a.梅家宅　b.冀宅　c.張宅、宋宅、周宅　d.軍衣廠）

難民學校：同生公司

難民一醫：陸兆麟住宅

難民二醫：啟明中學

難民織布廠：梅家宅

從這個表中可以看到，除了耶穌會之外，還有很多學校、工廠甚至私家宅院，都慷慨提供場地用來搭建蘆棚，救濟戰區難民，顯示了他們博大的胸懷。正是在這樣的基礎上，救濟工作才能有序地進行。難民委員會對救濟工作有全面規劃：給養方面，每天定點定時供應；難民飲水，建有老虎灶，從早到晚不斷供給熱水；衛生方面，有專人負內、外水道、廁所、浴室及理髮等日常清潔之責，並由修院嬤嬤負責檢查難民健康，醫治疾病。法公董局衛生處亦派員前來注射各種防疫藥苗，杜絕瘟疫的發生。管理難民有其特殊性，必須有規則約束，專人管理。難民收容所開辦之初即訂有管理章則，且條款儘量少而簡，使易於明瞭施行；又竭力提倡合作精神，勸導難民努力遵守

章則，參加團體活動。難民大半來自農村，或因戰爭而失業之工人，年富力強者居多，如不事勞作，飽食終日，容易養成懶惰，一旦停止救濟，勢必將不慣往日勞動，而耽於安逸，為害社會。有鑒於此，難民委員會組織難民開展織布、縫紉、編草等自助生產，為難民開闊生機，化消極救濟為積極自救，並派人教授歌詠、體操、球類活動，豐富難民生活。難民委員會由教會及各方人士組成，此外，學校的教師、學生，商店的職工，以及普通市民都積極參加了自願者工作。這裏選刊的幾張照片展示了耶穌會在抗戰初期開展救濟戰區難民工作的方方面面，真實直觀，彌補了文字史料之不足，其文獻價值不言而喻。

清末民初的海上社會沙龍
——上海張氏味蓴園散記

上海的著名園林，若論歷史之悠久，當然首推豫園；而到了近代，影響最大的則要數徐園、愚園和張園這三大名園，其中又尤以張園名聲最著。海上老報人陳無我著有一本《老上海三十年見聞錄》（上海大東書局1928年4月版），其中「園林風月」一章中寫道：「三十年前，上海有名園三，其最久者為徐園，其次為愚園，其次為張園。張園最後得名，而遊蹤反較兩園為盛。」陳無我此話確屬事實。晚清民初的上海，張園稱得上是市民最大的公共活動場所，賞花看戲，照相觀影，納涼吃茶，宴客遊樂，演講集會，展覽義賣……幾乎所有的社會公眾活動，張園都敞開大門包容其中，而在當時的眾多報章雜誌和文人墨客的散文遊記中，「張園」二字也是出現頻率奇高的一個辭彙。清末名人孫寶瑄寫有一部《忘山廬日記》，涉及中國近代史上眾多的人、事、物，他在其中就寫道：張園之茶和四馬路之酒，是外地人到

上海後一定要吃的，因為當時上海夜晚時分最有名的地方是四馬路，而白天最熱鬧的場所則非張園莫屬，「凡天下四方人過上海者，莫不遊宴其間。故其地非但為上海闔邑人之聚點，實為我國全國人之聚點也」（參見其光緒二十七年七月五日和光緒二十八年十月十日之日記，載《忘山廬日記》，上海古籍出版社1983年4月版）。

一、張園之來龍去脈

　　張園地處靜安寺路（今南京西路）之南、同孚路（今石門一路）之西，舊址在今泰興路南端。這裏原先為一片農田，上海開埠後，許多外商來滬經商，1872年至1878年，一位名叫格農的英商和記洋行經理先後向曹、徐等姓農戶租得土地二十餘畝，闢為花園住宅。格農原本是做園圃生意的，凡上海外商庭院，大多由其規劃，故在經營自己住宅時當然更加費心，除了建造洋房外，還開挖池塘，種植荷花，並鋪上大片草坪，疊起玲瓏假山，將整個宅院佈置得樹木蔥蘢，曲折錯落，十分別致。後來這塊園地幾經轉手，於1882年由寓滬富商張叔和購得。張氏取晉代張翰不戀官位，退隱山林的著名典故，將園林命名為「味蒪園」，簡稱張園。張叔和本是無錫人，於19世紀70年代來滬，經營海運、漕米等事務，後擔任輪船招商局幫辦，和唐廷樞、徐潤、鄭觀應一起，是招商局四個主要負責人之一。張叔和頗善經營，也酷愛園林，接手格農別墅後，他又在園西先後向夏、李、吳、顧等姓農戶購得農田近40畝，將其和原建築融為一體，使整個園區面積達到60餘畝，一躍而列當時私家園林之首。張叔和按照西洋園林的風格，開溝挖渠，植樹種花，設茶室戲臺，陳各種遊藝，並在園內構築

「海天勝處」等樓房。1892年，張叔
和又出鉅資請當時上海著名的建築設計
師，有恆洋行的英國工程師景斯美、庵
景生兩人設計，歷時整整一年，建造了
一幢高大洋房，以英文Arcadia Hall名
其樓，意為世外桃源，中文名則取其諧
音稱「安塏第」。整幢高樓洋派大氣，
單大廳就可容納上千人集會宴客，為當
時吸人眼球的宏偉建築，張園也因此成
為上海最大也最有特色的私家園林和公
共場所。

張園的主要建築：「安塏第」

　　上海新式的公共娛樂業導源於開
埠後僑居上海的外國人，從19世紀50
年代起，他們在租界內陸續建造了一些
娛樂場所，如跑馬場、戲院、總會、公
園等，並引進了一些新穎的娛樂活動模
式。這種供市民公開消費娛樂的遊樂方
式令國人耳目一新，對原有的陳舊觀
念是一種很大的衝擊，後來徐園、愚園
等新穎私家園林的興起，可謂是對西洋
文明的一種借鑒和模仿，是民俗風氣隨
著時代發展的一種轉型。自張園興起，
這種轉型日顯成熟，並相應具有中國的

特色。當時，張園是最吸引公眾的娛樂活動場所，園內花草怡人，景色優美，並設有專業的戲臺，輪番表演各種戲曲和歌舞節目；寬敞的園林中露天陳設有各種新潮的遊藝設施，供遊客遊玩賞奇；園中還設有電影院、照相館、商場、茶肆和中西餐館及各種零食小吃攤，讓人邊吃邊玩，樂而不疲。張園而且不收門票，只要你有興趣入園，就可以從中午一直玩到深夜。這種集各式娛樂功能於一園的大眾化娛樂方式，是19世紀末隨著上海城市商業經濟繁榮發展，市民消費熱情日益高漲而出現的，是一種歷史的必然，張園則有幸成為主力軍承擔起了這個功能。這個領軍位置，一直要到1915年和1917年更專業的大型遊樂場新世界和大世界建成才換位更替。張園大約在1918年後漸趨消衰，據1932年出版的《上海風土雜記》記載「張、愚二園，今已湮沒不存。」

二、展示時尚的場所

在清末民初的私家園林中，張園不但以場地最廣而馳譽滬上，而且因演說、展出頻繁，娛樂樣式眾多而獨步一時，很多時髦的玩意都是先在此亮相，然後逐漸推廣，張園也因此被稱為近代上海的時尚之源。如1886年，張園在眾多園林中率先試燃電燈，一時火樹銀花，大放光明，吸引了大批遊客。張園還常於春秋兩季舉行花會，屆時姹紫嫣紅，滿園芬芳。園中最有名的是菊花，張叔和曾不惜鉅資，從世界各地引進珍稀品種舉辦菊展，獲得遊客交口稱讚，《老上海三十年見聞錄》中專門有一節「味蒓園菊花大會」記敘此事。晚清青樓著名的「四大金剛」之雅號，也是因張園而起。當時每逢禮拜，眾多時髦倌

人均往安塏第喝茶，其中陸蘭芬、金小寶、林黛玉、張書玉四大名校
書一度更是每日必到，李伯元主持的《遊戲報》為之大肆張揚，一時
「四大金剛」的雅號名播海上。1917年，上海美專在張園舉辦美術展
覽，因其中有若干裸體模特素描而引起一場不小的風波，劉海粟「藝
術叛徒」的稱號也因此而伴隨了他一生。這些軼事逸聞都策源於張
園，給張園增添了不少情趣，而張園內常設的一些營業遊藝設施更給
這座海上名園繪上了極具豐富的色彩。本文謹試敘一二。

1. 電影

說起電影，世人只知徐園，殊不知張園也是開風氣之先的拓荒
者。徐園放電影是1896年，此舉被譽為是電影引入中國之始。那麼
張園到底是何時開始放映電影的呢？由於園主未登廣告，今天已難以

描摹張園景色的清末上海年畫——上海第一名園

確曉。現在知道的是起碼在1897年初夏，電影已開始在張園露面，細心的孫寶瑄在這年6月4日的日記中作了記載：「夜，詣味蒪園，覽電光影戲。觀者蟻聚，俄，群燈熄，白布間映車馬人物變動如生，極奇。能作水滕煙起。使人忘其為幻影。」（《忘山盧日記》）孫寶瑄的這一記載，可以說是目前所知中國人對電影這一新鮮事物的最早觀感。這以後，電影放映始終是張園招徠遊客的一張王牌。清末有人遊張園，曾仿金聖歎批《西廂記》，羅列快事，演為十則，其中一則即為：「夜間看電影，正苦目光短視，而眼鏡忘未攜帶，忽友人以千里鏡相借，得以縱觀，豈不快哉！」（《老上海三十年見聞錄·遊張園十快說》）這正說明了當年在張園看電影已成為一件尋常事。

2. 照相

如羅列清末最時髦的洋玩意，照相肯定可以名列前茅。在這方面，張園也是最早嘗試吃螃蟹的先行者。當時上海雖然已有好幾家照相館，但都是室內攝影，佈景皆為人工繪製，顯得呆板不夠自然，缺乏生氣。1888年秋，一家名叫光霽軒的照相館在張園內開張，它充分挖掘園林的優勢，打出了「照相連景」的招牌：「照相之法，由來久矣，第未得勝地補景，殊難清雅。今本軒特聘名手，假寓味蒪園，諸公光顧者，或登亭台，或倚假山，或小飲花間，或臨流垂釣，隨意選勝可也。」（1888年10月26日《申報》）這則廣告，確實可以說摸準了相當一部分人的心理。1891年金秋時分，張園內又開設了一家叫柳風閣的照相館（張園景色優美，連照相館的店名也都這麼風雅），它也打出了「園景照相」的招牌，並推出了不少吸引人的新品種：「本館精求

新法照相，分外酷肖，實為近時獨擅之秘。磁片亦可映印，並備有古裝女身服色，更覺風雅。著色鮮豔，歷久不退。現假張氏味蓴園設館開印，園中各景，任便設照。」（1891年10月11日《申報》）這以後，在張園內設店營業的照相館還有多家，連赫赫有名的寶記也曾在園內開過分店，與園主拆帳分成。張園地處市中心，園景又吸引人，故遊客眾多，川流不息，照相館的生意也因此獲益匪淺。據記載，很多名人都在張園留過影，如孫中山、黃興、張元濟、夏曾佑、伍光建、鄭孝胥等。

3. 遊藝

各種時尚的演出遊藝活動也是張園的一大特色，如髦兒戲。清末，上海等大城市出現了清一色由女孩演出的戲曲班社，演唱京劇和

1907年，外國人在張園擺設的照相攤位

昆劇，俗稱「髦兒戲」，演員稱坤角，一時大為流行。「髦兒戲」之名據説就寓有時髦之意。「髦兒戲」始於同治年間，至光緒十年前後消沉，十餘年後又復盛行，一時爭奇鬥勝，名班就有七、八家之多。當時海上名園俱延邀名班進園演出，張園內吳新寶主演的《天門掃雪》，桂芳主演的《三娘教子》等俱一時名角名戲，博得眾多掌聲。張園內的「海天勝處」樓是當時演出「髦兒戲」最負盛名的一處場所，現在還能看到的小校場筠香齋刻印的年畫《海上第一名園》，描繪的是當年張園門前人來車往的熱鬧景象，透過園柵欄，能清晰地看到園內高掛著「毛（髦）兒戲」演出的水牌。當時引自國外的一些時髦遊藝設施，如過山車等，也大都在張園內陳設過。這些新穎的遊藝

清末孫寶瑄筆下的張園遊藝設施

節目很引人矚目，但華人多喜歡看熱鬧，真正敢一試身手的並不多。孫寶瑄1903年夏遊張園，留下了他嘗試坐「輪舟」的感想：「西人於園中築高臺臨池，上下以車，輪行鐵路，用機關運動，人出小銀圓二枚，則許乘車登臺，即坐小舟自臺上推下，投入池中，舟顛蕩若甚危險，其實無妨也。西人喜之，乘者頗眾；華人膽怯，多不敢嘗試。是月，余與芝生二人乘坐一次，始大悟此戲可以練膽。」（《忘山盧日記》光緒二十九年八月十六日）當年為推廣這項遊藝節目，外國人還特地印製了明信片，廣為宣傳。

三、公眾活動的舞臺

張園作為晚清民初上海面積最大的對外開放園林，不但因率先展示了眾多新穎玩意而成為當時的時尚之源，而且還一度成為上海各界集會、演講、展覽最重要的公共場所，每逢遇到諸如疆土危機、女界集會、學生風潮、要人到訪等重大事件發生，張園總有活動，所謂風起於青萍之末。安塏第屋廳廣寬，是民眾集會的理想場所，而章太炎、吳稚暉、蔡元培、汪康年、馬君武等社會各界名人，是經常登臺演說的熱心人物。據記載，1916年7月17日，孫中山先生也在張園發表過關於地方自治的演說；另據當時文獻，1900年7月26日，嚴復、容閎、唐才常等維新派人士集會，以挽救時局為名，召開「中國國會」，通過了不承認以慈禧太后為首的清朝政府等決議。發生在上海的這第一次具有反對清政府性質的集會，也是在張園舉行的（另一說是在愚園）。由於交通方便，又地處租界，清末民初舉行這類社會公眾活動，張園一般都是大家的首選之地。

晚清上海，張園還舉行過一次影響頗大的慈善義賣活動，時在1907年春。當時，中國江淮等地因水災造成嚴重饑荒，急需救濟。消息經媒體報導後，各界紛紛舉行活動，募集善款，救濟難民，春柳社李叔同諸人在日本首演話劇《茶花女》這一名垂史冊的舉動，就是因此事而起。這年5月，由上海的一個外國宗教組織「聖保羅會」（Societ of St. Vincent de Paul）牽頭發起，寓滬歐美各國官商夫人出面聯絡中國紳商夫人，決定舉辦一次萬國賽珍鬥寶大會，會期三天，陳設各種展覽並有新穎遊藝活動，還舉行捐贈之物義賣，全部收入充作善款救濟難民。經當時的南洋大臣端方批准，這次慈善義賣活動於5月23日到25日在張園舉行。據新聞畫社當時發行的一份《萬國賽珍鬥寶大會陳列全圖》記載，這次活動內容豐富，規模很大，「園中空地遍蓋棚廠，周懸五色電燈，陳列萬國精美玩器、顧繡、綢緞以及各種新奇美術出售，並由各國官商及貴紳夫人、清客串戲、彈琴、唱歌，演放各國新到電光影戲、焰火、日本柔術、戲法，兼設博物院埃及古物，洵為數千年來遍地球所創見，亦通商六十載未有之盛舉」。當時正在中國公學讀書的胡適也參觀了這次盛會，並寫了一首〈遊萬國賽珍會感賦〉，詩前有序，略云：「丁未四月，上海中外士商憫江北災民之流離無歸也，因創為萬國賽珍會以助賑，得資甚多……聊志感喟，詞之不文，非所計也。」全詩五百四十字，是這一時期胡適詩作中最長的一首詩。開頭部分吟詠萬國賽珍會的緣起：「災黎千百萬，區區復何補？救人全始終，熱誠勿喪沮。乃有慈善家，創議驚庸俗。聚集希世珍，萬國相角逐。」詩中段雜以氛圍風光的描繪：「行行重行行，夕陽已西下。華燈十萬盞，熠耀不知夜。爾時方三五，明月皎

如銀。微風拂鬢鬢，人影亂輕塵。」最後一段則顯示了胡適的社會觀和樸素人道主義的情懷：「智者助以力，富者助以財。人心苟如是，天災何有哉！」（1908年8月17日《競業旬報》24期）

關於這次慈善義賣活動，還有一件題外事頗值得一談。聖保羅會在活動舉辦期間印製了類似郵票式樣的簽條出售，同時刻製了兩枚戳記，均為「萬國振濟賽珍會」七字（其中一枚四周另有英文字樣）。有學者認為，這兩枚戳記是中國郵政最早的紀念郵戳，但也有人不予認可。問題的關鍵是要看當時張園中是否設有郵局。據《清代郵戳志》一書記載，這兩枚「紀念戳是作為門票銷訖之用」，但究竟是由誰「銷訖」的，書中卻並未說明，而當時的報導也無一字提及，此事因而在郵學界成為懸案。最近筆者在仔細查看了1907年出版的《萬國賽珍鬥寶大會陳列全圖》後卻有意外發現，在此圖下方和「內外德律風」（電話）並用一屋的就是郵局，上面清清楚楚地寫著「郵政局寄處」五個大字，顯然，此屋正是這次慈善義賣活動的「郵政通訊處」。由於此圖是嚴格按照會場佈置繪製的，故這個困擾大家時日很久的懸案應該可以宣佈結案了：1907年5月使用的「萬國振濟賽珍會」戳就是我國郵政最早的紀念郵戳，張園也因此而得以共享這一榮譽。

往事如歌 歲月留聲

——中國流行歌壇八十年

1927年2月，中國近代音樂史上最早一所專門訓練歌舞人才的學校——中華歌舞專門學校在上海愛多亞路（今延安中路）966號建立，由黎錦暉出任校長。這所學校雖然歷時短暫，設備簡陋，但卻起到了將中國歌舞表演藝術由業餘推向專業的開創性作用。就在這年的春、夏之際，中華歌舞專門學校以「中華歌舞會」的名義正式對外演出，並於7月份發起了全市性的「中華歌舞大會」，連演10天，《葡萄仙子》、《可憐的秋香》和《總理紀念歌》、《最後的勝利》、《毛毛雨》等原創歌舞節目相繼和觀眾見面。演出轟動一時，這些節目也因此成為中國現代流行歌壇上最初的一批經典作品。

一、黎氏父女和「四大天王」

毛毛雨下個不停，微微風吹個不停。

微風細雨柳青青，哎喲喲柳青青。

小親親不要你的金，小親親不要你

的銀。

奴奴呀只要你的心，哎喲喲你的心。

這是我們今天所能聽到的中國最早的流行歌曲，作者黎錦暉，演唱者是他的女兒黎明暉。80年前在中國最大的都市上海，這首名為《毛毛雨》的歌曲開始廣泛傳唱，不經意間拉開了中國流行歌壇的序幕！20世紀初的中國，民眾的文娛生活非常貧乏，就歌壇而言，除了一些傳統的民間小調，幾無歌可唱。教會學堂裏倒有一些歌唱，但那是外國的宗教歌曲；當時知識階層中流行一種學堂樂歌，也多是借用外國曲調填詞，傳唱有限。正是在這樣貧瘠的土壤上，黎錦暉辛勤耕耘，開墾出了一片嶄新的天地！

黎錦暉最初是為了推廣國語而走上創作歌舞劇這條道路的。他在音樂上並非科班出身，但他從小就癡迷音樂，中國各地的地方戲給了他豐富的音樂滋養，吹拉彈唱，演戲習舞，他無所不學，樣樣皆能，還學過淺近的西洋音樂理論。這一切對他以後創作出大量「民歌體」的流行歌曲可謂影響深遠。1920年，隨著新文化運動的發展，全國小學原先開設的「國文」（文言文）開始改為「國語」（白話文），並配以注音字母，實行讀音規範化（普通話）。黎錦暉跟隨他的哥哥、著名語言學家黎錦熙，投身到了這一事業中去。他擔任「國語統一籌備會」幹事，編寫《新小學教科書·國語讀本》，並出任「國語專修學校」的校長等職，親自向兒童們普及國語。黎錦暉用一些小道具，亦歌亦舞地向小朋友們講述國語課本中的一個個故事，並組織他們自己表演，讓學生們感受到了從未有過的新鮮和快樂，反響奇佳。黎錦暉

大受鼓舞，於是將這些故事配上歌曲樂譜和舞蹈動作提示整理發表，《老虎叫門》、《麻雀與小孩》、《可憐的秋香》、《葡萄仙子》和《三蝴蝶》等一批歌舞作品都創作於這一階段：1920-1924年間，並由中華書局編輯出版和灌製唱片，在國內各地中小學及海外華僑中產生了廣泛影響。

　　據統計，黎錦暉在上世紀20年代創作了包括歌曲、歌舞、歌舞劇等音樂作品30多部（首），這些作品，雖然我們今天看到的只是沈默無言的紙質文獻，但在當年卻都是有歌有舞，鮮活生動的舞臺形象。我們已很難想像，在沒有廣播電視，更沒有其他娛樂活動的那個年代，黎錦暉專門為孩子們創作的這些既通俗易懂又好玩易學的歌舞音樂，深入到城鎮鄉村，乃至古老中國最偏遠的山鄉田野，給人們帶去了怎樣難忘的歡樂和潛移默化的影響。蔡元培當年曾提出「以美育代宗教」的主張，黎錦暉創作的這些音樂歌舞作品，實際上也可説正是這種主張的實踐。諾貝爾獎獲得者楊振寧晚年在和學生們談起自己的童年生活時，曾情不自禁地唱起了黎錦暉創作的《蝴蝶姑娘》；畫家丁聰也曾回憶，上世紀50年代，他隨解放軍總政治部主任蕭華出訪外國，休息時他聽蕭華將軍彈奏鋼琴，都是《小小畫家》、《葡萄仙子》等黎錦暉的作品。

　　黎錦暉在20年代創作的這些作品，最初也是最重要的演繹者就是他的女兒黎明暉。黎明暉從小聰明活潑，沒有一般女孩子的扭捏作態，還在國語專修學校讀書時，她就跟隨父親到各地宣傳國語，她用國語唱白話文歌曲，父親用小提琴伴奏。1927年黎錦暉成立中華歌舞專門學校時，黎明暉更成為「歌專」的中堅力量，教學時她當助教，

黎錦暉與黎明暉父女合影

黎錦暉作、黎明暉表演
《葡萄仙子》

演出時她是台柱；黎錦暉早期影響最大的一些作品，如《葡萄仙子》、《可憐的秋香》、《毛毛雨》等，無論是上臺演出還是灌製唱片，黎明暉都是當然主角；我們今天翻閱中華歌舞大會的演出廣告，可以看到，最顯著的位置一律都留給了黎明暉；再加上當時她還主演了《小廠主》、《透明的上海》、《殖邊外史》等好幾部有影響的影片，聲譽如日中天，故在1930年前，如果要在全國找一個最出名的女孩子，那一定非黎明暉莫屬。王人美晚年曾回憶，當時「曾經有人給她寫信，信封上既不寫地址、也不寫姓名，只畫個短頭髮的姑娘頭像，她居然能收到」（王人美《我的成名於不幸》，團結出版社2007年1月）。我們可以說，黎氏父女對中國現代流行歌壇的建立功不可沒，父親黎錦暉是這一領域的出色開拓者，女兒黎明暉則是最早、最有影響的歌壇實踐者。

黎錦暉是一位卓有成效的音樂伯樂，他一生培育出了許多著名演員，早期除黎明暉外，尤以王人美、黎莉莉、

薛玲仙和胡笳4人最為出名，當時被媒體稱為「四大天王」。4人中王人美名列第一，她大約於1927年冬投身黎氏門下，黎明暉之後，她是團裏台柱，演主角最多。1931年，孫瑜邀其出演影片《野玫瑰》裏的女主角小鳳，那時她才16歲，演出了漁家女健康活潑、青春煥發的朝氣，由此跨入影壇，主演了《漁光曲》、《風雲兒女》、《都會的早晨》等一系列優秀影片。王人美灌製的唱片很多，僅黎錦暉作曲的就有《特別快車》、《民族之光》等不下10餘張，影響最大的則是聶耳作曲的《梅娘曲》（影片《回春之曲》插曲）和《鐵蹄下的歌女》（影片《風雲兒女》插曲）。黎莉莉出身革命家庭，父母都是地下黨員，其父錢壯飛更是中共早期情報戰線的一員驍將，1928年，他把黎莉莉送

明月社歌舞排練，領舞者王人美

《桃李爭春》演出照，右
起王人美、黎莉莉、胡笳

到黎錦暉那裏，正是因為忙於革命，無暇照顧女兒，急於找一個地方將她安頓下來。黎莉莉比王人美晚進團幾個月，但兩人性格很相近，很快成為好朋友，並經常搭檔演出。當時王人美演唱比較出色，而黎莉莉則在舞蹈上實力最強，1932年，孫瑜邀她參加影片《火山情血》的拍攝，就是要她扮演劇中南洋舞女一角。黎莉莉以後主演了《體育皇后》、《大路》、《狼山喋血記》等片，成為30年代最紅的女明星之一，她演唱的《新鳳陽鼓》（《大路》插曲）、《狼山謠》（《狼山喋血記》插曲）等歌曲被錄成唱片，傳唱一時。薛玲仙年紀略大一些，進團的時間比王人美要早，她能歌善舞，在《葡萄仙子》、《月明之夜》中都演過主角，還拍過《南海美人》、《通天河》等影片，可惜後來沾染了不良嗜好，結果慘死在街頭。胡笳是黎錦暉1930年在北平招收的學生（和她同時進團的有白虹、英茵、于立群等）。她原本是北平藝專出身，受過嚴格的基本功訓練，長得嬌

小玲瓏，很善於表演，歌也唱得很好，她為沈西苓導演的名片《船家女》演唱的插曲《神女》，當年曾感動了不少人。胡笳很早就退出娛樂圈，嫁給上海東華足球隊的名將陳洪光，當起了家庭主婦。上海淪為「孤島」時，金焰、王人美夫婦逃離日寇魔掌時還曾得到他們夫妻的幫助。

黎錦暉的音樂創作，主要借鑒中國豐富的民間音樂素材，突破了當時「學堂樂歌」多借用外國樂譜的模式，開始完全由中國人獨立作曲作詞，創作出了一大批通俗易懂的原創作品。他的歌對於中國人來說意味著一個時代，它們被傳唱四方，成為近代中國最早的一批流行歌曲；它們的演唱者中也走出了中國第一批流行音樂歌手。

二、歌星時代

如果説第一代的流行歌手因緣際會，應運而生，整體上不是靠演唱實力出名，而是靠舞蹈，靠表演，靠演出形式和個人形象出彩，較多體現出業餘的成分，而且她們最終的榮譽也都並非定格在歌手的稱號上，那麼，進入20世紀30年代以後，歌手的身份呈現出職業化趨勢，演唱的風格更加豐富多彩，彼此間的競爭也日趨激烈，在歌曲創作、演唱實力等方面都有了更高的要求。

1934年，上海的《大晚報》舉行了一次「播音歌星競選」，這很可能是中國流行歌手的第一次排名選舉。結果名列前三的票數如下：

第一名：明月社白虹，9103票；

第二名：新華社周璇，8876票；

第三名：妙音團汪曼傑，8854票。

選舉票數很接近，結果也不出所料，特別是前二名都是明月社出身（周璇也曾是黎氏門下），這說明，在30年代中期的上海，黎派音樂依然很有實力。當時，白虹的名聲確實要比周璇響。白虹原名白麗珠，和周璇同歲，都生於1919年。她的嗓音條件很好，音域也較寬，很適合在舞臺上演出。她不但擅長流行歌曲，而且能演歌劇，還拍過30餘部影片。當時有人撰文讚揚她：「白虹就是應該屬於舞臺的，她的歌喉是宏亮而遙遠的，她的發音是結實而動聽的。」（佚名〈關於女明星的歌喉及其他〉，載1940年4月1日《影迷畫報》第3期）白虹灌成唱片的歌曲多達100餘首，其中影響較大的有《郎是春日風》、《我要你》、《莎莎再會吧》、《河上的月色》等。周璇的歌喉和演唱風格與白虹恰形成鮮明對比。周璇嗓音甜美，但聲音細小，音量不大，在她錄音或拍片時，錄音師和導演都曾因這而對「金嗓子」的美譽表示過懷疑。但周璇很懂得揚長避短，能巧妙地運用電聲擴音設備來彌補自己的缺憾，由此而形成了輕柔曼妙的演唱風格，有人因此說她是「中國輕聲、氣聲唱法的先驅」。周璇一生拍片43部，演唱歌曲233首，灌錄唱片196張，堪稱歌、影兩個領域的「雙料皇后」。

白虹、周璇之後，30年代走紅的歌星就要屬龔秋霞和姚莉了。龔秋霞也是表演歌舞出身，後拍過《壓歲錢》、《古塔奇案》等影片。龔秋霞演唱過很多歌曲，如果只選一首的話，那一定就是《秋水伊人》了。這是1937年的影片《古塔奇案》的插曲，賀綠汀作曲。時至70年後的今天，只要那熟悉的旋律響起，能跟著哼唱的人一定仍然不少。姚莉是跟著哥哥姚敏出道的，白天跑電臺播音，晚上到舞廳演唱，忙得連吃飯都沒有時間。她的嗓音寬舒醇厚，具有很好的中音音

色，有「銀嗓子」之譽。她最有影響的歌是《玫瑰玫瑰我愛你》，直到今天仍是很多音樂會的保留曲目。

　　20、30年代的上海已躋身世界大都市之列，而伴隨都市成長的流行歌曲成為最能體現城市風貌、傳遞海上韻味的時代元素。20年代，中國流行歌曲從這裏孕育誕生，30年代，已出現了較為成熟的歌手和市場，到了40年代，流行歌壇呈現一派繁榮。除了原來的周璇、白虹、龔秋霞、姚莉等依然老歌迷人，新歌不斷外，一批又一批新的歌手不斷湧現出來，當時在歌壇享有聲譽的就不下20、30人，而最有影響的則屬白光、李麗華、李香蘭、吳鶯音、歐陽飛鶯等人，其中又尤以白、吳二人最有個人風格。白光是以歌星和影星的雙重身份現身娛樂圈的，但她的歌名卻蓋過了其在銀幕上的風頭。她是女中音，聲音渾厚，音域寬廣，屬於那種有著自己招牌特色的歌星，一開口就決不會和別人相混。她的《如果沒有你》、《假正經》等歌當年曾風靡一時，那略帶磁性的醇厚中音，最能凸現那個年代的特有韻味。吳鶯音比白光要小一歲，也以渾厚的中音而馳名，但她的嗓音帶有明顯的鼻音，由於處理得好而顯得別具一格，因此在當年獲得「鼻音歌後」的稱號。百代公司在40年代為吳鶯音錄製了30多張唱片，代表作有《我想忘了你》、《聽我細訴》、《明月千里寄相思》等。

　　歌星時代，璀璨閃爍的是引吭高歌的歌手，而歌手背後卻是一個音樂人團體，其中又以作曲家最顯重要。當時明顯有著三個陣營：一個是以蕭友梅為代表的學院派。他們也寫了很多歌，如《問》、《海韻》、《玫瑰三願》、《教我如何不想他》等，歌詞典雅，講究技巧，以意境取勝，又稱藝術歌曲，多在知識陣營中流傳，未經過訓

練者一般較難學唱。一個是以聶耳為代表的時代派。他們譜寫了很多反映時代風雲的歌曲，氣勢雄壯，多適合集體演唱，成為那個年代鼓舞人們鬥志的戰歌，如《畢業歌》、《義勇軍進行曲》、《黃河大合唱》等。一個是以黎錦暉為代表的大眾派。寫的歌歌詞通俗，曲調優美，容易上口，傳唱廣泛，黎錦暉後成就最大的是陳歌辛和黎錦光，其他還有姚敏、嚴華、李厚襄、嚴折西等。這3個陣營有時候壁壘分明，相互指責；有時候又彼此交融，互相聲援，在不同時間，不同地方呈現出複雜的階段性和互通性，有些人，如黎錦暉、黃自、聶耳、劉雪庵、任光、賀綠汀等，都曾創作過不同風格的作品，很難把這些作品一定歸入哪一派。這是由中國近代社會災難深重又複雜多變的性質所決定的。客觀地說，中國流行歌壇並非可簡單地以風花雪月，或是踏雪尋梅，或是戰鼓軍號來硬性概括，而應該是諸種文化的融合體。除了學院派的部分較為艱深的作品不宜歸入外，其餘大部分都可納入流行歌曲的範疇，只是流行的程度、時間和範圍各有不同而已，不必孤芳自賞，劃地為牢。

三、新媒介助推歌壇大繁榮

歌曲是有聲藝術，僅靠紙質媒體的傳播推介，效果的大打折扣是顯而易見的。20世紀初，科技的大發展給歌壇添加了強勁的催化劑。

最早給歌聲插上翅膀的是唱機。1877年，愛迪生成功地製作出了世界上第一台用錫箔作為記錄材料的留聲機，大概在19世紀末，這項發明傳入中國，幾年後，開始有中國人灌錄的唱片問世，最初都是一些伶人的戲曲唱段。唱片銷售在20世紀20年代步入黃金時期，

報刊上幾乎每天都有各家唱片公司的
廣告在爭奇鬥豔，除國外的一些著名
廠家，如「百代」、「勝利」、「高
亭」、「蓓開」等之外，中國人自己開
辦的唱機唱片廠，如「大中華」、「新
月」等，也大都萌始於這一時期。當時
在中國，穩占唱片行業龍頭地位的非
「百代」莫屬，它在30年代的宣傳口
號是：「當代名歌全歸百代，影壇俊傑
儘是一家。」這充分表現了「百代」當
年的霸氣，而「百代」也確實傲人地做
到了這一點。當時「百代」出版的唱片
種類最多，包括曲藝、戲劇、器樂曲及
歌曲等，其中尤以國語流行歌曲數量最
多，也最受歡迎。有聲電影興起之後，
唱片銷售更形鼎盛，當時幾乎每部電影
都有插曲，每個影星都灌製唱片，連一
些不擅歌唱的明星也臨時請人教唱，收
灌唱片。因為只要有「電影明星」這
頂桂冠，就能保證財源滾滾，雙方都
能得益。整個30年代，「百代」囊括
了流行音樂唱片百分之七十以上的市
場份額，最盛時，它曾創下了一月銷

龔秋霞、黎錦光等在百代公司錄音後合影

周璇在百代公司灌錄《孟姜女》唱片

售唱片超過10萬張的紀錄（佚名〈百代公司收灌大批明星唱片〉，載1940年2月1日《電影生活》第3期），「百代」發行的周璇、白虹、姚莉、白光等歌星的唱片，已成為最能代表海上風尚的「時代曲」。可惜的是，抗戰期間，「百代」保存的10餘萬張唱片模具（包括其他公司請「百代」代為灌製的）因係用銅所製，竟大半被日本侵略者運回國內去生產飛機大炮，中國文化的一脈由此而化為灰燼。這是日本侵略者對中國人民犯下的不可饒恕的罪行，也是對人類文化遺產的藐視和褻瀆。

緊接著為歌壇發展推波助瀾的就是電臺了。歌手姚莉曾撰文回憶自己年輕時一天要跑5家電臺播唱歌曲，而這其實正是很多歌星的生活常態，「金嗓子」周璇也有這樣的生活經歷，她主演的影片《長相思》，表現的也正是電臺播音小姐的生活。無線廣播傳入中國雖然比留聲機要晚20餘年，但發展勢頭卻很快，公營電臺、私營電臺及外國電臺紛紛搶灘各大城市，到30年代中期

的1936年，全國登記註冊的廣播電臺已達89座，而在中國最大城市的上海，擁有收音機的人家約在10萬戶左右（佚名〈我國收音機進口年在二百萬金單位〉，載1936年4月8日《申報》）。到抗戰勝利後的1946年，全國廣播電臺已達百餘家之多，自清晨7時起直至次日淩晨2時止，天空中充滿著各種電波。當時上海眾多電臺每天播出的節目內容大致一樣，除新聞時事外，以彈詞、申曲為最多，其次就是歌星的現場播唱了，但如果算上唱片，流行歌曲的播出率可能就要占頭把交椅了（南黃〈上海的播音節目〉，載1946年6月22日《快活林》21期）。當時在上海，幾名歌手，一架鋼琴，頂多再加上2把小提琴，一把吉他，就能組成一個歌詠社了。這些名目繁多的歌詠社各占一家電臺為山頭，演唱一些最為流行的歌曲，如果收聽率高，就能攬到很多廣告。這些歌詠社的電臺播音使本來就很流行的歌曲傳唱更為廣泛，一些名歌星也因此更受歡迎。1941年4月，一家影藝公司曾舉辦過一次歌星播音大會，請來周璇、白虹、龔秋霞等一批大歌星前來助陣，結果在舉辦處華英電臺的四周，聞訊趕來的聽眾圍得水洩不通，其狂熱程度絲毫不亞於今天明星的走紅地毯（佚名〈星光閃耀在華英電臺〉，載1941年5月25日《中國電影畫報》第7期）。電波雖無形，其能量之大卻可見一斑。

　　第3種對歌壇繁榮功莫大焉的媒介就是電影了。電影傳入中國的時間幾乎和留聲機同步，那時它還是無聲電影。自1930年中國拍攝了第一部有聲影片《歌女紅牡丹》之後，流行歌曲與電影就結成了一種共生共榮的緊密關係。我們現在還耳熟能詳，並能上口吟唱的一些歌曲，如《畢業歌》、《天涯歌女》、《何日君再來》、《瘋狂世界》等等，都是當年電影的插曲。很多時候，人們雖然已記不清電影的名

字和故事，但片中優美動聽的歌曲卻還長久地留在記憶之中。也正因此，在類型電影中誕生了歌舞片這樣一個片種。在中國，以拍歌舞片著稱的是方沛霖，20世紀30年代中期他執導的《化身姑娘》和《三星伴月》曾引起過不小的風波，其實從另一角度看，這兩部電影也可算是相當成功的商業片，影片劇情曲折，音樂動人，片中插曲傳唱至今，票房紀錄也很好。40年代以後，他還執導了《凌波仙子》、《鶯飛人間》等好幾部歌舞片。1948年12月，方沛霖為籌拍歌舞片《仙樂風飄處處聞》，乘坐「空中霸王」號從上海飛往香港，竟因飛機失事而罹難，為他鍾情的事業而獻出了生命。

　　進入40年代以後，由於留聲機和無線電的大為普及，流行音樂的地位得到空前提高，一首好聽而又易於傳唱的歌曲往往就意味著營業上的成功。因此，一些投資方和發行方常常不顧劇情需要而強行要求增加歌曲，以贏得觀眾的青睞。這也是當時歌舞片大為流行的原因。這裏介紹幾部中國電影史上插曲最多的影片：

1. 《柳浪聞鶯》，吳村執導，1948年出品。片中插曲多達15首，作曲包括黎錦光、姚敏、李厚襄、嚴折西、劉如曾、黃貽鈞等多位大牌音樂家。演唱除了白光和龔秋霞，還有吳鶯音、黃飛然等。15首歌中最有名的是白光唱的《如果沒有你》，這也成為她的代表作。1999年，白光在馬來西亞逝世，她的墓碑上豎立有一排黑白相間的琴鍵，上面刻有《如果沒有你》的五線譜，如果有人按動琴鍵，立刻就會傳出白光悅耳的歌聲。這一自動播放歌曲的裝置成為人們對這位歌手的最好紀念。

2. 《鶯飛人間》，方沛霖執導，1946
   年出品。片中插曲有12首，均由主
   演歐陽飛鶯演唱。其中最有名的是陳
   蝶衣作詞，黎錦光作曲的《香格里
   拉》，這首歌已成為中國流行音樂史
   上的經典之作。

3. 《鳳凰于飛》，方沛霖執導，1945
   年出品，片中插曲11首，尤以周璇
   演唱的同名主題曲最為出名。

4. 《天涯歌女》，吳村執導，1940年
   出品。片中有10首插曲，雖然主演
   周璇演唱了其中8首，但最為出名的
   卻是在片中客串的姚莉演唱的《玫瑰
   玫瑰我愛你》。這首歌由陳歌辛創
   作，不久傳至大洋彼岸的美國，成為
   第一首被譯成英文而傳遍世界的中國
   流行歌曲。

5. 《西廂記》，張石川執導，1940年
   出品。片中有插曲10首，其中周璇
   演唱的《拷紅》一歌幾乎人人都會
   哼上幾句。

6. 《長相思》，張石川執導，1946年
   出品。周璇主演的影片，片中有7首

歌星白光

插曲，其中的《夜上海》、《花樣的年華》堪稱最能反映那個年代韻味的代表作。王家衛的名片《花樣年華》的靈感就來自後一首歌曲，並在片中引用了這首老歌，為電影增加了無限傷感。

中國現代流行歌曲的誕生繁榮緣於上海地域文化的深厚底蘊，它在國際大都會的背景下融合了中西文化，雅俗情調，在十裏洋場中開花，在歲月滄桑中昇華，成為幾代中國人心中一份永遠年輕的回憶！

時尚社會中的年畫走向

年畫是中國的，年畫是民俗的，年畫是童年的印象，年畫是故鄉的夢境，年畫是上個世紀的故事，年畫是祖宗先輩留給後人的文化遺產。我們的先人希望好事成雙，希望神虎鎮宅，希望百福臨門，希望天下太平……他們把所期翼的一切表現在年畫裏，因為只有在「年」裏，他們的生活才最接近理想。今天，當我們翻開一幅幅畫面雖略顯陳舊，色彩卻依然光鮮的年畫，眼前會自然浮現出這樣的景象：數百年前的父老兄弟們恭恭敬敬地把財神菩薩請上神龕，把不同內容的年畫貼到牆上，然後用小笤帚輕輕地刷拂，讓它們妥貼地粘好。緊接著，喜慶的鞭炮沖天而起，在熱鬧的炸響聲中，孩子們歡呼雀躍起來。五光十色的年畫裝飾了中國歷代百姓的夢，點綴著他們一代又一代平凡的生活。時光流轉，現代生活改變了我們過年的形式，古老的年畫也正在逐漸淡出我們的生

活，但是那份醇厚的回味卻依然留在了我們的記憶深處，這裏，就讓我們先稍稍回溯一下中國年畫走過的歷程。

年畫藝術的三次大發展

年畫是一種深深紮根於民間的造型藝術，有著最廣泛的群眾基礎和社會影響。長期以來，各地年畫之所以受到人民群眾的深深喜愛，不僅僅在於畫面熱鬧緊湊，色彩鮮豔奪目，以及人物俊俏，畫題吉利等等，更重要的還在於它的題材符合老百姓的意願，它表現的內容迎合了廣大民眾的心理。年畫是在漫長的歲月裏，隨著年節風俗的演變而衍生形成的，它的起源可以追溯到人類遠古時期的自然崇拜觀念和神靈信仰觀念，而到宋代時，傳統年畫的兩大價值取向——驅邪和迎福，已經齊備。如果回顧一下歷史，我們可以發現，中國年畫藝術曾經經過三次大的發展。第一次是明末清初時期。明末小說、戲曲插圖的勃興對年畫的發展有很大促進，而清康、乾年間國泰民安的社會局面，更為年畫的繁榮打下了堅實的基礎。當時通俗小說的風行，為大量的年畫作坊提供了豐富的創作素材。清初年畫的一個最主要特徵就是：在題材上出現了大量以歷史故事、神話傳說、戲曲人物和演義小說等為主要內容的作品。由於各地年畫產生的文化背景不同，因而它們在表現手法、形式風格等方面都存在著明顯差異，如楊柳青年畫因臨近京城，深受宋元院畫的影響，注重寫實，描繪細膩，畫面精細絢麗，頗具皇家氣象；桃花塢年畫出自中國最富庶的地區，喜歡描繪盛大的場景，敘述完整的故事情節，追求重彩異色，呈江南富態；而楊家埠年畫產生於齊魯大地，又受四川古文化的影響（楊家埠楊氏祖居四

川梓潼），作品風格質樸、簡潔，鄉土氣息濃郁。而在表現形式上，由於受到利瑪竇和朗世寧等傳入的西洋繪畫風格的影響，西方明暗透視技法在年畫創作中開始得到應用，有的作品在畫面上還刻印上了「仿泰西筆意」等字樣，年畫也因此成為清代西風東漸的一個視窗。第二次大發展是清末民初時期。清末時期，內憂外患接踵而來，國內外各種矛盾日趨激化，形成了我國近代史上最為錯綜複雜的社會局面。一方面，帝國主義列強不斷進犯，嚴重損害了我國主權；另一方面，各國租界相繼建立，近代西方文明得以大量引進，社會結構發生巨大變化，經濟、文化得到畸形發展。這種社會激變的情景，在美術領域裏可能以年畫的反映最為及時，而上海則成為最前沿的陣地。近代上海的海派文化，揉合了中國傳統文化的精華與長江口岸一方殖民

清末上海舊校場年畫：寓滬西紳商點燈慶太平

清末上海舊校場年畫：闔家歡

地的摩登異彩，兩者相遇撞擊，有如天雷勾著了地火，使天地間蘊藉了豐富的養分。因緣巧合時勢際會的上海年畫恰在這時脫穎而出，煥發出奇異的神采，清末民初時期也因此在傳統年畫的發展史上成為最後一個繁榮階段。當時上海舊校場一帶經營年畫的店鋪工廠有幾十家之多，俗稱年畫街，最負盛名的年畫莊有飛影閣、吳文藝、沈文雅、趙一大、筠香閣等。這些店鋪除由民間藝人生產傳統年畫外，還聘請上海知名畫家吳友如、錢慧安等參與年畫創作，生產以反映上海租界生活和洋場風俗為題材的作品，逐漸形成風格獨特的「舊校場年畫」。這些年畫多取材百姓普遍關心的事物景觀，充滿生活氣息，迎合了新興市民階層的需要，受到歡迎，上海也因此成為當時江南一帶最大的年畫生產基地和貿易市場。以上海舊校場年畫為代表，晚清年畫除了傳統題材以外，其餘作品明顯沿著兩條主線發展。一類是以表現租界新事、新物、新景為內容的作品，如〈寓滬西紳商點燈慶太

平〉、〈海上第一名園〉、〈新出夷場
十景〉、〈上海新造鐵路火輪車開往吳
淞〉等。這些作品表現了人們對於當時
物質文化生活急劇變化的敏感，展現了
這一特定時期的社會風貌，年畫也因此
成為人們瞭解西風東漸的一個視窗。另
一類是反映時事，提倡愛國的年畫，如
〈劉軍克復宣泰大獲全勝圖〉、〈各國
欽差會同李傅相議和圖〉、〈上海通商
慶賀總統萬歲〉、〈華軍大戰武昌城〉
等。這些作品分別從不同的側面反映重
大歷史事件和都市新興的奇觀勝景，體
現了當時市民階層對時事的關注和評
價。這些用傳統的藝術形式表現社會新
聞的年畫，是其他美術種類中鮮見的，
可謂一大創舉，堪稱年畫史上濃墨重彩
的一筆。進入民國，世風嬗變，工商業
得到空前發展，加之新的印刷技術和美
術技法的引進和推廣，大量石印年畫成
為主流形式，尤其以鄭曼陀、杭稚英為
代表的月份牌年畫，以其色彩豔麗柔
和，形象細膩逼真而廣受歡迎，形成了
一道獨特的「年畫風景」。月份牌年

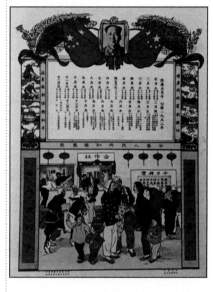

1949年後創作的新年畫

畫的應運而生，在某種程度上促進了木刻年畫向石印，膠版印製的發展。第三次大發展是20世紀70年代末到80年代中晚期。當時十年「文革」剛剛結束，百廢待興，人心思定，而社會文化娛樂活動則相對單調，年畫藝術恰逢其時，得到蓬勃發展。無論是領袖人物、英雄模範、還是山水名勝、花木走獸，無論是歷史題材、神話傳說、還是當代先進、普通百姓、都紛紛登上年畫，琳琅滿目、美不勝收、極一時之盛。當時全國出版的年畫品種每年有5千種左右，印數達到8億張之多，成為城鄉人民不可缺少的精神食糧。但這一切俱已成為過去。滄海桑田，時至今日，年畫已被無情地擱淺在資訊社會的岸邊，那些曾經有過的輝煌和容光也已成了美麗的回想。

電腦時代的年畫命運

　　最近十餘年，中國的現代化、全球化、工業化和城鎮化正在以前所未有的速度發展，在它們的衝擊下，同時也由於長期遺留的精神桎梏作祟，我們的民間文化正在慢慢地枯萎和死去。綜觀世界，發展中的國家和民族，在文化上往往會自我卑視和輕賤，會盲目抄襲強勢經濟國家的文化，而對自己的文化喪失自尊和自信，甚至把國際化和西方化混為一談。在時下這個社會新聞，時裝雜誌，商場厚黑和理財指南充當文化主角的時代，民間文化彷彿已成為一個失蹤已久的棄兒，以至於在很長時間裏，談論年畫，剪紙等等之類也似乎成了一件不合時宜的事情。當前社會，西方文化一湧而入，速食式、消費式的商業文化像沙塵暴一樣彌漫了中國人的精神空間。經濟全球化引發的強勢文化對民族文化的衝擊，造成了一種相當普遍的誤解，認為過去的文

化就是落後的老土文化，只有現世的文化才是有價值的先進文化。令人感慨的是，這種思想在相當多的人群中，尤其是青少年中幾成為共識。這正是作為中國民間文化重要一脈的年畫逐漸消亡的社會背景和重要原因。

從本質上來說，年畫是屬於農耕文明的，但我們現在面對的卻是一個火箭取代馬車，電腦取代算盤的時代，而年畫的「韻味」顯然更屬於馬車和算盤。在全球化和現代化的處境下，農耕文明已趨於瓦解，作為農業社會生活品的年畫實際上已經淪為消亡之物。它和現代人的生活日益脫節，相反文化性卻逐漸顯現，成為與歷史記憶相連的收藏品和裝飾品。作為民間文化之一的年畫，根植養育它的土壤是百姓的日常生活，一旦離開了市井狀態、世俗式樣，它也便從民間文化轉變成歷史文化，脫水褪色成為需要保護的文化遺產。即便在某些鄉村還有生產，它也成了讓人參觀、被人收藏的精細工藝品，而喪失了當年的粗獷率直、飄逸自若乃至套色不准、線條漫漶等等年畫特有的那種原汁原味。其實，消亡的遠不僅僅只是這些，古人司空見慣的常識，今人生疏如隔世，古人習以為常的風俗，今人不屑如潑水，我們的民間文化正在逐漸失去養育滋潤它的土壤。

民間文化的這種式微乃至消亡，還體現在細節的流逝或者被遺忘上面，也就是說，我們喪失的不僅是物質本身，同時連無形的精神記憶也一起流失了。一種民俗的消亡，往往先是寄予這種民俗的功能消失了，然後才被人們放棄。這是民俗漸漸的淡出人們生活的常見方式。拿年畫賴以生存的過年習俗來說，讓我們仔細想一想吧，那些過去屬於享受過程的樂趣如今還存在多少？以往從臘月開始準備年貨的

漫長過程，現在已被濃縮到了在超市中的幾個小時集中採購；以往須親力親為的年節除塵，如今也樂得花錢雇個鐘點工代勞；過去年夜飯的熱鬧忙碌，也化為了今天飯店酒樓的圍桌一餐；以往整個長長的過年節假，現在只剩下了從初一到初三的這三天法定假日；過去「新衣冠，肅佩帶」，先祭拜祖宗，再走訪親朋的過年習俗，今天又有多少家庭還在遵守沿續？年畫是以前過年時家居牆壁上必不可少的裝飾物，代表了闔家團聚的快樂和對美好未來的憧憬，如今城鄉百姓的傳統住房已漸為現代的新居所取代，隨著人們審美情趣和家庭裝飾觀念的轉變，還有多少人會在精心粉刷的牆壁上去張貼一張畫紙呢？我們生活在一個急劇變化的時代，無數我們曾經習以為常的生活方式就這樣不知不覺中被淡化遺忘。任何一種民俗都是和生活方式相聯繫的，生活方式的改變註定了很多民俗的消亡，年畫就這樣風光不再，漸漸遠離人們的視野，慢慢枯萎。我們不得不承認，現代的時尚潮流已經將生活格式化了，更多的人願意追求經濟效益、金錢關係和物欲享受，而難有一份心平氣和的心境去關注我們的民族文化，享受它的藝術薰陶，感受生活的美好。

年畫已成為一種昔日文化

一個國家或一個民族，它最迷人的地方，恐怕不是外在的景觀和建築，而是彌漫於這個國家、這個民族中的文化氣息和特有的生活方式。尊重傳統不能僅僅只是一句空話，它要求我們保留對過去生活的敬畏。當推土機把舊城區變成空蕩蕩的平地，開始新的建設時，常常意味著把原來這個城區中經歷了成百上千年才凝聚起來的文化氛圍和

精神土壤也一筆勾銷，而這些城區文明的恢復遠不像重建一座花園或一條街道那樣容易。上個世紀以來，那曾經緊緊糾結於人們風俗生活的年畫，已漸漸隨著社會風習的變更而衰微消亡。於是，這年節必不可少的應用性的裝飾物，已變為一種昔日的文化，已然失去了它的魅力舞臺。民間文化生存的環境既然已經改變，那麼，依附於環境的文化走向消亡就是可以預料的事情了。從這個意義上來說，中國年畫的重振復興、再現輝煌似乎已不太可能。但當事物成為過去並化為歷史時，它的文化價值卻會逐漸顯現出來，並變得愈來愈珍貴。這當屬社會發展之必然。

　　年畫是中國民間文化的一個重要分支，有人對它屏棄不屑，也有人拿它來重溫懷舊，不管怎樣，它永遠是中國傳統文化的重要一脈。在日益走向現代化的今天，過分強調傳統會了無生氣，完全放棄則令人無所適從。如果我們將它理解成「一些值得保留珍視的東西」的話，也許會瞭解所謂傳統的真正含意。

衣香鬢影月份牌

有些東西要靠時光堆積才能顯示出其價值。任何一種藝術的分支在發展到足夠成熟時，就極有可能成長為一門獨立的藝術種類。關於月份牌畫算不算藝術，曾經引起過不小的爭議，而今天，當關於這一問題的爭論已經水落石出，這一問題已成為不爭事實後，附屬於商品的月份牌畫終於登堂入室，成為又一門可以獨立存在、讓人欣賞的藝術，它超越了最初的廣告宣傳功能，被現代人賦予了更豐富的內涵！

一、商業潮中湧現的廣告畫

所謂「月份牌」，最初實際上是洋商們在商業競爭中為推銷商品所作的廣告宣傳畫。正如鄭逸梅先生所說：「自歐風東漸，市賈注意於廣告，於是有所謂月份牌者。每逢年尾歲首，藉以投贈其主顧。中為彩色畫，貨品之名附列其下，俾張諸壁間，以宏其廣告效力。」（《珍聞與雅玩》，北京出版社

1998年10月版）其表現形式，是從中國傳統年畫中的節氣表、日曆表牌演變而來。

清末鴉片戰爭後，中國門戶洞開，口岸城市相繼通商，進出貿易空前繁榮。那些洋商們為了招徠顧客獲取更大利潤，展開了他們慣用的廣告攻勢。最初，他們只是把外國現成的西洋人物和風景畫片作為推銷商品的廣告，隨貨物贈送客戶。豈知中國商戶對這些西洋畫片反應冷淡，效果顯然不佳。洋商們很快悟出道理，要在中國賺取更多的錢，就要入境隨俗，吸引中國買主的注意。他們開始學習中國商號贈送顧客年曆的做法，將中國傳統的神話傳說、歷史故事、戲曲人物、美女壽星等內容印在廣告上，採用中國的人物畫及工筆仕女畫筆法繪製，並在畫面的上方或下方印上中西月曆節氣。這種廣告畫紙很考究，印刷精緻，有的還在上下兩端加嵌銅條，以方便懸掛。洋人們在銷售商品或逢年過節時便將這種漂亮實用的廣告畫隨同售出的商品贈送給顧客，極受中國城鄉客戶的歡迎。由於效果顯著，這種廣告畫很快便流行開來，成為中外商家常用的廣告宣傳形式，而中國民間則將這種能夠張貼懸掛，便予查核年月的廣告畫統稱作「月份牌」。

關於「月份牌」一詞的起源，年畫史研究專家王樹村先生考證說最早出現於1896年，當時上海四馬路上有一家鴻福來呂宋大票行，隨彩票奉送一種「滬景開彩圖中西月份牌」，此後，「月份牌」這個名詞就沿用了下來。這一說法影響很大，現在的相關著述大都因襲採納。其實，這一說法並不準確，我們僅從當年刊登在《申報》上的廣告來看，「月份牌」這一名詞的出現起碼要比1896年早二十來年。十九世紀七十年代，當時的一些報館、彩票行、輪船公司便已開始向

客戶贈送或出售廣告畫，這種廣告就被他們稱作「月份牌」，並公開在報上這樣廣而告之。月份牌在當時的盛行很可能和石印術的發明大有關係。以享有盛名的申報館來說，該館從1884年起即刊登「奉送月份牌」的廣告，並申明由點石齋石印精緻。石印技術是1796年由德國人阿洛伊斯‧賽尼費爾德（Aloys Senefelder）發明的，風靡於十九世紀中葉，並流傳到亞洲。1847年，由英國傳教士麥都思（W.H.Medhurst）在上海創辦的墨海書館最早把石印技術引進上海。當時尚無電力，印刷動力靠牛拉，故有人作詩吟詠此事：「車翻墨海轉輪圓，百種奇編宇內傳。忙殺老牛渾未解，不耕禾隴種書田。」石印出來的印刷品色彩鮮豔，著色均勻，潤色飽滿，無論是質量還是數量，都是傳統的木刻印刷工藝難以比擬的，故石印技術很快在上海得以流行。1860年，照相術傳入上海，依託攝影技術，石印製版得以隨意放大或縮小；1882年，上海電光公司成立，印刷動力得到解放，石印技術得以如虎添翼。至此，上海的大部分印刷開始採用石印。申報館於1879年設立點石齋書局，引進先進的石印技術。1884年，《點石齋畫報》創刊，申報館的石印月份牌也從這年開始隨報分送客戶，並將此舉作為一種有力的促銷手段，年年堅持，且圖案每年均有所創新。上海圖書館珍藏著一張申報館於1889年發行的《二十四孝圖月份牌》，用紅綠雙色套印，紅色部分為月曆，中西曆對照，標明節氣；綠色部分為中國傳統的二十四孝圖，圖案正好環繞月曆一周。月曆上面印有「申報館印送中西月份牌」、「光緒十五年歲次己丑」、「西曆一千八百八十九年至八百九十年」等字樣。月份牌長32.2公分，寬22.5公分，精緻地托裱在一張硬卡紙上。作為現存發行時間最早的一張月份牌實物，它

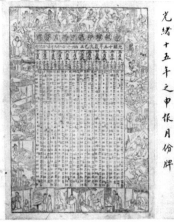

申報館於光緒十五年（1889）
印刷派送的《二十四孝圖中西
歷對照月份牌》

光緒十五年之申報月份牌

已名副其實地成為人們研究中國近代新聞史、美術史和民俗史的一件珍貴文物。另外，值得特別指出的是，十九世紀末，彩票銷售競爭激烈，為招徠買主，各票行紛紛使出各種促銷手段，奉送月份牌即是當時奇招之一，這也使彩票行成為最早印刷、發行月份牌的主要機構。筆者僅在1885年12月24日（光緒十一年十一月十九日）這一天的《申報》上，就查到有8家彩票行在發售彩票時奉送月份牌，它們是：大馬路（今南京東路）的福利帳房，四馬路（今福州路）的老泳記、同發行，棋盤

光緒十一年十一月十九日（1885年12月24日）在《申報》上刊載的月份牌廣告

街（今河南中路）的呂商新興源、中大寶來行、北大福來行、豐和行、同福利洋行等。這也從一個方面證明了，月份牌是伴隨著商業的激烈競爭而誕生繁榮的。進入民國以後，隨著工商業的發展繁榮，月份牌的市場也更加龐大，一些社會需求大、生意紅火的行業，大都有宣傳自己商品的月份牌發行。同樣，也可以反過來說，凡有大量月份牌發行的商品，其一定來自生意最興隆的行業。由於月份牌的發行量非常巨大，印刷界也將此視為重要業務。1912年，中華書局成立之初即將承印彩色月份牌作為影響生存發展的大事看待，僅1916年3月，中華書局就「承印政府月份牌二十萬張，印價二萬有餘。」（錢炳寰編《中華書局大事紀要》），這在當時是一筆不小的數目。中華書局的競爭對手商務印書館也十分重視月份牌聯絡感情的宣傳功能，發行有自己的月份牌。1910年蔡元培在德國留學，張元濟春節期間特地給他寫信問好，「寄上月份牌十份，並乞分致同人為禱」（張元濟1910年2月23日致蔡元培信，高平叔編《蔡元培年譜長編》第一卷，人民教育出版社1998年12月版）。1917年，「商務」還曾舉行過月份牌展覽會，藉以推銷自己發行的「五彩精印月份牌」（參見1917年6月19日《申報》廣告）。這些都說明月份牌在當年是十分時尚的禮物，不但一般市民百姓買來懸掛張貼，就是知識份子精英階層也彼此相贈，以為禮物，甚至政府部門也印有自己的月份牌，作為公關之需，用途十分廣泛。

二、領軍人物鑄造獨特魅力

月份牌藝術崛起於十九世紀末的上海、香港等中國口岸城市，有其時代背景。中國的傳統繪畫藝術到清代的四王，已發展到巔峰，後

起的藝術家很多都在考慮怎樣有所創新，畫出自己的面目。任伯年、吳昌碩、陳師曾、齊白石、張大千等一批藝術家相繼變法，在國畫方面走出了自己的一條新路。與此同時，西方油畫藝術也在此時逐漸傳入中國，顏文梁、林風眠、徐悲鴻、陳抱一、劉海粟等一批藝術青年更是相繼走向海外，虛心學習西方的繪畫藝術，然後回到國內宣傳推廣。這兩類藝術家在當時代表了中國畫壇的主流陣營，但他們並沒有很好地把藝術與商業結合起來。清末民初，正是商潮湧動、貿易大興的時期，而應運而生的月份牌畫則是把藝術與商業完美結合的典範。從事月份牌畫創作的畫家，都有過繪畫實踐的鍛煉，有的還從事過照相肖像畫的工作，打下了嚴格的繪畫功底，接受過商業藝術的薰陶。他們大多沒有出國留學的顯赫經歷，在畫壇上也無法像吳昌碩、張大千那樣高價鬻畫，地位不可同日而語。但商業大潮將他們推到了社會前沿，他們的聰明才智在這一領域得到了充分發揮，所謂風雲際會，恰逢其時。而上海、香港正是當時中國工商業最發達的城市，月份牌畫崛起、繁榮於此決非偶然。

作為一門新興藝術，月份牌畫走過了一條曲折的發展道路。從印刷工藝和表現技法上來說，最初的月份牌大都採用石印或木板雕印，其傳統的單線平塗筆法和木板年畫與國畫工筆相混的繪製技法，只能提供比較生硬、略顯呆滯的樣式，在畫面上難以表現出細膩靈動的效果，尤其是人體的微妙質感。在這方面大膽創新、並獲得成功的是鄭曼陀。他是月份牌史上第一個開創性的人物。

鄭曼陀（1885-1959？），名達，字菊如，筆名曼陀。他生在杭州，從小就顯露繪畫才能，曾在著名的「二我軒」照相館內設畫室為

顧客畫人像，打下了描繪人物的紮實基礎。辛亥革命後鄭曼陀來上海謀生，掛單賣畫，一時名聲大噪。現有的著述都說鄭曼陀1914年始來上海謀發展，實不確。至少在1913年，他在上海的賣畫生涯已非常紅火，可以擺擺架子了，這有他當年的一則〈曼陀啟事〉可以佐證：「鄙人因畫作紛積，終日伏案，一無暇略，致諸君枉顧，不克暢談，萬分抱歉。茲規定每日上午九時至十時，下午三時至四時，如諸君有事來訪或須接洽畫作者，均請於上定各時間內屈臨為幸。」（1913年12月19日《申報》）當時的上海仕女畫已很風行，書店裏也多出售畫得很細膩的西洋美女畫和日本浮世繪美女。在激烈的競爭中，鄭曼陀煞費苦心，首開新風，創出了一條具有獨特風格的新路，這就是擦筆水彩畫。其基本畫法是先用不開鋒的羊毫尖沾炭精粉揉擦陰影，使主體形象呈現出立體感，然後再用西洋水彩反覆暈染，以顯出豐富的層次，形成人物細膩柔嫩、豐滿立體而風景自然明朗、清麗嫵媚的意境，

鄭曼陀繪月份牌

其效果令人耳目一新。鄭曼陀所繪的月份牌畫在題材、構圖和色彩方面繼承了中國民間年畫和仕女畫的傳統，而在表現方法上則採用了全新的擦筆水彩畫技法和西方的焦點透視法，使美女的膚色白裏透紅，細膩圓潤，視覺效果極佳。一時，鄭曼陀的美人畫大受歡迎，被時論譽為有「呼之欲出」的迷人魅力，他獨創的畫法也為眾畫家爭相仿效，成為最流行的廣告畫風。很快，在鄭曼陀的周圍形成了一個龐大的上海月份牌畫家群體，享有盛名的就有周柏生、謝之光、胡伯翔、丁雲先、徐泳青、倪耕野，吳志廠、楊俊生、張碧梧、金梅生等。月份牌畫從此不僅風靡上海，而且迅速從上海輻射到全國各地，深入農村，甚至飄洋過海到了東南亞，以及歐美華人居住的地方。

　　任何一門藝術，都有不同的時代需求。二十世紀三十年代，中國工商業迎來了自己的黃金時期，它們對作為廣告的月份牌畫也相應提

二十世紀二十年代月份牌畫家的一次難得聚會，左起：周柏生、鄭曼陀、潘達微、丁悚、李慕白、謝之光、丁云先、徐詠青、張光宇

出了更高的商業要求，而杭稚英恰在此時應運而生，將月份牌藝術提升到一個新的高度，成為繼鄭曼陀後月份牌界的又一個領軍人物。

杭稚英（1900-1947），杭州寧海人，早年在商務印書館美術部工作時其超人的美術天分即被客戶們所看好。1922年他脫離「商務」，開設「稚英畫室」，對外承接設計業務，當年一些膾炙人口的商品廣告傑作，如「美麗牌香煙」，「雙妹牌花露水」、「杏花樓月餅」、「陰丹士林染料」等，都出自他之手。當時人們說：周慕橋善繪古裝女郎，鄭曼陀擅長時裝女郎，而杭稚英筆下最成功的則是充滿時代風韻的摩登旗袍女郎，這正折射出上海開埠以來社會審美情趣的變遷和市民對美女形象的不同追尋。旗袍對於那個年代的女人來說是必需品，而且樣式多變，用料考究，這裏縫上一點滾邊，那裏設計一些盤扣，加上複雜多變的顏色和圖案，然後用勻稱的身材支撐起來，一下子就把那種難言的味道給帶出來了：閒適優

杭稚英繪月份牌

雅，加一點點慵懶。杭稚英可說是抓住了那個時代城市女人的神韻。杭稚英的身邊還有兩位得力的幹將金雪塵、李慕白參與創作，故市面上流行的署名「稚英」的畫作，不少是畫室的集體創作，一般由李畫人物，金補風景，最後由杭修改定稿。如此各擅所長，出品既迅速，質量又可靠，大受社會歡迎，據說一年可出品八十餘種。三十年代，杭稚英取鄭曼陀而代之，成為月份牌畫名副其實的「龍頭老大」，他的畫風及完善的商業運作機制也影響了當時眾多的月份牌畫家。

　　月份牌畫崛起之初，主要面向市民階層和鄉鎮富裕農民，故畫面較多表現傳統內容，如戲劇故事、古裝仕女等。以後逐步以城市中產階級作為主體消費物件，因而畫面大量出現飛機、游泳池、高爾夫球等時尚消費和唱機、鋼琴、電話、洋酒等高檔奢侈品。當時月份牌著重表現的是：舒適的生活——洋房、汽車、傭人，優秀的特質——寬容、優雅、親切，美好的形象——健康、端莊、秀美，並以此作為大眾消費的導向和風向標。在藝術層次，月份牌的美人畫，透露出清末民初時裝化新女性的時尚、情趣和格調。畫家們一般都用細膩的工筆技法去勾畫人物，特別注重細部，如五官、肌膚、衣服花紋等，甚至連人物頭髮也繪製得纖毫畢現。他們受傳統年畫的影響，一般畫面都撐得比較滿，人體的結構比例也略有失調，有的畫作，更以大膽的半裸體表現，以女性的肉體美色去吸引消費者，體現了當時唯美主義的心態和審美取向。月份牌畫也有一些反映社會巨變的時事作品，如表現民國成立的《中華大漢民國月份牌》，反映上海一二八事變的《一擋十》，隱喻抗日的《木蘭榮歸》等。新中國成立後，有很多畫家用月份牌畫的形式創作了一批表現新中國初期沸騰生活的畫作，這不僅

展現了畫家們力圖以新的內容來改造傳統月份牌畫的可貴嘗試，也反映了當時他們努力融合於時代的良苦用心。

三、懷舊戀昔成為藏界新寵

月份牌和宣傳畫、電影海報一樣，過去沒有引起人們重視，張貼一空，隨風飄散，故存世量極少。現在，隨著日月流逝，它已悄然成為收藏界的寵兒，並且身價越來越高。月份牌在今天之所以受到人們重視，有其必然性。

首先是它的歷史價值。一百多年的時間，月份牌從內容到藝術，可說涵蓋了近代中國這一段歷史的流行時尚和社會風情，具有別種藝術難以替代的特性。無論是晚清的西風東漸，商潮湧動，還是民國的奢華夢幻，衣香鬢影，或是新中國初期的明媚朝氣，萬千氣象，它都是見證歷史的一道深深印記。

其次是文物價值。月份牌雖然作品眾多，印量巨大，但經過一個多世紀的歲月淘洗，不要說畫稿原作，就是印刷物也已稀少難見。月份牌開啟了中國現代廣告的先河，它展示的內容對研究我國近代史、美術史、商業廣告史乃至服裝、民俗，愈來愈顯示出其重要價值。

再者是藝術價值。月份牌畫是中國藝術與商業正式結合的開始，它的繪製技法在當時是突破性的創新。月份牌畫雖然起源於商業並且始終為商業服務，夾雜有濃郁的脂粉氣，但仍無法掩蓋其藝術價值。近代美術史上有很多畫家都從事過月份牌創作，包括徐悲鴻、顏文梁、謝之光等名家，他們的作品有的已成為見證一段歷史的經典之作，有著很高的藝術審美價值。

最後是經濟價值。受懷舊氛圍的影響，近年來，以舊上海為背景的小說、電視、電影、畫作風行一時，而以表現舊上海風情為特色的月份牌收藏也隨之漸成熱點。月份牌藝術在海派文化中一枝獨秀，不但有藝術價值，也具有極高的經濟價值，古物市場和拍賣場上其價格屢創新高，國內一些眼光敏銳的收藏家已先一步「建倉」，海外的藏界人士也日益對其顯示出濃厚興趣，升值空間巨大。

　　説起月份牌收藏，早在上世紀三十年代，上海就已出現了一位月份牌畫集藏先驅和大家陳思明先生，他逢牌必收，藏品極其豐富，可惜這些月份牌最終毀於戰火，他的數十年心血也因此喪失殆盡。近年來，國內湧現出一些以集藏月份牌見長的收藏家，如南京的高建中、瀋陽的趙琛、哈爾濱的宋家麟等，他們的藏品數量都在五六百張以上。更值得一提的是，他們並非僅是收藏而已，而是收藏與研究並行，辦展覽，出專著，顯示了新一代藏家的見識和功力。對美的東西的愛好是不分地域的，這些年，愈來愈多的海外收藏家也開始介入月份牌的收藏和研究領域，這方面，起步最早的可能是一位叫格雷斯·帕拉瑪斯琶利的新加坡人。她是一位華印混血女子，曾經在美、法等國留過學，雖不諳華文，只會説少許華語，但卻非常喜愛中國藝術。她1990年在越南開始收集到第一幅月份牌，從此一發不可收，至今藏品已近千幅。格雷斯認為月份牌畫展示了舊上海獨特的一面，她將月份牌製成書簽、撲克、海報和明信片，還舉辦展覽會，在當地掀起了一股收藏老上海懷舊物的熱潮。還有一位美籍華人張燕鳳女士在收藏月份牌方面也頗有名聲。她也是出於喜愛而開始收藏，等集藏到一定數量後便自然而然進入到整理研究的新境界。張燕鳳女士從1992年

開始收藏月份牌，雖然起步時間比格雷斯要晚，但藏品數量卻要超過她。值得驕傲的是，張燕鳳早在1994年就由臺灣漢聲出版社發行了一本《老月份牌廣告畫》，雖然時間已過去了十餘年，但這本大型畫冊至今仍是這一領域的啟蒙之書。

　　月份牌的風行距今已遠，而且這一畫種已經隨風而去，今天，存世的月份牌畫已然稀少，原稿就更寥若晨星了。如果說，月份牌印刷物在古物市場上偶爾還能見到的話，那麼，稀罕的月份牌畫原稿就只能到拍賣場上一睹其芳容了。從二十世紀九十年代起，以往以拍賣高檔藝術品為主的拍賣會上開始出現月份牌原稿的身影，並很快成為買家的新寵。1996年，上海國際商品拍賣有限公司獨家推出月份牌原稿拍賣，名家周慕橋的一幅月份牌畫稿拍至3萬元才落槌，釋放出強烈的市場信號。次年，該公司再度推出3幅月份牌原稿，拍賣場上眾多買家展開了激烈角逐，其中杭稚英的一幅《彩樓配》以人民幣4.18萬元（包括傭金，下同）成交，大大超出估價。金梅生的《柳塘綺紅》，畫法細膩，色彩溫和，當年滬上女性風采和城市生活場景躍然紙上，這幅估價8千元的畫稿經過買家多次爭奪，最後以3.3萬元才成交；金氏的另一副《戲水》畫稿也以1.98萬元的高價成交。「上海國拍」嘗到甜頭，月份牌原稿的拍賣也因此成為他們的優勢品種。2001年春，他們更舉辦了月份牌原稿專場拍賣，金梅生的《花木蘭》、《傘舞》，金雪塵的《木蘭辭》等畫稿無一例外地被藏家以高價拍走。至今，「上海國拍」拍賣成交的月份牌原稿已有約50幅。月份牌畫在國內熱，在國外也毫不遜色，1996年，在紐約佳士德藏品拍賣會上，來自世界各地的幾百幅廣告招貼畫參加競拍，其中一張1932年的《上海

快車》月份牌畫原稿，起拍價就高達1.6萬美金。應該說，這些價格已遠遠高出民國時期一般畫家畫作的市場價，這顯示出月份牌畫原稿良好的市場前景。

月份牌畫從清末民初的崛起繁榮到上世紀六七十年代的歸於沉寂，再到二十一世紀初成為人們懷舊戀昔的時尚藏品，正是我們這個社會曲折發展的一幅縮影。在現代媒介尚未發達的年代，商家對月份牌畫的廣告宣傳功能情有獨鍾，將之作為宣傳商品的首選工具，而漂亮時髦的月份牌畫也成為市民們爭相尋覓的珍寶。為此，財大氣粗的商家們競相出高價雇傭優秀畫家進行月份牌創作，以謀取最大的商業利潤，以至於在當年的商圈裏流傳著這樣一句話：一幅好的月份牌畫能支撐一款質量平庸的商品，甚而有可能創造出銷售奇跡。但經濟的發展是月份牌畫產生的動力，也是其夭折的原因。隨著廣告業的迅速發展和現代媒體的出現，月份牌在商業宣傳上的價值逐漸被削弱，面對眼花繚亂的現代廣告，已經很少再有人會去挖潛月份牌的廣告潛能了。但另一方面，月份牌畫在近幾十年裏卻逐漸成為收藏家們的寵兒，它從廉價的商品附庸升值為收藏界驕傲的白雪公主。這正是商業社會的辯證法，所謂「東邊日出西邊雨，道是無晴卻有情。」

獅吼社芻論

　　從1924年7月《獅吼》半月刊創刊，到1930年9月《金屋月刊》停刊，獅吼社有長達6年之久的活動歷史。獅吼社的一些代表人物，如滕固、邵洵美、方光燾、章克標等，其人其作也在文學史上留下了鮮明的痕跡和不可取代的影響。獅吼社及其同人的活動和創作，正日益受到研究者們的重視，下面一些事實可能有助於説明這個問題：從1981年起，大陸的《西湖》、《文教資料》、《文藝報》、《解放日報》、《出版史料》、《古舊書訊》，香港的《文匯報》，美國的《華僑日報》等報刊，先後發表了多篇有關獅吼社及其同人的文章；1985年2期的《湖州師專學報》推出「邵洵美研究專輯」，發表研究文章7篇；1986年第2期的《文教資料》推出「方光燾研究專輯」，發表研究文章6篇；1986年9月出版的楊義的《中國現代小説史》第1卷，列有滕固小説研究專題；1988

年8月，上海書店重新影印出版邵洵美的《詩二十五首》，同年9月，上海書店和浙江省文史館等單位聯合為章克標舉行「九十壽辰兼從事文學活動七十周年」紀念活動，黑龍江教育出版社則宣佈將重印章克標的《文壇登龍術》，並將其列入「開放叢書」。此外，中國社會科學院文學研究所主編的「現代作家作品研究資料叢書」列有《邵洵美研究資料》專題；錢谷融教授主編的「中國新文學社團、流派叢書」列有《獅吼社作品、評論及其研究》專題。進入21世紀後，有關獅吼社及其同人的研究更掀起了一股熱潮，僅關於邵洵美的人物傳記和研究專著就出了好幾本，至於單篇研究文章就更多了。很顯然，雖時逾半個多世紀，作為在文學史上產生過一定影響的獅吼社及其同人的作品，仍富有其生命力。遺憾的是，由於種種複雜的原因，人們對獅吼社及其同人的歷史和創作，在認識上還存在著不少盲點和誤區，本文想對此略作論述，以作拋磚之舉。

二

獅吼社的組織醞釀可以一直追溯到本世紀二十年代初的東京，其時大約在1922年3月《創造》季刊出版之後。獅吼社最初的四個主要成員：滕固（若渠）、方光燾（曙先）、章克標（愷熙）和張水淇（洗桑）都先後在1918-1919年間赴日留學，其中滕固就讀於東京東洋大學哲學系，方光燾就讀於東京高等師範學校英語科，章克標就讀於東京高等師範學校數學科。他們都愛好文學，和創造社的一些主要成員，如郭沫若、郁達夫、鄭伯奇等也都有來往。創造社的成立及其刊物的出版，對他們來說無疑是一種刺激和推動。當時他們之間往來已

非常密切，經常在一起讀書討論，每逢新年還要聚會痛飲。滕固曾有這樣一段敘述：「我們在東京時曾經有一回小小的無形的結集，談論文藝上的事情；大家有了作品輪流傳看，互相督促讀書；有時高興起來，計畫一種刊物。」[註1]很顯然，事實上他們已組成了一個文學小團體，這個小團體的中心人物是滕固，他曾自述：「我們在東京時，總要來往團敘，作怪異的説教。我那不可一世的氣概，自己追想起來，十分有味。」[註2]章克標也確認：我們這個小團體是「以滕固為主力的」。[註3]在滕固的鼓勵下，他們刊物雖未辦成，但都紛紛開始執筆創作，在日本和國內的各種報刊上發表作品，其中創作時間較早，成績比較顯著的滕固和方光燾，還分別參加了文學研究會和創造社。

1924年創刊的《獅吼》

1924年3月，滕固學成歸國，回到上海。他經過一番努力，又聯絡了自己以前的同學黃中（主心），正式打出了獅吼社的招牌，並於同年7月15日創辦《獅吼》半月刊。關於這本刊物的出版

1926年出版的獅吼社同人叢著
《屠蘇》

動機，他曾說是「為要保持舊有的夢想起見」。[註4]可見，獅吼社和《獅吼》半月刊只是他們東京「結集」的延續和討論書面化罷了。刊物至年底共出12期就停刊了，擔任主編的先後是滕固、張水淇和方光燾。《獅吼》停刊後，1925年初，方光燾又建議出一本特刊，取名《屠蘇》，以紀念獅吼社同人「在東京時幾次新年約會痛飲的舊事」。[註5]當時稿件已彙集了，最後卻因經濟的原因，計畫遭到了夭折。過了整整一年，1926年元旦，滕固又主編發行了《新紀元》半月刊，他強調：「本志便是《獅吼》的新生。」[註6]《新紀元》出了兩期後，因滕固赴日養病，又宣告停刊。這年8月，延宕了一年半的《屠蘇》終於問世，刊物以「獅吼社同人叢著」的名義出版，由滕固和張水淇主編。

在《屠蘇》中，最值得引起我們重視的是詩人邵洵美的登場亮相。邵洵美1926年初夏留英回國，在新加坡逗留期間，他在當地書店看到了獅吼社出

版的刊物，十分欣賞他們的作品，於是一到上海便拜訪了滕固，其時大約在1926年的6-7月間。兩人相見恨晚，遂成好友，[註7]於是這年8月出版的《屠蘇》上立刻引人矚目地刊出了邵洵美的4篇著譯。這是邵洵美回國後首次發表作品。從這時起，標誌著獅吼社從以滕固為中心的前期階段開始逐漸過渡到以邵洵美為中心的後期階段。這個過渡是由兩方面的原因所決定的：其一，從1927年起，滕固涉足官場，從事政治活動，對社務事實上已無暇顧及；其二，邵洵美繼承有豐厚的財產，家境比較富裕，又對文學出版事業有濃厚的興趣，有志向也有能力振興獅吼社的活動。

邵洵美主持社務以後，憑藉其經濟實力，先後推出了「獅吼社叢書」和「金屋叢書」，其中前者出版有滕固的理論專著《唯美派的文學》，邵洵美的詩集《天堂與五月》等；後者出版有章克標的長篇小說《銀蛇》、滕固的短篇小說集《平凡的死》、邵洵美的詩集《花一般的罪惡》等。這些著作以後大都被公論為是他們的代表作。邵洵美還先後主編發行過3種社刊；1927年5月創刊《獅吼》月刊，延至翌年3月出版第2期後停刊；1928年7月復活《獅吼》半月刊，至同年12月共出12期停刊；1929年1月創刊《金屋月刊》。此刊雖未標明由獅吼社主辦，但主編人邵洵美、章克標和主要撰稿人大都是獅吼社成員，刊物的內容和風格也和以前一脈相承，因此我們可以將其視為是獅吼社的延續。《金屋月刊》於1930年9月出至1卷12期後停刊。至此，獅吼社基本停止了活動。

綜上所述，我們可以看出：獅吼社的主要同人是滕固、方光燾、章克標、張水淇、黃中和邵洵美等6人，這是他們自己宣佈認可的，[註8]

其中又以滕固和邵洵美為核心人物。要研究獅吼社，必須以他們的作品為主。

三

在滕固等人回國創建獅吼社的前後幾年時間裏，中國的政局正呈現著極度混亂的局面。在外國帝國主義支持、慫恿之下，中國各派軍閥激烈爭奪，變本加厲地進行禍國殃民的罪惡勾當。1924年9月，在獅吼社成立不久，上海一帶爆發的齊、盧之戰給東南文化事業帶來了巨大的破壞。滕固在感慨《獅吼》半月刊的停刊時說：「這十二期產生在江浙戰難之秋，東南文壇，一點沒有旗鼓的聲音，我們的孤弦獨唱，也就不能持久，暫告結束了。」[註9]在當時的反軍閥的激烈鬥爭中，獅吼社同人是站在進步力量一邊的。他們大都從小受到良好的教育，留學期間又耳聞目染資本主義社會的「民主」和「自由」。他們滿懷報效祖國的熱情回國，但黑暗的現實使他們大失所望，因而對繼承了封建專制主義衣缽的軍閥統治深懷不滿，對人民的愛國行動深表同情。獅吼社同人將自己的刊物取名為《獅吼》和《屠蘇》便有深切含義，他們將全國的百姓比喻為大獅子，而將軍閥官僚比作豺狼狐狗，認為當時的中國是「大獅子伏不動，卻有豺狼當道坐，狐狗滿屋鑽」，因而他們呼籲：「大獅子呀！你若不磨牙崑侖，擦爪泰山，聚全身氣力，殺盡那一切豺狼狐狗，你只有入泥犁地獄，聽群兇惡獸咬骨食肉。我希望大獅子奮起的一日，而我們可於正月裏痛酌屠蘇。」[註10]

滕固等雖然對軍閥統治深惡痛絕，但他們對中國到底該走哪條路卻是迷惑彷徨的。因此，他們一方面可以斬釘截鐵地表示：絕不做

「資本家的庸奴」，絕不「仰王公貴人的鼻息」；[註11] 另一方面卻對前途感到迷茫空虛。這種困惑的情緒在他們的作品中有淋漓盡致的反映，滕固有一篇小説，叫〈十字街頭的雕刻美〉，描寫一個叫尹先生的，從小愛美，「可是從沒有滿足過一次」；成年後，他把凡能構成美的一切材料都不憚其煩地搜集來，「可是美仍舊不來接近他」。於是他遍訪各地去尋找美，結果是一無所獲，最後尹先生精神崩潰了。無獨有偶，章克標也有一篇小説，叫〈美人〉，寫「我」在夢中遇到了一位絕世美人，美人引「我」來到仙境月宮，那裏有人世沒有的鮮花和音樂。突然一陣大風把「我」從空中吹落。夢醒後，「我」發出感歎：究竟美人還是在天上的。全篇充滿了「此曲只應天上有」的惆悵。顯然在這兩篇作品中，無論是「美人」還是「美」，都明顯有所喻指，具有象徵的色彩。這是他們心目中的理想社會，但卻難以説清道明，因而只能是「朦朧美」，只能到天上去尋，這種惆悵情緒非常準確地反映了他們對當時社會的失望和苦悶彷徨的心境。

獅吼社的創作風格比較龐雜，有客觀寫實，有探索人性，也有病態宣洩，但從總體上來説是屬於浪漫抒情派的，其藝術風格比較靠攏創造社。作品的題材主要寫生活的艱難和性的苦悶，這兩個問題正是「五四」以後青年知識份子謀求個性解放的切要問題。他們的作品，在抒寫「生的苦悶」和「性的苦悶」中，寫出了個人情緒，時代思潮和民族災難的多種因素的交融。方光燾的作品是比較寫實的，其小説〈哭與笑〉取材於當時留日學生的生活，敘述留學生Y因為沒錢而飽受房東的冷遇，好不容易借到一筆錢卻又不慎遺失，於是這位「平日看不起金錢」的青年學生在「金錢的凌辱和虐待下」失聲痛哭起來，

甚至起了自殺和偷盜的念頭，最後因錢的失而復得，Y不禁流著眼淚發出歇斯底里的大笑。〈哭與笑〉抒寫了「弱國子民」在異邦所受的屈辱，並通過主人公的悲喜劇寫出了當時一般留日學生艱窘的生活狀況，揭露了資本主義社會的金錢萬能和世態炎涼。章克標的作品多以愛情生活為題材，他借鑒過多種藝術表現手法，受中國傳統文學和日本文學的影響比較深。他的小說〈秋心〉，寫一失去丈夫的留日女學生，終年在書桌上供著丈夫的遺照，並以此作為自己生活的支撐。一次因在美術館看了一幅題名為〈秋心〉的畫後而古井重波，壓抑的春心再次萌動。從此，丈夫的遺照成了「羈縛她的繩索」，最後她只能把那幅小照放進了「不惹眼的書箱角裏去了」。小說非常傳神地寫出了女學生寂寞、苦悶、騷動、懺悔的內心感情波折，以及她對新生活的渴望和追求。

　　滕固是獅吼社的中堅人物。他早期創作的主要傾向是唯美主義，這裏有個人的原因，也有社會的因素。二十世紀初，中國社會矛盾加劇，人心浮動，處於大變動的前夜。在這樣的動亂時期，一些敏感而富有才智的作家和藝術家，對於黑暗動盪的社會深懷不滿，他們對現實和藝術都產生了幻滅感和危機感，於是萌發了一種苦悶、彷徨、悲觀、頹廢的心理和在藝術上要求自衛、發洩的情緒。所謂唯美主義文學，就是這種思想情緒在文學領域裏的反映。但是必須指出的是，唯美主義本身的內涵就非常複雜，再加上各人對這一藝術流派的主張、理論及藝術特色理解不一，偏好不同，因此對其取捨自然也會因人而異。事實上，本世紀二十年代前後，唯美主義文學的思潮在中國曾經非常風行，該派文學的代表人物王爾德曾作為世界上最重要的作家之

一在中國被加以評價和接受，當時的一些重要作家，如田漢、歐陽予倩、郁達夫、徐志摩、白薇、楊騷、王統照等都受到過唯美主義文學思潮的影響，但具體地表現在作品中卻呈現出各自不同的特色和風格：有的側重取其反社會、反傳統的精神；有的側重取其享樂主義思想；有的側重取其非理性主義；有的側重取其病態美的傾向；有的則側重取其對形式美的追求。如果對滕固的作品進行一番客觀、系統的考察，我們可以說，在思想上他主要汲取的是反社會、反傳統的精神，而在藝術風格上則呈現出比較濃郁的神秘色彩和病態美的傾向。這種傾向和追求與滕固的個人經歷頗有關係。作為一名庶出之子，滕固從小就深深感受到了母親為人之妾的恥辱；而對他的思想和學業深有影響的母親、姑母和父親的早逝，又給他的心境蒙上了一層陰鬱的色彩。1919年，他以「弱國子民」的身份留學日本，中、日民族間的不平等給他的心靈以巨大的創傷；而他本人的婚戀又屢屢受到封建

滕固小說集《平凡的死》

勢力的打擊，在當時曾鬧得滿城風雨。這一切不能不對他的創作產生重要的影響。痛苦的現實吞噬著他的心靈，並使他萌生變態的心理。縢固的好友張水淇曾坦率地說：「他是主張於醜惡中尋出美的：要於馬糞中尋出蘑菇，於牛屎中覓出香精的。他像馬朝霍一樣，要他愛人用鞭打他，他才覺著愉快的。他愛人的鞭，不但不使他體膚起痛苦，反使他有無上的快美。」[註12]我們打開了審視縢固心靈的窗扉，就不難理解，為什麼他的作品中常常充斥著病態陰森的人物和場面。他的小說〈壁畫〉中的主人公所受到的種種遭遇，在生活中並不罕見，但作者卻讓他以驚世駭俗的態度來對待處置。小說帶有一種孤寂煩悶，急躁憤激，想要從某種無形的束縛下掙脫出來的情緒。縢固的早期作品，很多具有這種情緒激憤，並將情節推向極端的風格。小說〈石像的復活〉也和〈壁畫〉一樣，描寫反常的單戀心情，但卻更具悲劇色彩。主人公宗老是一個不染塵世，埋頭研究基督教的留學生，沉重的宗教藩籬束縛了他的血肉身軀。一張裸體雕塑的照片，喚醒了他對三年前房東的女兒中村苔子的甜蜜回憶。他開始發瘋般地尋找不明下落的苔子，最後終被人送進瘋人院。作品追求的是在封建社會中被禮義宗教所壓抑束縛的「自我」的發現，「石像的復活」其實即人性的復活。

縢固的作品，多以怪異的行事寄託哀憤之情，明顯受到王爾德等唯美派作家的影響。但他並非僅僅只是為了宣洩自我，更多的倒是表現了「時代情緒」，他在那些憂鬱的人物身上寄予了沉重的社會內涵。憤世嫉俗，寄社會叛逆精神於放蕩頹廢中，以感傷的風格背棄和衝擊數千年來的封建倫理道德，這是縢固早期作品的特點。這種特點和唯美主義並不矛盾，因厭而圖新，發憤而圖強，是一種精神的兩個

方面，是可以相反相成的。應該承認，唯美主義也有反社會、反傳統的精神傾向，也有對現實的批判成分和在藝術上進行探索的積極因素，只不過這種批判和探索帶有唯美主義所特有的色彩罷了。滕固的思想是入世的，他的作品也是入世的。1926年以後滕固告別文壇，躋身官場，就是祈望通過所謂「革命」而有所作為。滕固1927年進入政壇，從事黨務活動，曾擔任過國民黨江蘇省黨部執行委員會常務委員等比較高級的職務。但官場是你槍我劍，相互傾軋之處，不是滕固這樣的文人棲身之地。他1928年曾從事反蔣活動，遭到蔣介石的通緝，在邵洵美家躲了很長一段日子；1929年底，他又因黨內派系鬥爭，被迫遠走國外以避禍。他在當時寫給獅吼社同人的信中說：自己是不配吃黨飯的人，「經歷了如此的長途，方知一無所得，廢然而返」。註13又說「自己已經擺脫一切的羈絆」，「以後能致力於創作」。註14滕固「革命」的夢想就這樣迅速破滅了。作為「革命」

滕固著《唯美派的文學》

生活的紀念，滕固專門創作了好幾篇以1927年大革命運動為題材的小說，如〈期待〉、〈麗琳〉、〈長衫班〉等，這些作品忠實地描摹了當時社會動盪變遷的某些實質，是滕固歷經滄桑，經過了很多波折和痛苦，在精神上徹悟之後的結晶，因此風格較前有很大的不同，這種從唯美向現實的轉變是比較明顯的，連當時的書店廣告也說「他的思想和文字已起了絕大的變化」。[註15]

　　滕固創作思想上的矛盾、發展和變化，是頗有代表性的，獅吼社其他幾位主要人物，如方光燾、章克標和邵洵美等，在創作思想上也同樣存在著這種矛盾、發展和變化，這裏限於篇幅，不能一一展開討論。但我們可以指出的是：獅吼社這個文學流派，並非用一句唯美主義可以概括，唯美主義這個概念不能囊括他們的全部歷史和作品。獅吼社所展現的實際內容和藝術手法要寬泛複雜得多。在社會大變動，各種文學思潮爭相泛起的時代，你中有我，我中有你，犬牙交錯，相互滲透，是一種很常見的文學現象，對獅吼社也當作如是觀。

【注釋】

註1：滕固：〈《屠蘇》弁言〉，載1926年8月《獅吼社同人叢著》第1輯《屠蘇》。

註2：滕固：〈無窮的痛創〉，載1924年10月10日《獅吼》半月刊第6期。

註3：章克標：〈記滕固〉，未刊稿。

註4、5：滕固：〈《屠蘇》弁言〉，載1926年8月《獅吼社同人叢著》第1輯《屠蘇》。

註6：記者：〈自己紹介〉，載1926年1月1日《新紀元》半月刊創刊號。

註7：章克標先生1988年2月3日致筆者的信。

註8：見1928年9月16日《獅吼》半月刊第6期〈我們的話〉。

註9：記者：〈自己紹介〉，載1926年1月1日《新紀元》半月刊創刊號。

註10：水淇：〈《屠蘇》緒言〉，載《屠蘇》。

註11：滕固：〈失業與失德〉，載1924年7月30日《獅吼》半月刊第2期。

註12：張水淇：〈吹灰錄〉，載1924年8月30日《獅吼》半月刊第5期。

註13：K.S.：〈金屋郵箱〉，載1929年12月《金屋月刊》1卷7期。

註14：K.S.：〈金屋郵箱〉，載1930年4月《金屋月刊》1卷8期。

註15：金屋書店〈平凡的死〉廣告，載1930年6月《金屋月刊》1卷9、10期合刊。

一、近代翻譯文學興起的歷史原因 和發展階段

1908年，在《小說林》第7期上，發表了東海覺我（徐念慈）的〈丁末年（1907）小說界發行書目調查表〉，列出這一年出版的創作小說共40種，翻譯小說共80種；1911年，《涵芬樓新書分類目錄》文學類中，共著錄創作小說120種，翻譯小說400種。這兩種書目，都反映當時外國文學譯本的出版數量為創作文學出版物的一倍以上。據阿英估計，當時創作小說的實際數字，可能兩倍於120種，而翻譯小說的出版數字，可能兩倍於創作小說。這樣的數量大概不會遜於1919-1949年的現代和1949-1979年的當代這兩個30年間出版的翻譯小說的數字，因此，可以說從1895年的甲午戰爭到1919年的五四運動，這近30年是迄今為止介紹外國文學最旺盛的時期之一。

外國文學之所以在近代中國能得到廣泛的介紹和傳播，是由特定的時代與歷史條件所決定的。19世紀歐洲資本主義向全世界的擴張和滲透，必然帶來東、西方政治、經濟、文化、科技（包括現代印刷技術）的相互交流和影響，這是一股不可抗拒的歷史潮流；而中國清政府的反動愚昧，更促使中國的有識之士為了拯救國家和民族，把眼光投向已強盛起來的西方。1840年鴉片戰爭以後的短短幾十年間，崇尚「西學」之風迅速席捲全國。在這樣的背景下，外國文學的大量輸入中國也就勢所必然了。

中國近代的翻譯文學大體可以1895年的中、日甲午戰爭為界限分為前、後兩個階段。

前一階段中雖然有希臘的《伊索寓言》、英國的《昕夕閒談》等少數文學譯本和一些外國宗教文學的翻譯作品問世，但影響甚微，盛行一時的多是介紹天文地理及聲光電化方面的譯書。當時翻譯出版的主力軍是清朝官方和教會方面，有影響的出版機構，代表前者的有1862年的京師同文館、1868年的江南製造局翻譯館，代表後者的有1843年的墨海書館、1875年的格致書院、1887年的廣學會（原名同文書會，1892年改名）等。這些編譯、出版機構主要譯印西方近代自然科學和應用技術方面的書籍，也涉及一些外交、法律、宗教、史地等方面的內容，重要譯著有丁韙良譯的《萬國公法》、李善蘭、偉烈亞力合譯的《幾何原本》、徐壽譯的《化學鑒原》、華蘅芳譯的《代數術》等。據統計，在1850-1899年的50年間，有關西方自然科學方面的譯作有169種，占此期譯作總數的29.8%，有關應用科學的有230種，占40.6%，二者共占70.4%；而有關哲學、社會科學方面的譯作

共有113種，僅占19.9%（錢存訓〈近世譯書對中國現代化的影響〉）。這種情況大致反映了這一時期西學引進的格局，而這種格局的形成又是和當時朝野人士的「中學為體，西學為用」的指導思想分不開的。梁啟超在《戊戌政變記》的「上諭恭跋」裏曾分析說：「甲午以前，我國士大夫言西法者，以為西人之長不過在船堅炮利，機器精奇，故學知者亦不過炮械船艦而已。此實我國致敗之由也。」嚴復也認為這一階段的西學「皆其形下之粗跡」，「而非命脈之所在」（〈論世變之亟〉）。這種格局在第二階段有了很大改觀。

　　1895年，中國在中、日甲午戰爭中戰敗，民族危機空前嚴重，資產階級變法維新運動走向高潮，近代中國的資產階級新文化運動由此展開。這一階段的翻譯活動有以下這樣一些特點：

1. 民間辦報大大增強，新興出版事業迅速發展。這一時期，中國新興報刊事業蓬勃興起，僅1895-1898年這三、四年間，全國各地先後創辦的新興報刊就不下50餘種，著名的有北京的《中外紀聞》、天津的《國聞報》、長沙的《湘報》、成都的《蜀學報》、杭州的《經世報》、澳門的《知新報》等，出版最多的上海有《強學報》、《時務報》、《實學報》、《譯書會公報》等十餘種。此時期內，專門為譯書而成立的社團也如雨後春筍，如1895年，上海成立強學會分會，在章程中規定「以譯書為第一義」，「首譯各國各報，以為日報（即《強學報》）取資；次譯章程、條款、律例、條約、公法、目錄、招牌；然後及地圖暨各種學術之書，隨譯隨刊」。1897年，梁啟超在上海開辦大同譯書局，在〈大同譯書局敘例〉中說：「本局首譯各國變法之書，及將變未變之際一切情形

之書，以備今日取法。」其他還有上海的南洋公學譯書院、譯書公會，武昌的質學會，桂林的聖學會，常德的明達學會等。維新派利用這些重要的輿論工具，大力譯介西方資產階級的學說，宣傳變法主張，促進了自由、民主、平等思想在中國的廣泛傳播。

2. 就近向日本學習，日本書的翻譯飛速躍增。在向西方學習的同時，中國也注意到了東鄰日本的飛速進步，因此也轉而向日本學習。日本從明治元年（1868）起維新政治，政法制度、經濟結構、文化設施等都開始擺脫中國的影響，而轉向歐洲諸國學習。不到30年，國勢民風，煥然一新。1894-1895年，日本在甲午戰爭中得勝，明治維新獲得成功，遺棄中國文化勢成必然。而中國在甲午之役的失敗，使國人受到極大震動，痛感啟導民智、培養人材、變法圖強的必要。康有為、梁啟超等都紛紛提出了向日本學習維新的主張，正如毛澤東所說：「要救國，只有維新，只有學外國。那時的外國只有西方資本主義國家是進步的，他們成功地建設了資產階級的現代國家。日本人向西方學習有成效，中國也想向日本人學。」（〈論人民民主專政〉）。1896年起，中國開始向日本派遣留學生，到1906年，留日學生竟逾萬人，他們成了譯書的主力；在國內，則紛紛開設以教授日語為主的學校，天津、杭州、福州、泉州、廈門等地，都設立了東文學堂，北京的同文館也增設東文館。取法日本，翻譯日書，一時蔚然成風。據統計，在甲午戰爭以前的200餘年間，日本人翻譯的中國書有129種，而由日文譯成中文的書僅有12種，其中還有10種是日本人自己譯的；在甲午戰後至1911年10餘年間，日本書的中譯本多至958種，而中國書的日譯本則降到16種

（譚汝謙《中國譯日本書綜合目錄》和《日本譯中國書綜合目錄》）。這一現象，鮮明地顯示了中國有識之士痛感自己落後，想奮起直追，就近從日本轉手學習西方先進文化知識的迫切心態。

3. 譯書內容廣泛，形成多元化的翻譯格局。這一階段翻譯出版事業的發展，更表現在出版物的內容、結構較前有了重要變化。1897年，嚴復翻譯的《天演論》在天津《國聞報》上陸續刊載，接著在短短三、五年內，他翻譯了《群己權界說》、《穆勒名學》、《群學肆言》、《原富》、《法意》和《社會通詮》等一大批西方資產階級的哲學、政治和經濟名著。嚴復在這些書中，宣傳了「物競天擇」的進化思想，強調中國只有順應「天演」規律而實行變法維新，才能由弱變強，否則就要淪於亡國滅種而被淘汰。他批判「中學為體，西學為用」的思想，指出學習「西學」不能只看到西方資本主義強國的「船

嚴復像

堅炮利」和「善會計」、「善機巧」，而應學習它們的自然科學方法和民主政治制度。嚴復宣傳的這些學說，在中國思想界起了振聾發聵的啟蒙作用，使他成為中國近代史上「最早系統地介紹西方資本主義經濟、政治理論和學術思想，宣傳資本主義『西學』『新學』，以與封建主義的『中學』『舊學』相抗衡的首要代表人物」（任繼愈《中國哲學史》第4冊）。以此為開端，中國出版界掀起了一股譯印西方哲學社會科學著作的熱潮，有關西方哲學、政治學、經濟學、法學、社會學、教育學、歷史學等各方面的著作均有翻譯出版，其數量之大、範圍之廣，是以往任何時期都無法相比的。有人統計，在1902-1904年的僅3年期間，翻譯出版的西方哲學和社會科學方面的書籍多達298種，占此期譯作總數的56%，而有關西方自然科學、應用科學方面的譯作則相對減少，其比重分別為21%和10.5%（錢存訓〈近世譯書對中國現代化的影響〉）。這一階段翻譯格局改變的另一重要標誌是，翻譯文學高潮的勃然興起。1899年，林紓譯出法國小仲馬的《巴黎茶花女》，這是輸入中國的第一部歐洲文學名著，開了風氣之先，故一時有「譯才並世數嚴、林」之稱（康有為〈琴南先生寫萬木草堂圖，題詩見贈，賦謝〉）。1901年，林紓又譯出美國斯托活夫人的《黑奴籲天錄》，反響更為強烈，從美國黑人的悲慘遭遇，再聯繫到當時的國運衰敗，中國的作家和讀者為它寫下了不少抒發感慨心聲的詩詞和評論。其後，林紓一發不可收，和多人合作，相繼譯出了183種作品，形成了近代文學史上以「林譯小說」而著稱的翻譯文學高峰。這期間，還出現過幾次翻譯文學的高潮，如對日本等國政治小說的翻譯，對法國等國科學小說

的翻譯，對英、美等國偵探小說的翻譯，以及對宣傳推翻帝制、主張暴力革命為主題的俄、法等國虛無黨小說的翻譯等。梁啟超、黃遵憲等人提倡的「小說界革命」和「詩界革命」，更極大地提高了小說的社會和文學地位，為翻譯文學提供了理論依據。當時各種報刊也競相闢出欄目，發表外國文學作品，其中既有《覺民》、《江蘇》、《民報》等革命派刊物，也有《清議報》、《新民叢報》等改良派刊物，以及《東方雜誌》、《教育雜誌》等一般綜合或專業雜誌，至於專業的文學雜誌更是不甘人後，當時有名的4大小說雜誌：《新小說》、《繡像小說》、《月月小說》和《小說林》，都以大量篇幅刊登譯作。一時譯家蜂起，譯作踴躍，僅據阿英的《晚清戲曲小說目》記載，當時的翻譯小說和劇本就達637種之多。其中固然魚龍混雜，難免粗製濫造之作，但更不乏有意義、有價值的優秀或比較優秀的作品。如梁啟超將翻譯作品作為政治宣傳的輔助，強調小說等對民眾的教育作用；林紓把翻譯外國小說當作啟迪民智、救亡圖存的最佳方略；馬君武、蘇曼殊翻譯拜倫、胡德的詩歌，是在為資產階級民主革命吶喊助威；魯迅、周作人譯介東歐弱小民族的現實主義小說，則是為了提供借鑒，改造社會。綜觀近代翻譯文學異彩紛呈的繁榮局面，有一條鮮明的主線可以探尋，即強烈的政治功利性，濃郁的愛國思想，鮮明的個性意識和進取的戰鬥精神，它為使中國文學儘快地步入世界文學時代，做出了卓越貢獻。

二、近代的小說和散文翻譯

中國近代的小說翻譯，以林紓的成就最大，影響也最廣。據統計，從1899一直到「五四」前後，林紓共譯了183種小說，約1千2百多萬字（連燕堂〈「林譯小說」究竟有多少種〉），其中屬於世界名作家和世界名著的有40餘種，如俄國托爾斯泰的《現身說法》等6種，法國小仲馬的《巴黎茶花女遺事》等5種，大仲馬的《玉樓花劫》等2種，英國狄更斯的《賊史》等5種，莎士比亞的《凱撒遺事》等4種，司各特的《撒克遜劫後英雄略》等3種，美國歐文的《拊掌錄》（《見聞雜記》）等3種，以及希臘伊索的《伊索寓言》、挪威易卜生的《梅孽》、英國斯蒂文生的《新天方夜譚》等，這樣皇皇大觀的成績，「在中國，到現在還不曾有過第二個」（「中國大百科全書」《中國文學·林紓》條）。林紓最初並沒有明確的翻譯目的，他走上文學翻譯道路，純屬偶然，但以後因

1852—1924

林紓像

受嚴復、梁啟超等宣傳小說之社會作用的影響，也想通過翻譯小說來救亡圖存，改良人心，因此他為前期譯作寫了不少借題發揮，抉摘時弊，教育子弟，宣傳救亡與改良社會政治的序跋。他曾表示：「紓年已老，報國無日，故日為叫旦之雞，冀吾同胞警醒」（〈《不如歸》序〉）。這說明他翻譯小說，不光要把外國小說藝術技巧介紹到中國來，更要通過翻譯來宣洩他的愛國熱誠，以感動讀者。林紓雖然以文言翻譯小說，但他的譯筆有其獨自的特色和成功處，不少作品能夠保有原文的情調，人物也能傳原著之神，有時甚至連最難傳述的幽默也能微妙地表達出來，故林紓筆法，在當時風靡一時。林譯小說所展示的新穎內容和創作技巧，為中國讀者打開了眼界，不僅影響了近代小說，不少從事新文學運動的先驅人物，也因閱讀林譯而受到啟發，魯迅、周作人、郭沫若、茅盾、朱自清等都曾自述受到過林譯小說的影響。所以，阿英認為：林紓「使中國知識階級，接近了外國文學，認識不少第一流的作家，使他們從外國文學裏去學習，以便促進本國文學的發展」（《晚清小說史》）。林譯小說也有明顯的缺陷，他因不懂外文，翻譯全靠別人口述，所以浪費了不少精力，譯出許多價值不大的作品；他還對原著隨意增刪，譯文中的脫漏錯誤也所在多有。1913年譯出《離恨天》以後，林紓的翻譯明顯退步，與前期生動傳神的譯筆形成鮮明對照。儘管如此，林紓的翻譯，仍代表了中國近代翻譯文學的最高水準。

除林紓外，當時還有一些有成就的翻譯家，如以譯法語作品出名的曾樸，以譯日語作品出名的吳檮，以譯英語作品出名的伍光建，以及兼譯英、法作品的周桂笙、徐念慈等。他們都譯出了不少傳世之

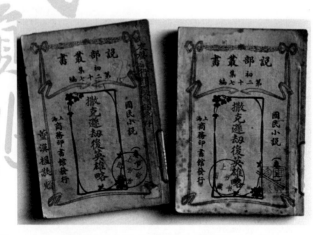

商務印書館出版《說部叢書》初集第二十七編
《撒客遜劫後英雄略》（上、下卷）

林紓譯《海外軒渠錄》內頁

作，在當時具有較大影響。下面按國別
概述一些名著的翻譯情況。

1. 英國作品。英國小說最早介紹到中國
的，是發表在1872年出版的《瀛寰
瑣記》上的《昕夕閒談》，這也是
近代中國的第一部長篇翻譯小說。
《昕夕閒談》是19世紀英國作家利
頓的作品，原名《夜與晨》，蠡勺居
士譯。作品分上下卷，為章回體，共
50回。譯者自謂：譯此書是為了觀
「歐洲之風俗」，收「國史古鑒」
之效果（《昕夕閒談》小敘）。1872
年，《申報》上還刊出過一篇題名

《談瀛小錄》的筆記體小說，此即斯威夫特的《格列佛遊記》的第一部分（小人國）的中譯，文字雖多有增刪，人名、地名也改成中國化，基本情節卻是忠實原著的。斯威夫特的這部名作，另有佚名以《汗漫遊》（原題《僬僥國》）為名，譯載於1903-1906年的《繡像小說》上；1906年4月，林紓又將其譯成《海外軒渠錄》，列入說部叢書出版，在當時名噪一時，後曾數次重版。與此相仿的有司各特的《艾凡赫》。司各特的歷史小說，場面闊大，故事繁複，在文學史上享有盛名，1905年，林紓將《艾凡赫》以《撒克遜劫後英雄略》為名譯出，極受中國讀者歡迎，郭沫若在《我的童年》裏曾表示，此書對他的浪漫主義創作傾向起過重要影響。司各特的其他幾部歷史小說，也都有譯本問世，如1907年林紓譯的《劍底鴛鴦》和《十字軍英雄記》，1917年陳家麟譯的《驚婚記》等。笛福的名著《魯濱遜漂流記》也有多種譯本，比較著名的有：1902年沈祖芬譯的《絕島漂流記》，1905年從龕譯的《絕島英雄》，1906年林紓譯的《魯濱遜漂流記》等。狄更斯的作品，以林紓介紹的最多，最負盛名的有《孝女耐兒傳》（《老古玩店》）、《塊肉餘生述》（《大衛‧科波菲爾》）、《賊史》（《奧列佛‧特維斯特》）、《滑稽外史》（《尼古拉斯‧尼克爾貝》）等，其他還有魏易翻譯的《二城故事》（《雙城記》）和周瘦鵑等譯的短篇小說。莎士比亞的作品，當時大都根據蘭姆的《莎氏樂府》譯出，已了無劇本痕跡，只是莎氏劇本的本事。最早是達文社譯的《海外奇談》，1903年出版，收錄《威尼斯商人》、《哈姆萊特》等10篇故事。次年，又有林紓譯的《英國詩人吟邊燕語》出版，共收錄20篇作品，流傳頗廣。以後

1899年2月版《巴黎茶花女遺事》
首頁

1899年夏素隱書屋託昌言報館代印
《巴黎茶花女遺事》正文首頁

又陸續有多人散篇譯出，刊登在各報刊上。較著名的英國作品譯本還有斯蒂文生的《金銀島》（佚名1904年譯）、吉百齡的《百愁門》（胡適1915年譯）等。

2. 法國作品。法國小說以林紓譯小仲馬的《巴黎茶花女遺事》為最早，也最有名。1898年，林紓與王壽昌合作，由王口授，林筆述，譯出此書。此為林紓翻譯外國小說之第1部，亦為外國純文學作品輸入中國之第1部。譯本於1899年問世以後，數次重版，對中國文學界形成巨大衝擊，使傳統的才子佳人式愛情小說被迅速淘汰，並以此為起點，形成了近代翻譯文學的高潮。法國作品中大仲馬的小說翻譯得較多，其中最有影響的是伍光建用白話翻譯的《俠隱記》（《三個火槍手》）、《續俠隱記》（《二十年後》）和《法宮秘史》（《布拉日羅納子爵》）。其他重要譯本有抱器室主人譯的《基度山恩仇記》、曾樸譯的《馬哥王后佚史》、

林紓譯的《玉樓花劫》等。雨果當時譯作「囂俄」，他的作品主要有蘇曼殊、陳獨秀合譯的《慘世界》（《悲慘世界》）、曾樸譯的《九十三年》（《九三年》）等，其他包天笑、陳冷血等也譯有雨果作品多種，其中短篇小說最有名的是魯迅譯的《哀塵》。巴爾札克小說的最早譯本是1915年出版的《哀吹錄》，由林紓和陳家麟合譯，共收錄《獵者斐里樸》（《再會》）等短篇小說4篇，以後又有周瘦鵑譯過他的短篇《男兒死身》（《劊子手》）。莫泊桑以短篇小說而著稱，他的短篇在當時譯得較多，最早是1904年陳景韓譯的《義勇軍》，以後有周作人譯《月夜》、隨波譯《巴黎女子》、胡適譯《二漁夫》、周瘦鵑譯《傘》等。另一短篇名家都德的傑作《最後一課》，在中國引起了很大反響，先後有匪石、胡適、江白痕、周瘦鵑等4人重譯他的這篇小說，並在譯序中予以很高評價。

1901年玉情瑤怨館木刻線裝版
《巴黎茶花女遺事》

3. 美國作品。美國作家中以華盛頓・歐文的作品介紹得最早，也最多，他的代表作《瑞普・凡・溫克爾》，在1872年的《申報》上以《一睡七十年》之題譯出，以後裘劍岑、樂森璧等陸續譯出了他的很多作品。但他最有影響的三本隨筆集，都是林紓於1907年譯出的，即《拊掌錄》（《見聞箚記》）、《旅行述異》（《旅客談》）和《大食故宮餘載》（《阿爾罕伯拉》），這三本書是晚清譯作中難得的散文集子，以歐文優美的文筆，再加上林紓傳神的譯述，在當時產生了廣泛的影響。另一部有影響的作品是斯拖活夫人的長篇小說《湯姆叔叔的小屋》，1901年由林紓譯為《黑奴籲天錄》出版。這本描述黑人悲慘生活的小說，時值美國政府迫害旅美華工之際出版，引起了中國人民對祖國前途的思考，很多人發表讀後感，希望以此「喚醒我國民」（靈石〈讀《黑奴籲天錄》〉）。林譯以後，1903年又有白話文本出版，以使一般百姓能夠看懂；以後又有春柳社等改編為話劇多次上演。以一本小說而引起這樣巨大的反響，在當時是不多見的。馬克・吐溫的作品最早譯於1905年，是嚴通翻譯的短篇《俄皇獨語》，譯者當時就已注意到了馬克・吐溫小說的諷刺和幽默特色，指出「鄙人自讀英文以來，從未遇淋漓暢快之如斯文者」（〈譯者繫言〉）。此年，吳檮又譯出了馬克・吐溫的《山家奇遇》。愛倫・坡、歐・亨利、霍桑等美國著名作家的小說，和弗蘭克林的《自傳》，當時也都有譯本問世。

4. 德國作品。德國文學傳入中國較少，最早是童話作品，1903年，上海清華書局出版《新菴諧譯初編》二卷，由周桂笙翻譯，卷二中輯譯了外國童話共15篇，其中就有《蛤蟆太子》等《格林童話》和

《熊皮》等《豪夫童話》，以後孫毓修、崔弇等陸續譯出《格林童話》多篇。施托姆的名著《茵夢湖》在1911年和1916年也都有節譯本問世，譯者分別是吳步雲和之盦。現實主義作家蘇德爾曼在19世紀末剛剛在德國崛起，他的作品內容真實深刻，情節富於戲劇性，人物也相當生動，很受歡迎，吳檮在1905年就譯出了他的長篇《賣國奴》（《貓徑》），從中可見當時翻譯界對外國新人新作的敏感。其他尚有歌德、查格、蘇虎克等人小説譯本問世。

5. 俄國作品。最早介紹到中國的俄羅斯文學名著，是克雷洛夫的三篇寓言：《狗友篇》、《鰷魚篇》和《狐鼠篇》，譯者任廷旭，譯文收在1900年廣學會出版的《俄國政俗通考》一書中。1903年，俄羅斯文學名著中譯的第一個單行本，普希金的中篇小説《俄國情史》（《上尉的女兒》）在中國問世，由留日學生戢翼翬從日文本轉譯。以後，《小説時報》上又陸續譯出了《俄帝彼得》、《神槍手》、《棺材匠》等普希金短篇小説。萊蒙托夫的著名長篇《銀鈕碑》（《當代英雄》），1907年由吳檮譯出，收入商務印書館出版的「袖珍小説」叢書中。契訶夫作品，最早介紹到中國的是他的名著《黑衣教士》，也由吳檮於1907年譯出，以後包天笑、周作人、陳景韓等相繼譯出了他的《六號室》、《生計》等中、短篇小説。1916年，陳家麟、陳大鐙合譯的《風俗閒評》由中華書局出版，這是中國第一本契訶夫短篇小説中譯本，收作品23篇。高爾基作品的中譯，最早的也是1907年，即《東方雜誌》第4卷上連載的《憂患餘生》（《該隱》），以後天蛻、周瘦鵑、胡適等相繼譯出他的作品多篇。屠格涅夫作品的最早譯本，是劉半農譯的4首散文詩，當時是作

為小說譯的，1915年發表在《中華小說界》上，接著，陳嘏在《新青年》上節譯了他的兩部中篇名作：《初戀》和《春潮》。托爾斯泰的作品譯的較多，最早是1907年香港出版的《托氏宗教小說》，收《主奴論》等短篇小說12篇。繼此之後，托氏的小說不斷被介紹過來，其中比較重要的譯本有：1913年馬君武的《心獄》（《復活》）、1914年包天笑的《六尺地》（《一個人需要多少土地》）、1915年林紓的《羅剎因果錄》（收8篇小說）、1916年馬君武的《綠城歌客》（《盧塞恩》）、1917年陳家麟和陳大鐙的《婀娜小史》（《安娜‧卡列尼娜》）、1918年林紓的《現身說法》（《幼年、少年、青年》）等。

1909年魯迅、周作人翻譯的《域外小說集》和1917年周瘦鵑翻譯的《歐美名家短篇小說叢刊》，是兩部重要的外國短篇小說選集。注意介紹東歐一些弱小國家的作品，是兩書的一個顯著特點，其中芬蘭、荷蘭、瑞士、瑞典、匈牙利等國作品的翻譯，填補了當時翻譯界的空白。此外，希臘的《伊索寓言》、阿拉伯的《天方夜譚》、丹麥安徒生的童話等世界著名作品，在當時也分別已有多種譯本問世。

在翻譯引進的大量外國作品中，文學名作等純文學作品的譯介比較的還是少數，占主要地位的還是一般觀念上的所謂通俗文學，其中尤以政治小說、科學小說和偵探小說數量較多，影響也最大。這三種文學體裁都是中國過去所未有的，因此，引起了國人的很大注意。

最初大量引進的是當時風雲一時的政治小說。1896年，康有為刊印《日本書目志》，分宗教、政治、法律、小說、美術等15門介紹

日本書籍，對小說給予了很大注意；1897年，嚴復、夏曾佑編《國聞報》，作〈本館附印說部緣起〉，開始大力倡導小說。未幾年，同樣的價值觀，表現在梁啟超的見解裏有了更進一步的發揮：「小說有不可思議之力支配人道，」「欲改良群治，必自小說界革命始；欲新民，必自新小說始」（〈論小說與群治之關係〉）。這就把政治這個概念引到小說的理論體系中，含有要求小說為改良政治服務的新的意識。小說從不入流的小道一躍而為最上乘的文學，翻譯小說也一時成為最熱門之道。梁啟超倡導的小說界革命，在當時登高一呼，應者雲集，楚卿、松岑、夏穗卿、天僇生、覺我等人紛紛發表文章，加以引申和補充。當時議論小說革命熱情之高，聲勢之大，文章之多，成為近代文學史上的一個引人矚目的現象。梁啟超創作的《新中國未來記》、羽衣女士（羅普）創作的《東歐女豪傑》等小說，鼓吹民主自由，在知識階層中極為流行；而翻譯的政治小說更是比比皆是，較有影響的有梁啟超譯的《佳人奇遇》（1899）、吳超譯的《比律賓志士獨立傳》（1902）、獨立蒼茫子譯的《遊俠風雲錄》（1903）、亡國遺民譯的《多少頭顱》（1904）、陳鴻璧譯的《蘇格蘭獨立記》（1906）、湯紅紱譯的《旅順雙傑傳》（1909）等。這些作品大都以爭取民主，反抗專制為主題，大量流行於世，形成了很大的聲勢。梁啟超等人的小說理論和當時新著新譯的大量政治小說之所以會產生這樣巨大的影響，其中一個重要原因是，這股潮流適應了當時政治改良和文學改良的需要。不少作品寫了主人公少懷大志，心憂國事，指點江山，揮斥方遒的慷慨壯舉，充滿對君主立憲制下「自由民主」的憧憬。這些內容和情感，是中國傳統小說中所從未有過的，而這恰恰扣

動了當時正處在逐漸淪為半殖民地、半封建專制統治下的中華愛國之士的心扉，因而具有強烈的感染力。

和政治小説幾乎同時傳進中國並同樣產生較大影響的是科學小説。甲午海戰的失敗，使很多有責任感的中國人開始正視中國的腐敗貧弱，他們以強盛的西方作為學習榜樣，希望以先進的西方知識來充實自己的頭腦，於是，促成了翻譯文學中另一支新軍──科學小説的崛起。這些新穎的作品，以其介紹科學、探求新知的特點和大膽而又富於幻想的色彩，給囿於一端、只熟悉言情志怪的中國讀者打開了一片新的天地；而譯者們也企望以之去破除禁錮中國民眾千百年的封建專制統治，假小説之力去啟迪民智。梁啟超、魯迅等都曾撰文，表示希望以通俗的科學思想來挽救眾多麻木不仁的中國人，強調科學理想對振奮民族精神的催化作用，以及培養青少年進取心理的積極意義。科學小説熱的興起大致在20世紀的最初10年，其譯介出版的總數大約在百部以上，較知名的有：逸儒譯凡爾納的《八十日環遊記》（1900）、梁啟超譯佛林瑪里安的《世界末日記》（1902）、魯迅譯凡爾納的《月界旅行》（1903）、海天獨嘯子譯押川春浪的《空中飛艇》（1903）、楊德森譯愛斯克洛提斯的《夢遊二十一世紀》（1903）、吳趼人譯菊地幽芳的《電術奇談》（1905）、周桂笙譯凡爾納的《地心旅行》（1906）等。在辛亥革命的前夕出現「科學小説熱」不是偶然的，它迎合了形勢的需要，是時代的潮流使然，符合民眾的渴求。科學小説既「經以科學，緯以人情」（魯迅〈《月界旅行》辨言〉），又「寄思深微，結構宏偉」（梁啟超〈《十五小豪傑》譯後語〉），具有嚴肅的科學性和強烈的感染力，作品中那種遨遊宇宙，

巡覽八方的理想和氣魄，對長期禁錮於封建專制統治下的中華男兒無疑具有強烈的吸引力。

在晚清翻譯的西方小說中，偵探小說也佔有不容忽視的地位。從時間上來說，偵探小說的譯介比林紓翻譯《巴黎茶花女遺事》還早幾年，梁啟超於1896年主編《時務報》時便由張坤德譯出了柯南道爾的《歇洛克‧呵爾唔斯筆記》數則，時距原作在英國問世也不過幾年。從數量上而言，偵探小說在晚清風靡一時，翻譯之多，遠在莎士比亞、司各特、雨果、大仲馬等人之上，其品種和數量，雄踞譯壇之首。晚清引進偵探小說，是有其歷史背景的。中國雖有公案小說，但各方面都遠未能和西方偵探小說相比。中國小說界承認：「唯偵探一門，為西洋小說家專長。中國敘此等事往往鑿空不近人情，且亦無此層出不窮境界，真瞠乎其後矣」（俠人〈小說叢話〉）。繼《時務報》的翻譯以後，1899年，福州素隱書屋將柯南道爾的《華生包探案》和《巴黎茶花女遺事》合刊出版，以後，周桂笙、包天笑、陳仙蝶、周瘦鵑、張昭漢等相繼譯出了《馬丁休脫偵探案》、《淮爾特奇獄》、《杜賓塞探案》、《桑狄克偵探》、《亞森羅頻奇案》、《斐乃傑奇案》、《福爾摩斯偵探案全集》等書，引起中國小說界的很大關注，並很快催生了大量中國式的偵探小說。偵探作品之所以能在晚清風靡一時，以往多強調它情節曲折，迎合了一般讀者的欣賞口味。這固然是偵探小說能夠盛行的一個重要原因，但譯者欲借此宣傳資產階級的民主思想，抨擊封建專制統治的一面也是不應忽視的。周桂笙1904年在〈《歇洛克復生偵探案》弁言〉中曾分析了偵探小說萌生於西方的原因：「泰西各國，最尊人權，涉訟者例得請人為辯護，故苟非證

據確鑿，不能妄入人罪。此偵探學之作用所由廣也。」而反觀中國，「刑律訟獄，大異泰西各國」，租界員警，「學無專門，徒為狐鼠城社」，「至於內地讞案，動以刑求，暗無天日者，更不必論。如是，復安用偵探之勞其心血哉！」故他翻譯引進「吾國所絕乏」的偵探小說，不能不說是含有一番用意的。劉半農在〈《福爾摩斯偵探案全集》跋〉中，則強調了偵探小說必需具有文學、哲學、天文學、化學、解剖學、法學等各方面的科學知識，故「亦大不易易」。因此，我們可以說，偵探小說在晚清的出現和盛行，從某種程度上而言，也迎合了當時所倡導的改良政治、啟迪民智的時代潮流，有其一定的進步意義。

西方小說的大量輸入，對中國小說界的影響很大。從體裁上講，文言長篇，自林紓譯《巴黎茶花女遺事》後始蔚為奇觀；而白話短篇，也是在受了西方影響之後才成氣候；政治小說、科學小說、偵探小說等，更是直接引進的西方品種。在小說的敘述方式、心理描寫、氛圍渲染等表現技巧方面，中國小說家也始而驚異，繼而佩服，最後起而借鑒模仿。梁啟超在譯《十五小豪傑》時曾贊是書「觀其一起之突兀，使人墮五里霧中，茫不知其來由，此亦可見（泰）西文字氣魄雄厚處」（〈《十五小豪傑》譯後語〉）。另一譯者在翻譯《魯賓孫漂流記》時也注意到該書與中國傳統小說不同的敘述方式：「原書全為魯賓孫自敘之語，蓋日記體例也，與中國小說體例全然不同。若改為中國小說體例，則費事而且無味。中國事事物物皆當革新，小說何獨不然！故仍原書日記體例譯之」（〈《魯賓孫漂流記》譯者識語〉）。而都德的名篇《最後一課》更受到很多人的激賞，胡適等人對小說採用的倒敘手法以及簡練的場景渲染和精彩的心理描寫極表欽佩，因此而

撰文大力推薦。西方小說傳入的種種新的表現技巧，對渴望求變的中國小說家們是富於誘惑力的，甚至如林紓這樣頗為自負的古文家也曾屢屢肯定西方的小說技巧，對司各特、狄更斯等人的作品推崇備至，並在文章中對西方小說理論加以引申發揮。推而廣之，晚清文壇對西方小說技巧借鑒、模仿乃至襲用者不乏其人。1903年，周桂笙在《新小說》上開始譯載法國鮑福的《毒蛇圈》時，曾經推薦過這部小說開頭採用的父女對話體式，說這種別開生面的寫法是「憑空落墨，恍如奇峰突兀，從天外飛來；又如燃放花炮，火星亂起。然細察之，皆有條理，自非能手，不敢出此」（〈《毒蛇圈》譯者識語〉）。4個月後，吳趼人創作的《九命奇冤》就採用了這種用對話開頭的全新寫法。至於有些小說採用倒敘、插敘、推理、獨白等手法，也無不受到翻譯小說的影響。當時甚至有所謂譯文體小說的流行，吳趼人在寫《預備立憲》時，就有意採取了「別具一格姿態」的筆法，「欲令讀者疑我為譯本」（〈《預備立憲》前言〉）。清末民初的小說家們，雖然對西方小說的理論和表現技巧並未能作出有系統、有深度的研究，但他們在一些序跋、評語、隨感以及論文中，已經開始注意發表關於小說的理論見解；而他們在創作實踐中所受西方小說的影響更來得直接、迅速和廣泛，誠如阿英在《晚清小說史》中所言：「中國的創作，也就在這洶湧的輸入情況之下，受到了很大的影響。」

三、近代的詩歌翻譯

近代的詩歌翻譯，可分為前期和後期兩個階段，其中大致以1905年為界限。

外國詩歌最初是伴隨著宗教作品一齊傳進中國的。據記載，從19世紀20年代起，《聖經》就陸續被譯成幾十種不同的中文譯本輸入中國各地，其中包括《舊約全書》中的〈詩篇〉、〈雅歌〉、〈耶利米哀歌〉等著名詩作。《聖經》主要由外國傳教士翻譯，但也有一些中國人參與了譯述。〈雅歌〉等作品抒情性強，較少宗教色彩，對後人創作有一定影響，直到「五四」以後還有多種譯本作為文學作品問世（如陳夢家的〈歌中之歌〉、吳曙天的〈雅歌〉等）。1864年，在英國駐華公使威妥瑪的協助下，清政府總理各國事務衙門的官員董恂，譯出了美國詩人朗費羅的〈人生頌〉等幾首詩，其他可能還有拜倫的作品。1873年，王韜和張芝軒合作編譯《普法戰紀》，敘述1870－1871年間爆發的普法戰爭，書中譯有著名的法國《馬賽曲》和普魯士的《愛國詩》，這是首次在中國譯介法、德詩歌，也成為近代中國人獨立譯詩的開端。《馬賽曲》鼓舞了一批又一批愛國人士，在當時及以後產生了非常廣泛的影響。在「五四」以前，至少還出現過3種《馬賽曲》的不同譯本，並且配譜廣泛傳唱，這也從另一方面說明了此詩影響的盛久不衰。1890年，回族學者馬安禮用詩經的體裁翻譯了埃及詩人蒲綏裏的讚頌詩，這是阿拉伯詩歌首次傳進中國。1898年，嚴復在其譯著《天演論》中，譯述了原作所引英國詩人蒲伯的長詩《原人篇》和丁尼生的長詩《尤利西斯》中的一節。由於《天演論》的風靡一時，這些譯詩也曾受到較大的注意。1902年，梁啟超的政治小說《新中國未來記》連載於《新小說》雜誌，他在小說中翻譯了拜倫的詩篇《渣阿亞》和《端志安》。梁啟超譯介拜倫，推崇的是他的反抗性和對自由的熱烈追求，他讚揚拜倫的詩歌「倒像有幾分是

為中國説理」，「句句都像是對著現在中國人説一般」；並指出拜倫等「泰西文豪之意境之風格」，便是中國「詩界革命」的方向（《新中國未來記》「卷末總批」）。其譯介的旨意是很明確的。梁啟超翻譯的拜倫兩首詩中，以《瑞志安》（今譯《唐璜》）影響較大，他節譯的是長詩《唐璜》第二章中著名的一段：《哀希臘》。《哀希臘》共有16節，梁啟超選擇了其中1、3兩節，他以通俗的詞曲體譯出，朗朗上口，便於吟唱，魯迅曾贊其譯詩「傳誦一時」（《雜憶》）。

王韜、嚴復和梁啟超等人可稱為是我國近代譯述西方詩歌的先驅，但他們大都只是在長篇作品中穿插轉引，並非是將詩歌作為一門獨立的文學體裁來介紹，這説明在當時，作為文學藝術重要一門的詩歌，尚未引起中國文學界的充分注意，故遠遠不能和正蓬勃興起的小説翻譯高潮相比。真正將詩歌作為一種獨立的作品來翻譯介紹，並作出較大成績、產生廣泛影響的是馬君武、蘇曼殊和胡適，以及辜鴻銘、應時、陸志韋、劉半農、魯迅和周作人等人。他們的譯述構成了近代詩歌的第二階段。

馬君武1905年在留學日本期間，曾編印出版《新文學》一冊，其中譯有拜倫的《哀希臘》等詩，這是《哀希臘》首次被完整地介紹到中國來。1907年，他又在巴黎出版的留學生刊物《新世紀》上譯載了英國詩人胡德的現實主義名作《縫衣歌》，引起廣泛注意，國內《繁華》、《神州》和《競業旬報》等都作了轉載或報導。1914年，朱少屏為他刊印《馬君武詩稿》，內收創作83首，另附歌德、席勒、拜倫、胡德等人譯詩38首，其詩歌翻譯時間之早，數量之多，在中國堪稱第一。馬君武譯拜倫等人詩是有所寄託的，他去國十載，一生

中有六分之一時間是在海外度過，漂泊流浪的生涯，使他更熱切地盼望看到祖國的強盛。1910年，他在歐洲寄給柳亞子的詩中說：「魯酒難消渴，吳歌最斷腸。」1911年，神州革命潮正洶湧澎湃，他又詩寄胡適：「相期作琨逖，舞劍趁雞鳴。」這些發自肺腑的心聲正是他翻譯拜倫、胡德等人詩的最好注解。馬君武的譯詩在藝術上也較有特色，其辭通俗樸素，其情激昂豪放，具有很強的藝術感染力和鼓動性。陳子展在《中國近代文學之變遷》中對此有這樣的評價：「我們讀過《馬君武詩稿》的人，總該驚異他那種雄豪深摯的詩筆，而他翻譯拜倫的《哀希臘》，虎德的《縫衣歌》，歌德的《阿明臨海岸哭女詩》，也能如他的創作一樣，具有一種深摯感人的力量。」

和馬君武幾乎同時在譯詩領域辛勤耕耘並作出顯著成績的是蘇曼殊。蘇曼殊從1908-1911年，接連出版了《文學因緣》、《拜倫詩選》和《潮音》等書，其中收錄了他翻譯的拜倫、雪萊、彭斯、歌德等著名詩人的名作10餘首，其中尤以譯拜倫的詩最多，也最有影響，如〈去國行〉、〈贊大海〉、〈哀希臘〉等。蘇曼殊譯述拜倫作品是激於愛國主義的熱情和對拜倫反抗精神的崇拜，他贊拜倫「以詩人去國之憂，寄之吟詠，謀人家國，功成不居，雖與日月爭光可也」（〈《拜倫詩選》自序〉），他稱「拜倫是我師」（〈本事詩之三〉），表示要「獨向遺編印拜倫」（〈題拜倫集〉），完全是「以他人之酒杯，澆自己之塊壘」心情的真實流露。蘇曼殊對譯詩有自己的追求，他曾把「按文切理，語無增飾，陳義悱惻，事辭相稱」（《拜倫詩選》自序）作為譯詩的標準，並因此而認為馬君武譯〈哀希臘〉，雖「婉轉不離原意」，卻「稍失粗豪」（〈《文學因緣》自序〉）。蘇曼

殊自己在譯詩時過份求雅，用了不少古奧生僻的辭彙，因此顯得有些晦澀難懂，魯迅曾懷疑：曼殊譯詩「古奧得很，也許曾經太炎先生的潤色的罷」（〈雜憶〉）。但蘇曼殊的譯詩有濃郁的異國風味，而且格律整飭，詩意蘊藉，具有中國傳統詩歌含蓄耐讀的特點，因此在文人中有相當廣泛的影響，郁達夫曾認為：蘇曼殊所有作品中，譯詩是最好的（〈雜評曼殊的作品〉）。

　　胡適的譯詩稍後於馬、蘇二人。胡適的最早一首譯詩是他1908年18歲時翻譯的英國詩人丁尼生的〈六百男兒行〉，以後他又陸續譯出了朗費羅、海涅、拜倫等人詩近20首，其中部分輯於《嘗試集》中，其他則散見於各報刊。胡適也譯有〈哀希臘〉詩，他自述譯詩動機是「頗嫌君武失之訛，而曼殊失之晦」（〈「哀希臘歌」序〉），因此以楚辭體重譯之，然無論從質量還是影響上而言，胡適的譯詩都要遜於馬、蘇二人。但梁啟超、馬君武、蘇曼殊和胡適四人都不約而同地選擇了拜倫的這首詩來翻譯，這件事本事就是耐人尋味的。魯迅對此有一段精闢的分析：「那時Byron之所以比較為中國人所知，還有別一原因，就是他的助希臘獨立。時當清的末年，在一部分中國青年的心中，革命思潮正盛，凡有叫喊復仇和反抗的，便容易惹起感應」（〈雜憶〉）。胡適的〈哀希臘〉詩雖然譯的不算成功，但這並不能抹煞他在中國近代詩歌翻譯史上的地位，他的最大貢獻是將白話引進了譯詩領域。在胡適之前，譯詩用的都是四言、五言、七言、楚辭、古風等中國傳統的詩歌表現形式。到「五四」以前，大家已經感到了譯詩內容受到了詩歌形式的嚴重束縛，1918年5月，劉半農在譯載印度詩歌〈我行雪中〉時寫下的一段〈譯者導言〉，頗可代表當時翻譯

界的苦悶求變心情：「兩年前，余得此稿於美國《VANITY FAIR》月刊；嘗以詩賦歌詞各體試譯，均苦為格調所限，不能競事。今略師前人譯經筆法寫成之，取其曲折微妙處，易於直達，然亦未能盡愜於懷；意中頗欲自造一完全直譯之文體，以其事甚難，容緩緩『嘗試』之。」就在劉半農「緩緩嘗試」之時，胡適在1918年4月5日出版的《新青年》4卷4期上發表了翻譯蘇格蘭女詩人安妮・林德賽的〈老洛伯〉。這首譯詩的語言、辭彙、標點和句式等都迥異於以前的作品，是近代詩歌翻譯史上第一首白話譯詩。從時間上來說，他和中國現代新詩創作的出現基本同時，兩者彼此影響，相互促進。胡適以後又譯出了〈關不住了〉、〈希望〉等白話詩，劉半農等也加入了這個行列，從此，白話譯詩蔚然成風，成為不可阻擋的時代潮流。後人評述中國近代譯詩有三式：「蘇曼殊式，以格律輕疏之古體譯之；馬君武式，以格律謹嚴之近體譯之；胡適則白話直譯，盡馳格律矣」（李思純《仙河集》）。這個評價是妥帖的。

　　在當時的詩歌翻譯隊伍中，作出較大成績的主要是留學生。他們在國外留學多年，深受西方文化的影響，又大都掌握了多種外語，具備進行中西文化交流的能力。如辜鴻銘，早年留學英國，畢業後遍遊德、法、意、奧諸國，精通西方各國語言，是我國翻譯界早期著名人物之一。辜鴻銘主要從事向西方介紹中國文化遺產的工作，但他也譯過不少外國作品。辜鴻銘翻譯的外國詩，現在所知的有英國詩人柯珀的〈癡漢騎馬歌〉和柯勒律治的〈古舟子詠〉，兩者均是歌謠體的敘事詩。辜鴻銘的翻譯淺顯易曉，詼諧風趣，頗有中國古詩〈陌上桑〉的神韻，在當時流行很廣。應時，中國早期留德學生，他精通德文、

英文，專攻法律。回國後在田北湖協助下譯有《德詩漢譯》一冊，於1914年在杭州出版。詩集收錄了歌德、席勒、海涅、豪夫、烏郎等德國著名詩人的詩作共11首，是中國出版的第一本德國詩選，具有開拓意義。其他如魯迅譯詩之嚴謹沉鬱，陸志韋譯詩之形式多變，劉半農譯詩之通俗簡明等，在當時都有一定影響。他們譯出了為數不少的外國詩歌，代表了各自不同的風格，在中國近代詩歌翻譯領域作出了貢獻。

中國近代翻譯界在譯詩的同時，在理論上也有一定的追求，其中最有影響的是魯迅1908年發表的〈摩羅詩力說〉。魯迅寫作此文的旨意，在〈「題未定」草（三）〉中曾作過解釋：「『紹介波蘭詩人』，還在三十年前始於我的〈摩羅詩力說〉。那時滿清宰華，漢民受制，中國境遇，頗類波蘭，讀其詩歌，即易於心心相印。」魯迅熱情地介紹了以英國的拜倫、雪萊，俄國的普希金、萊蒙托夫，波蘭的密茨凱維奇、斯洛伐茨基，匈牙利的裴多菲等為代表的積極浪漫主義文學思潮，號召學習這些「摩羅」（惡魔）詩人「立意在反抗，指歸在動作」的革新精神，推動中國近代文藝革命運動的興起。同年，魯迅還翻譯了〈裴象飛詩論〉，比較全面地介紹了匈牙利著名詩人裴多菲的作品。魯迅提倡的「摩羅精神」，對中國近代的文學創作產生了較大影響。這一年，仲遙編譯發表的〈擺倫〉，也是一篇有份量的論文，這是中國第一篇全面評述拜倫生平及其作品的文章。應時附於《德詩漢譯》中的〈德詩源流〉一文，則介紹了德國詩歌史上幾個不同階段的發展概況，並分析了歌德和席勒詩歌風格的異同。在當時發表的評價外國詩人詩作的文章中，較多的還是中國傳統式的評點和序跋，梁啟超、胡適等都寫過這類詩話，如胡適在翻譯堪白爾的〈軍人

夢〉時寫有譯序，序中比較了中外詩歌的戰爭觀，就是較有新意的；周作人在1914年發表的〈藝文雜話〉中，分析了海涅詩歌和民歌童謠之間的關係，在當時也屬難得。在這類文章中，最具規模、最有影響的是劉半農的《靈霞館筆記》。這部作品從1916年開始，陸續在《新青年》發表，其中大部分是評述外國詩人詩作的。劉半農充分發揮了詩話的特點，既評述人物，也介紹背景，並附自譯的詩歌以作分析鑒賞，娓娓寫來，具有較強的可讀性，涉及的知識面也很廣泛。他評述的詩人有拜倫、瓦雷、莫爾、胡德、麥克頓那、皮亞士、柏倫克德等，還介紹了〈馬賽曲〉創作的前前後後、外國詩歌中的「詠花詩」專題等，在當時代表了較高的水平。

外國詩歌輸進中國，有著鮮明的時代背景。從譯詩的選題，可以看出當時文人的心理，〈馬賽曲〉和〈縫衣曲〉都至少有三個譯本；拜倫的詩譯得最多，其中最受中國知識份子喜愛並引起強烈共鳴的是〈哀希臘〉。由此可知，當時選擇外國詩歌的標準，主要在其思想意義上，譯者要從外國詩歌中獲取精神養料，並借此宣傳民主、自由和人道主義思想。梁啟超等提倡的「詩界革命」，受翻譯的影響就很大。另一方面，外國詩歌中所表現出來的新意境、新的詩體、新的語感、新的句式等等，又擴大了詩人的眼界，直接對他們的創作產生著影響。「五四」前後的一些著名詩人，如胡適、劉半農、郭沫若、陸志韋、聞一多、徐志摩等，受外國詩歌的影響是很明顯的。朱自清所說的：在近代中國，「舊詩已成強弩之末，新詩終於起而代之。新文學大部分是外國的影響，新詩自然也如此。這時候翻譯的作用便很大」（《新詩雜話·譯詩》）。確是精闢之言。

四、近代的劇本翻譯

據阿英考證，中國最早一篇論及外國戲劇的文章是1903年發表的〈觀戲記〉（《晚清文學叢鈔‧小說戲曲研究卷》），文章作者竭力推崇法國與日本的戲劇，而對當時中國舞臺上的「紅粉佳人，風流才子，傷風之事，亡國之音」感到深惡痛絕。1904年，資產階級民主派陳佩忍、柳亞子等創辦了我國最早的專業戲劇雜誌《二十世紀大舞臺》，他們對中國戲曲嚴重脫離現實的狀況極為不滿，強烈要求打破舊劇只能表現帝王將相、才子佳人的框框和凝固僵化的程式，大力提倡從文學入手改革傳統戲曲。同年，陳獨秀在《安徽俗話報》上發表〈論戲曲〉一文，明確喊出了「採用西法」的口號，公開號召學習外國戲劇。正是在這樣的背景下，中國掀起了晚清以來空前的戲曲改革熱潮。

西方戲劇在早期大致通過這樣兩條途徑對中國產生影響：1.教會學校等演出的時事改編戲劇。2.留學生對日本新派劇和歐洲浪漫派劇的模仿借鑒。其中尤以後者對中國早期話劇的發展影響最大。教會學校的學生由於得風氣之先，較早得到西方戲劇知識的浸潤，他們的演出基本取消歌唱而較多採用對白，表演也趨向寫實而摒棄程式化，如1889年聖約翰學校演出《官場醜史》，1900年南洋公學演出《經國美談》等。稍後這類演出還曾擴展到社會，向民眾灌輸有別於中國傳統戲曲的話劇養料。留學生的嘗試更具有現代性。他們在東京、巴黎等地親眼目睹了外國現代戲劇的演出，震驚於在中國戲曲固有的那套唱念做打的程式之外，還有這種能表現現代人的逼真生活，有佈景、

有燈光的戲劇。1907年，巴黎的中國留學生在自己主辦的《世界》畫報上發表長篇文章，敘述他們所欣賞到的歐洲常演不衰的十幾齣戲劇的劇情，並著重介紹了西方劇場的構造和先進的舞臺燈光、佈景，以此反襯、抨擊中國戲曲的落後（〈世界進化之略跡‧演劇〉）；李石曾並翻譯出版了波蘭廖抗夫的《夜未央》和法國蔡雷的《鳴不平》等歐洲現代戲劇劇本，首開中國近代翻譯外國劇本的記錄。東京的留學生則組織了春柳社，模仿日本新派劇，在1907年春改編演出了轟動一時的《茶花女》片斷，成為中國話劇史上記載的第一次正式話劇演出。留學生的譯介和演出，很快影響波及回國內，1907年秋，上海春陽社借用外國人建造的蘭心戲院全套新式佈景和燈光，演出了《黑奴籲天錄》。翌年，上海通鑒學校以完整的分幕劇本演出了《迦茵小傳》。這兩齣戲和《茶花女》一樣，都是根據當時風靡一時的林譯小說改編的。至此，具有現代意義的話劇作為一種新型、獨立的戲劇形式，開始在中國舞臺上登臺亮相，而各種翻譯劇本也以此為契端，開始引人注目地頻頻出現在中國的報章雜誌上。

　　阿英在《晚清戲曲小說目》一書中，曾開列了他當時收集到的中國近代翻譯劇本的目錄，共計14種作品。這顯然只是一個初步統計數字，事實上，當時文藝報刊發表翻譯劇本已很普遍，《小說月報》、《小說時報》、《小說叢報》、《劇場月報》、《中華小說界》、《小說大觀》、《七襄》、《民鐸》等有影響的雜誌都刊出過不少，秋星社、有正書局、商務印書館等也出版過一些單行本。據筆者統計，當時發表的翻譯劇本至少在40種以上，這些譯本的主要譯者有：包天笑、徐卓呆、陳冷血、曾樸、馬君武、劉半農、周瘦鵑等，都是

當時文壇的走紅作家。他們在翻譯時,面臨著這樣兩個難點:一方面他們置身在保守的中國文化氛圍中,傳統的固有的一切時時處處影響規範著他們;另一方面,他們翻譯引進的是中國從未有過的西方文學樣式,他們必需尊重戲劇的特點,面向社會,貼近現實,在觀眾中逐漸培養起新的具有現代精神的審美趣味。中國早期的翻譯家們,在從事這項具有開拓意義的工作時,作了比較明智的選擇,一般來說,他們既注意到戲劇的特點,又考慮到了中國的實際需要和觀眾的欣賞習慣、接受能力。他們在選擇翻譯劇本時,在題材、內容、藝術風格以及剪裁處理等方面大致有這樣一些特點:1.在已知的約40部劇本中,使用或基本使用白話翻譯的有30餘部,占總數的80%以上。這是一個很突出的現象。當時的文學創作基本上是文言的一統天下,翻譯也大都是文言,像林譯小說那樣的譯本正風靡一時,包天笑、劉半農等人同時期在創作或翻譯其他作品時,也基本使用文言。這就很清楚地說明,這些劇本大都是為在臺上演出而翻譯的,譯者充分注意到了戲劇的根本屬性,因此儘量使用白話口語;而且儘管劇本對劇情刪削很多,對舞臺背景、道具的提示則大都保留,以便演出參考。2.以改造社會、喚起民心為己任,配合民主革命宣傳,為摧毀封建王朝而吶喊助威。無論是春柳社在日本演出的《茶花女》、《黑奴籲天錄》,還是留學生在巴黎翻譯的《夜未央》、《鳴不平》,都具有強烈的反封建、反專制的色彩,有很大的鼓動性。據歐陽予倩回憶:1909年,當他們在東京上演了根據法國作家薩爾都的劇本《女優杜斯卡》改編的四幕悲劇《熱淚》以後,「那幾天加入同盟會的有四十餘人」(《自我演戲以來》)。可見當時所產生的轟動效應和巨大影響。3.為了讓中

國民眾接受西方的戲劇，當時的翻譯劇本一般都採取「意譯」、「譯述」或「編譯」等方法，譯者對劇本從結構到臺詞都視情進行「裁剪」。這裏有兩個頗有意義的例子：薩爾都的《女優杜斯卡》原是三幕劇，日本的田口菊町將其譯編為五幕新派劇《熱血》，春柳社的陸鏡若再從中國的國情出發，調整其結構，編譯成四幕劇《熱淚》，演出後激發了很多青年的革命熱情；而馬君武1915年翻譯席勒的名劇《威廉・退爾》時，基本用文言直譯，阿英對此曾下過「忠實完整」的評語（《〈域外文學譯文卷〉敘例》）。但這個譯本只是一部高雅的供「讀」的劇本，始終未能上演。事實證明，在西洋話劇剛剛引進，中國觀眾對它的內容形式都缺乏瞭解的情況下，「改譯」不失為一種審時度勢的權宜之計。因此，「改譯」雖遭到一些人的譏諷，但遺風餘韻一直存在，直到二、三十年代，還有很多人沿用。4.在早期引進的外國劇本中，以莎士比亞戲劇、日本新派劇和歐洲浪漫派戲劇等為最多。這些劇本一般都具有浪漫色彩濃郁，情節曲折完整，語言詼諧幽默等特點，符合中國人的審美情趣，也較適宜於劇場演出。形式拘謹的古典主義戲劇在近代中國基本絕跡，至於大力提倡易卜生的問題劇，則已經是「五四」前後的事了。5.引進的劇種類型比較齊全，有喜劇、悲劇、歷史劇、時事劇，多幕劇、獨幕劇，以及單人劇等，其中包括一些世界著名作家的名劇，如席勒的《威廉・退爾》、莫里哀的《守財奴》（《吝嗇鬼》）、莎士比亞的《女律師》（《威尼斯商人》）、雨果的《梟獍》（《呂克萊斯・波爾吉》）、托爾斯泰的《生屍》（《活屍》）、小仲馬的《茶花女》、王爾德的《遺扇記》（《溫德梅爾夫人的扇子》）、易卜生的《傀儡家庭》等，可說基本完成了

引進西方文學樣式，介紹西方戲劇知識，翻譯西方戲劇名著的初期任務，為建立中國自己的話劇事業打下了最初的基礎。

翻譯劇本的大量引進，對繁榮中國自己的劇本創作也有推動作用，上述貼近現實、白話寫作、注重情節等特點，在創作劇本中都有不同程度的反映。可以説，在所有文字體裁中，戲劇和翻譯的關係是最為密切的，他們彼此影響，相互促進，到「五四」前夕，已開始進一步醞釀更大更深刻的革命。當時《新青年》幾乎每期都發表有關論述戲劇改革的文章，胡適提出翻譯三百種世界近世名劇的倡議（〈建設的文學革命論〉），作為回應，宋春舫開出了《近世名戲百種目》，收錄了代表13個國家，共58位劇作家的作品目錄。另一方面，也加強了西方戲劇理論的引進，如胡適在《藏暉室箚記》裏介紹了德國著名劇作家、諾貝爾文學獎獲得者豪普特曼的分散結構、獨立成章的創作方法；《新青年》4卷6期推出「易卜生號」，重點介紹了易卜生的社會問題劇和現實主義創作方法。這時期還先後發表了東潤的〈莎氏樂府談〉、傅斯年的〈戲劇改良各面觀〉等一批有分量的研究論文。這一切都預示了，在接受了10年左右的戲劇啟蒙教育之後，中國的戲劇將開始逐步走向現代化的進程。

【參考文獻】

1. 阿英《晚清文學叢鈔‧小說戲曲研究卷》，北京：中華書局，1960

2. 阿英《晚清小說史》，北京：人民文學出版社，1980

3. 譚汝謙《中國譯日本書綜合目錄》，香港：香港中文大學出版社，1981

4. 馬祖毅《中國翻譯簡史——「五四」運動以前部分》，北京：中國對外翻譯出版公司，1984

5. 陳平原、夏曉虹《二十世紀中國小說理論資料‧第一卷（1897-1916）》，北京：北京大學出版社，1989

6. 施蟄存《中國近代文學大系‧翻譯文學集》1-3卷，上海：上海書店，1990-1991

7. 王克非《翻譯文化史論》，上海：上海外語教育出版社，1997

8. 王宏志《二十世紀中國翻譯研究》，上海：東方出版中心，1999

9. 錢存訓〈近代譯書對於中國現代化之影響〉《文獻》，1986（2）

瞬間永恆
——上海圖書館藏歷史原照

古代中國，「圖書」並稱，史稱「左圖右史」。宋代學者鄭樵在其《通志略·圖譜略》中就提到「古之學者為學有要，置圖於左，置書於右；索象於圖，索理於書」。至近代，這一傳統得到光大發揚，而「圖」的概念則有了質的變化。1825年，法國人涅普斯發明了攝影術，從此，人類可以通過一種載體永久地封存回憶，留住任何一個人們願意留住的特定瞬間。由此以來一百多年的時間裏，攝影不僅作為一門獨立的藝術得到蓬勃發展，而且已成為一門應用科學在社會各個領域中佔據著重要地位。站在21世紀的門檻前，回首過去的百年，近代中國的發展進程有幸與攝影術的發明和應用幾乎同步，這一巧合使利用光影膠片完整地記錄中國近代歷史成為可能，也使我們這一代人有機會形象地一覽百年，將無數資訊碎片連接成一幅歷史長卷。

一、照片文獻的重要性

　　歷史曾被人說成是任人打扮的小姑娘，那是因為文字可以不斷地改寫歷史。但科學技術的發展，卻終於使得許多真實的細節和豐富的側面保存了下來。從這個意義上來說，照片可以說是形象的歷史，它將逝去的一切定格為一個個永恆而真實的瞬間，讓我們在溫故中重新打量歷史，重新認識我們原來自認為已經認識或熟悉的人和事。可惜的是，這種認識來得晚了一點。很長一段時間裏，歷史照片主要僅用作插圖，供學術研究和通俗讀物比較形象地去吸引和打動讀者。這種情況直到今天仍十分通行，照片在出版物中的位置決定於投資方案和生產費用，而不取決於其本身所包含的資訊。許多學科的研究者都不甚熟悉作為原始材料的照片，因而把它摒棄在自己的研究視野之外。令人欣慰的是，這種現象現在已有了很大改觀。自二十世紀八十年代以來，隨著史學理論的合理重建，史學工作者不斷嘗試從多種考察角度、描述方式去構築新的「史」的模式，其中，圖史的模式是最引人矚目的，出書數量也最為豐富。過去，我們也能在一些研究著作中時或看到三、四幅或者十來幅插圖照片，但那通常只是起些點綴、陪襯作用，而圖史模式的史書則不同。這類史書一般收圖片在百幅以上，占全書一半左右篇幅，圖片的數量之多，使其與同類的純文字著作有著很大的不同。作者們將「圖」作為探索寫史的一種新形式，切入史的獨特側面，另闢蹊徑，以史為徑，以圖為緯，以史統圖，以圖出史，力求圖有神采，文有情趣，在以生動、簡潔的語言勾勒歷史線索的同時，對圖片加以畫龍點睛的闡釋，將趣味性、知識性、學術性較

好地結合在了一起。人們常用「難以言狀」這句成語來解釋語言文字功能的固有缺陷，而傳神的圖片恰恰彌補了這一缺陷。其實，照片也是一種語言，一種直觀的語言。在很大程度上，人們重視的並非照片本身，而是那張特殊的紙上所托載的形象資訊，資訊越豐富，形象越豐滿，題材越重大，細節越生動，照片的價值就越大。當那些破舊發黃的圖片穿越時間隧道，拂去歷史塵埃，集中陳列在我們面前時，我們被激發的感受與誘發的聯想絕不是文字描述所能代替的。

今天，已有越來越多的學者發現，照片是一種很有價值的資訊源。用具體的圖像來反映一段歷史的進程，一樁事件的過程，一個人物的故事，一家公司的興衰榮哀，一座城市的發展變化，比起文字文獻來顯然更形象生動，並令人一目了然。它的清晰、明確、真實、細膩的特點，是其他任何載體文獻無可比擬的，因此能更好地為研究提供依據，為書刊出版提供資料，為社會大眾提供資訊，故有著極其廣泛的利用價值。例如，歷史學家往往通過對普通人的研究來探尋歷史，他們發現，在很多家庭照片集和地方文獻照片中彙集了豐富的材料，它們所提供的資訊和證據，正是其他文獻所缺乏的。社會學家、民俗學家則把照片當作一種分析工具，用來研究社會結構、社會行為和社會價值模式等，婚喪嫁娶和社會其他傳統慶典的照片，送往迎來及展示其他民俗風貌的社會風情照片，都是可供研究的絕好材料。城市史學家和城市規劃人員，往往對一些歷史建築的照片頗感興趣，因為許多被規劃進城市保護計畫的建築已經遭到毀壞或者改變了模樣，無法看出原貌，只有在歷史照片的幫助下，才有可能復原。文藝工作者在籌備一部新作品時，案頭常常需要大量的歷史照片，以幫助自己

沉浸在歷史氛圍之中，體驗歷史人物的心路軌跡和服飾裝扮，探索那個時代的風俗民情。資訊時代，具有多種資訊源的歷史照片正越來越受到人們的重視。

二、歷史原照的價值優勢

目前，我們正處於一個資訊時代，照片文獻作為一種重要的資訊資源，正以它形象、直觀的優勢，顯示出強大的生命力。但當今市面上所能看到並使用的所謂歷史照片，大部分都是後人從各種文獻上翻拍的，有的甚至經過了多次輾轉，成像清晰度大打折扣，裏面內容也已習見不鮮。正是在這些層面上，原照的優勢顯現無遺。對歷史原照，在業界有嚴格的認定標準，即指用當年生產的相紙以原始底片沖印放大而成的照片。由於早期攝影底片一般尺寸較大，且沖洗工藝普遍採用傳統的銀水藥液，故放大還原的照片質量較好，具有很高的清晰度，且成像均勻，紋路細膩，光線柔和，紙面泛有銀光，具有歷史滄桑感，今天很難仿冒。

由於各種歷史原因，上海圖書館收藏了大量珍貴的歷史原照，刊有照片的文獻資料更是不勝其數，這為歷史照片的整理和研究打下了堅實的基礎。早在二十世紀九十年代初，上圖就舉辦了以歷史照片為主的「上海建城七百年圖片文獻展」等多個大型展覽，贏得社會廣泛好評，也取得了寶貴經驗。1995年，上圖在創辦上海地方文獻專室時曾進行過多方面的考察和比較，決定把工作重點和發展方向放在歷史圖片的發掘、研究和開發上，先後整理翻拍了兩萬餘張歷史照片，出版了《老上海風情錄》等多種大型圖錄，為眾多海內外團體和個人

進行了專業諮詢，獲得了豐碩成果。近年來，上圖更組建了「上海年華」專項課題組，致力於歷史照片的網上開發，並開展了對塵封已久的大量歷史原照的整理，開拓出一片嶄新的天地。

　　和翻拍照片相比，原照的最大優勢就是它的清晰度。一張相同場景的照片，如果將原照和翻拍照放在一起比較，原照不但所有人物和場景都清晰可辨，甚至服飾、器物的細部都一清二楚，二者在文獻價值上的優劣立判高下。其次，原照有私密性的特點。很多歷史原照由於各種原因深藏秘密，從未公開披露過，猶如一座資源豐富的礦藏，一旦開發，其價值是難以估量的，各行各業的專家學者乃至普通的研究者和平民百姓，都有可能從中探尋到寶貝。這些寶貝究竟是什麼？非整理人員能夠界定，有待眾人從不同角度、不同感知去尋覓。正是這種不確定性，使原照充滿了神秘的魅力，也讓人們對它們寄予期望。歷史原照還有一個特點，即它們往往出自一個家庭，甚至一個家族。因此，不但數量龐大，涉及面也特別廣，除了家族成員，親朋好友、門生故舊、上司下屬等等都可能在同一批照片中出現，且往往有相關事主在照片上注明人物名字、身份和彼此間的關係，甚至會有人物、事件背景的詳細描述，有時，一個家族的照片甚至就是一個很好的研究專題，且通常具有唯一性，故其文獻價值很大，蘊含的資訊資源也特別豐富。除此以外，歷史原照本身還具有特殊的審美價值。當我們面對一張有著幾十年甚至上百年歷史的照片，那發黃變暗今天已難以複製的紙基、獨特不可再生的歷史場景、散發濃郁時代特色的照片裝幀⋯⋯一切都給予我們以心靈震撼和視覺衝擊。這種歷史滄桑感是那些百人一面樣式、成千上萬發行的印刷物所無法比擬的，如果這張照

片是經過某政要名人親眼凝視、親手摩挲、親筆題簽過的，那種獨特的感覺會一下子拉近我們與歷史的距離，感覺時光倒流，餘韻無窮。

若論歷史照片的文獻、文物價值，業界一般認為：年代距今愈久、拍攝者的名氣愈響、反映的歷史事件愈重大、展示的民俗民風或名勝古跡今天已經消亡消失，這樣的照片就愈有收藏價值，其增值空間也愈大。但所有這些必須具有一個前提，就是這些照片必須是歷史原照，如是翻拍的，那就得另當別論了。

隨著收藏市場逐漸火爆，歷史照片的收藏也漸漸升溫，不少老照片的拍賣價漲勢喜人。2002年的中國嘉德拍賣會上，一組民國時期反映青藏高原的歷史照片以4.4萬元成交；2003年舉行的中國嘉德拍賣會上，一張上海外灘景色長卷和英美艦船行駛在黃浦江上的老照片，以14.8萬元的高價成交，遠遠高出估價；2003年底北京華辰秋拍，中國早期攝影大師郎靜山的〈願作鴛鴦不羨仙〉和〈疏林戀影〉，分別以4.4萬和2.2萬元成交；2004年5月舉行的華辰春節藝術品拍賣會上，估價為3萬至3.5萬元的郎靜山攝影作品〈石徑歸人〉和〈雲山茅屋〉，以總價6.6萬元成交。國外的資料更令人瞠目，1999年，倫敦蘇富比舉行的一場老照片專場，總成交額達740萬英鎊；2002年，一張被認為世界上最早的照片在巴黎拍出了45萬歐元（約合人民幣500餘萬元）的天價。這些得以登上拍賣大廳的攝影作品，無一例外都是歷史原照。今天，歷史原照的上拍和影像專場的開設，已為很多拍賣公司所實施，尚未涉足這一領域的，也大都虎視眈眈地盯著這一塊誘人的「大蛋糕」，隨時準備上陣拼殺，這也從一個側面反映了原版照片的歷史價值和審美價值。

上海圖書館這次舉辦照片大展並出版相應圖錄，所展出、收錄的照片全部為歷史原照，其中約有半數以上的照片內容是從未公開披露過的。這些照片資訊蘊藏量既鮮活生動，又細膩豐富，不同領域、不同層次的人都可能從中獲取自己需要的東西，並開拓出一片新的天地。我們之所以在這裏特別強調這一點，是因為這些照片是真正意義上的「歷史原照」，它們不僅僅只是直接從原底沖印，而且是長期沉睡庫房，「養在深閨人未識」的原始文獻，即從未經過任何角度的肢解、誤讀和篡改，是一片純淨的處女地，各人從不同的角度去觀察解讀，所謂「橫看成嶺側成峰」，這張白紙有可能畫出最美的圖畫。

三、上圖館藏原照的幾項特色

由於歷史的原因，上海圖書館館藏的歷史原照大都長時間沉睡在庫房裏，很少有與公眾見面的機會，有的甚至在世上僅存一份，堪稱孤品。各人從不同角度對其畫面景物的觀賞研讀，都是一次原始新鮮的品味，完全有可能激發起意想不到的觀感，其文獻價值是顯而易見的。這些歷史原照，內容廣泛，時間悠久，品種豐富，數量眾多，是一座難以估值的文獻富礦。筆者在此僅稍加選擇，略作介紹，掛一漏萬，在所難免。

人物照片

歷史照片中人物照是大宗，上海圖書館收藏的歷史原照有不少是顯赫人物的家屬所捐贈，也有接受相關人物檔案移交的，故人物照更多。這些照片有幾個顯著特點。首先，人物名氣大，很多是各個領

域內的著名人物，有的甚至是影響歷史進程的關鍵人物，如孫中山、李鴻章、瞿鴻禨、朱啟鈐、唐紹儀、張學良、宋美齡、葉恭綽、章宗祥、劉承幹、黃佐臨等。其次，這些人物身居高位，兼職很多，和各類重要活動和事件多有關聯，故照片數量多，質量精，專檔中還夾雜有大量同僚、朋友及家屬成員的照片，涉及面非常廣泛。第三，因照片原係私人收藏，有很多是從未披露的「私房照」，又多涉及名人大事，所蘊含的資訊也因此而顯得異常豐富，文獻價值很大。

由於這些照片數量浩瀚，涉及人物廣泛，時間跨度更長達百年以上，故稍作辨析歸類，就可分理出：清晚期君臣系列、北洋政府系列、國民政府系列、電影戲劇·新聞出版等文化領域人物系列、金融銀行·工商實業等經濟領域人物系列，以及外國來華人物系列等等，堪稱一個龐大的近代人物照片寶庫。清末民初的這幾十年，勾聯兩個世紀，承接兩朝紀元，期間東西方文明碰撞，種種思潮湧動，政局錯綜複雜，重大歷史事件頻發，由此出現了英才與梟雄迭出，大師與聞人並進的局面。而這些風雲人物的決策言行，不單決定了他們個人的榮辱沉浮，更牽動著國運的興衰起落，因此，與之相關的影像資料也就顯得彌足珍貴，它們在某些方面是不可或缺的史料文獻，可補文字不足。這些照片中，有不少是平時難睹真容的神秘人物；也有部分人物照雖然在近年出版物中屢被引用，但因本非原照，加之輾轉翻拍，因此畫面模糊不清，致使使用價值大為降低，因此就凸現了上圖所藏這部分人物原照的價值；更有一些照片，人物活動的場景、涉及的領域是以往鮮為人知的，因而頗具文獻意義，可稱珍罕。這裏略舉幾例：

唐紹儀是清末民初政壇的一個重量級人物。他是中國最早一批官費留美學生之一，回國後歷任侍部、尚書、巡撫和對外交涉大臣等要職。辛亥革命時期，他代表袁世凱參加南北議和，並出任民國第一任總理。抗日戰爭爆發後，他成為各種政治力量爭奪和拉攏的對象，1938年9月，在上海寓所被軍統特務刺殺身亡。唐紹儀作為中國近代歷史上的重要人物，一直受到各界關注，出版有不少研究論文和論著，並召開過多次學術研討會，對他的評價也更趨客觀，其晚節未失的觀點已為學界所公認。上圖收藏有關於唐紹儀生平和活動的大量照片，大部分未曾公開披露，且尺寸碩大，部分照片上還有唐紹儀的親筆題跋，對研究唐紹儀其人及清末民初的政壇，都不乏文獻價值。

宋美齡訪美

宋美齡1942年11月至1943年6月對美國的訪問，是中國抗戰期間一件有影響的大事。在長達7個多月的訪問中，宋美齡通過報紙、雜誌和無線電廣播等多種渠道發表演講，強調中美兩國的

傳統友誼，宣傳中國抗日戰爭的偉大意義。同時，她也積極會晤和遊說美國政界要人，並直接參與了中美間一些重大問題的交涉和談判；她還出席各種民間外交活動，在美國民眾中留下了良好印象。總體來看，宋美齡的美國之行起到了一定的積極意義，喚起了美國朝野對中國抗日戰爭的普遍關注，爭取到美國政府一定數量的軍事援助，以及民間慈善團體的各種捐款。上圖收藏了有關宋美齡這次訪美的全套歷史原照，詳細記錄了這一重要事件全過程。照片全部由職業攝影師拍攝，抓拍技巧高，動感強，尺寸達到26×20cm，畫面生動清晰，對相關文字記載是一種重要的文獻補充。

　　外交活動是李鴻章洋務活動的重要方面，晚年的李鴻章幾乎參與了清廷所有的重要外事活動。自19世紀70年代起，李鴻章就代表清政府辦理了天津教案、中秘華工教涉、中法新約、中俄秘約、馬關條約和辛丑合約等多起對外交涉事件。無論是在生前還是身後，關於他的爭議就從未停止過，研究中國近代史，李鴻章是一個無法繞開的關鍵人物。2007年8月，安徽教育出版社以煌煌39卷，總共2千8百萬字的浩大篇幅推出了《李鴻章全集》，是為國家古籍整理的重點項目，也是國家清史基礎工程的大型文獻整理項目。「全集」按照奏議、電報、信函和詩文四部分類編年，幾乎囊括了所有有關李鴻章的文獻，是目前出版的個人著作中篇幅最巨、字數最多的一部，凝聚了全國30多位專家學者歷時15年的心血。但也仍有遺憾之處，如有關圖像文獻就少之又少。李鴻章的照片很難收集，尤其原照，多年未見新的發現，這方面，上圖所珍藏的李氏家族歷史原照系列很可能就是最大的一座「富礦」了。這些照片記錄了李鴻章晚年外交活動的很多重要

歷程，大部分是圖像清晰、尺寸碩大的當年原照，尤其珍貴的是部分
照片上還有李鴻章本人的親筆題跋和其兒子李經邁的題注說明，對瞭
解事主心態和照片背景極有裨益，具有很高的文獻、文物價值。有些
照片，外間雖有流傳，但和上圖保存的原照相比，其間差距顯然不可
以毫釐計。如1901年9月7日，清政府全權大臣奕劻、李鴻章與英、
美、法、俄等11國駐華公使訂立《辛丑條約》，這是中國近代史上的
重要事件，中學歷史課本上也有詳細記載，簽訂條約的照片也因此被
廣泛引用。然而，所有文本使用的這張照片都頗顯模糊，有些人甚至
全然看不清臉部和身體輪廓，如位於照片右側簽約的清廷全權代表除

奕劻、李鴻章與英、美、法、俄等11國駐華公使訂立《辛丑條約》

奕劻、李鴻章外，第三人的頭臉就始終漫漶難辨。但在上圖所藏的出自李鴻章照片專檔中的那張簽訂條約的原照卻顯得異常清晰，不但這第3個代表、外務部右侍郎聯芳明晰可辨，甚至連後面站立的所有隨行人員和談判桌上的器物細部都一清二楚。這就是歷史原照的權威所在，原照和翻拍件二者在文獻價值上的優劣立判高下。

簽名題跋照

所謂題跋，是指在書籍、字畫、碑帖等物品上的題記文字，標於前者稱題，繫於後者為跋，統稱題跋。它約始於唐，行於宋，而後代代相傳。如果說，古籍善本和字畫碑帖往往一經名人題跋即身價百倍，那麼，歷史原照上名人政要的品題同樣不容忽視，何況這些筆墨印痕還往往見證了一段凝重的歷史。上圖收藏的歷史原照因關涉眾多名人，故簽名題跋照特別多，有的僅有照片主人的瀟灑簽名，有的則上、下款及簽名的時間、地點俱全，頗顯規範；還有的甚至書寫有大段題跋，其注明的史實、抒發的情感值得我們重視。

贈人照片並簽名留念是清末民初時期的流行時尚，也是體現贈照人鄭重心理的一種表示。照片是比較私密的物件，非關係密切者一般不會隨意相贈。如在照片上親筆簽名題跋，那就更能顯示出贈、受兩人關係的非同一般。此外，清末民初的消費水平不高，照片是舶來之物，價格遠較一般尋常之物昂貴，一張放大精裱的照片，其價往往可能超過一個普通職工的月薪，故簽名贈照之事一般均發生在中、上層人物和殷實家庭之間。親戚朋友、門生故舊、同僚之間、上峰下屬以及拜把兄弟，甚至冤家對頭，都有可能通過這一張薄薄的、題有墨蹟

的照片去傳遞資訊、抒發情感、互通款
曲、彌補縫隙，其背後往往會牽涉到一
些風雲人物，或和一些重要事件有關。

　　如果略作歸納，題跋照大致有這
麼幾種情況。首先是照片主人的親筆
題跋。一般往往是步入老年、退隱之
後，在整理照片、回顧人生時有所感
觸，於是情不自禁，援筆題寫。這對研
究人物的心路軌跡是一種比較可靠而以
前又往往缺少重視的獨特文獻。其次是
家屬、親戚、朋友、下屬等相關人物的
補注說明。由於他們與照片主人的關係
特殊，故這類題跋注明的內容往往具有
較強的文獻價值，有的甚至是舍此無人
知曉的獨家史料，尤其值得關注。再者
是照片主人因人所請而提筆書寫，類似
今天的讀者買書後請作者簽名。這類題
跋一般較多應景話，但如果兩人關係特
殊，則也有可能筆下流淌出真情之語。
上圖珍藏的歷史原照中，題跋照片是
一大特色，幾乎張張背後都有一段往
事可述，值得後人去爬梳剔抉，鉤沉

孫中山簽名照

索隱。如上圖珍藏有一張孫中山贈尚周的簽名照，經考證，這位尚周先生即1872年中國第一批官派留美學生中的一員，姓牛，名尚周，字文卿。他和宋耀如有頗多交往，宋耀如和倪桂珍的結識，他是兩個牽線人之一。牛尚周的妻子是倪桂珍的大姐倪桂清，故他是宋耀如的連襟，也是宋慶齡的姨父。這張照片的發現，對解讀孫中山與宋家親友間的關係顯然大有裨益。上圖這次發現的孔祥熙、張學良、閻錫山、胡適等政要名人三十年代贈送給胡美博士的一批簽名照，對學術研究也頗有價值。胡美是美國人，原名愛德華・休姆（Edward H. Hume，

奕劻、瞿鴻機、袁世凱與日本政府全權代表小村壽太郎和駐華公使內田康哉在北京簽訂了中日《會議東三省事宜正約及附約》

1876-1967）。他20世紀初來華，1914年春在長沙創辦有「北協和，南湘雅」之稱的湘雅醫學院，歷任湘雅醫院院長、湘雅醫學院首任教務長、雅禮大學校長等職。他是基督教在華醫療事業的重要人物，以往學術界對他的研究大都局限於1927年他返回美國之前，而此次這批中國政要名流題贈胡美照片的發現，則對他1934年重返中國後的活動提供了很有意義的線索。再如，1905年12月22日，清政府全權代表奕劻、瞿鴻磯、袁世凱與日本政府全權代表小村壽太郎和駐華公使內田康哉各率一班隨員，經過二十二次會議近三十五天的談判，在北京簽訂了中日《會議東三省事宜正約及附約》（又稱《滿洲善後協約》），這是中國近代史上的一個重要事件。上圖的瞿鴻磯照片專檔中有一張簽約現場的原版照片，上有事件中方當事人瞿鴻磯的一段親筆題跋：「光緒三十一年乙巳孟冬，以東三省事，中日議約於練兵公所，十一月二十六日約成，兩國全權大臣簽押既畢，拍照合影。坐者五人，慶邸之右為小村大使，左為內田公使，慰庭制軍居小村之右，予居內田之左，隨同與議者為唐侍郎紹儀、鄒右丞嘉來、楊參議士琦、金檢討邦平、曹主事汝霖五人，日本則山座、落合、鄭永邦、高尾君四人，餘不備書。鴻磯記。」這段題跋將事件的起因及簽約的時間、地點和主要人物都交代得一清二楚。無獨有偶，上圖還收藏了曹汝霖題跋的同一照片。曹是1905年參與中日談判的中方五名隨員之一，十年後，他和陸宗輿、章宗祥因代表北洋政府簽訂賣國的「二十一條」而聲名狼藉，1919年還由此引發了波瀾壯闊的五四運動。1948年底，時曹汝霖正在上海，和葉景葵等人時有往來，並應葉之請，在這張拍攝於四十三年前的照片上寫下了如下一段題跋：「光緒三十一年乙巳

孟冬，日俄戰役告終，中日全權開東三省善後會議於北京。兩國約定列席者各五人，餘以末秩忝列議席。袁全權對於東三省權利爭之甚烈，歷一月有半之久，僅允日人繼俄人旅大租借權、南滿鐵路權、撫順煤廿及合辦鴨綠江森林，東三省不修幷行綫，舉舉數大端而已。日人以未償其欲，深致不滿，終提廿一條之要求，卒釀「九‧一八」事變，浸及於世界二次大戰。倖獲勝利，還我河山。曾幾何時，戰火蔓延黑龍江、長白山，以迄山海關內外，東三省前途尚未可知也。戊子孟冬，余居滬上，撿初先生出視議約全權及隨員合影，屬記其姓氏，因就記憶所及者記之。回首前塵，感慨繫之矣。戊子冬日，覺盦謹誌。」題跋中隱約含有為己辯白之意，從中也能感受到曹汝霖在事過多年之後的複雜心態。這兩張照片，正典型反映了題跋照片的特色和價值。

　　總括而言，歷史照片本身的價值，再加上題跋者的顯赫地位和親歷身份，兩者相加，題跋照片的重要性是顯而易見的；而同僚、下屬以及親朋故友的題跋，則有助於我們比較全面地瞭解照片主人的社會關係網。此外，題跋照片一般都有上款，受贈者為何不能保存此照？其散佚流失的經過，背後也往往蘊含深意。題跋照片的文獻、文物價值乃至經濟價值，業界目前還沒有統一規範的衡量尺度，一般只能通過作品在攝影史上的地位，作品的題材和拍攝年代，由何人所攝和曾經何人收藏、題跋，以及作品的存世數量和尺幅大小等諸種因素來綜合評估。但由於照片題跋者往往是當時社會的名流政要，有不少還在書法上造詣頗高，享有盛名，他們的題跋無疑會提高照片的知名度，增強可信度，提升照片的品味和價值。故總的說來，題跋照片要比一

般歷史照片更具文獻價值，也更有觀賞性。然而，與書畫碑帖、古籍善本的題跋相比，長期以來，題跋照片顯然沒有得到人們充分的重視，至今鮮見有人提及，遑論系統的整理和研究了。今天，我們既要充分重視題跋照片具有的多種價值，認真考證，加以研判，努力挖掘它們背後隱藏的故事，又要小心謹慎，甄別真偽，防止弄假成真。總之，此一領域，是一塊尚未開墾的處女地，亟待有識之士善加開發和利用。

照相館照

在近代傳入中國的諸多西洋文明中，攝影是比較早的一種。大約在19世紀40年代中晚期，中國的一些沿海通商口岸城市就已有照相館開張營業的記載。因迎合了人們趨時喜新的心理和都會發展的需求，照相業在各大城市中擴展很快，據統計，在19世紀下半葉，僅上海一地開設的照相館就超過了50家，照相業也因此在當時成為了一門欣欣向榮的時尚行業。

20世紀初，隨著新聞事業的發展，對新聞時事照片的需求也愈來愈廣泛迫切，1902年出版的《大陸》雜誌、1904年出版的《東方雜誌》，都開始較多地採用刊登新聞照片，以後，隨著製版技術的進步，時事照片在新聞報導中得到了更普遍的應用。但當時尚無專業人士去採訪拍攝新聞，時事照片的提供明顯有著臨時、隨意的特點。中國職業攝影記者的出現很晚，進入20世紀20年代以後，始有人專門從事這一行業，故中國早期的新聞事件、民俗風情以及政要名人的照片拍攝，一般均由照相館的攝影師承擔；即使在20年代以後，也仍有不少照相館依舊在「攝影記者」這一領域內辛勤耕耘，並拍出了不

少足以留傳後世的佳作。這方面，我們可以舉出很多例子。光緒二年（1876）由英商建造的上海至江灣鎮的吳淞鐵路是我國境內通車的第一條鐵路，定於7月1日舉行的通車典禮成為當時的熱點新聞。《申報》為凸顯自己的優勢，特請上海日成照相館拍攝通車時的熱鬧情景，照片刊出後轟動一時，成為我國早期新聞攝影的一個先例。與此同時，上海的一家著名照相館森泰像館的攝影師也走出店堂，拍攝了很多諸如官員出行、罪犯行刑等新聞時事和社會風俗照片，並將此製成明信片向來滬旅遊的外國人士廣泛發售。今天，這些照片已成為再現19世紀中晚期上海風情的寶貴形象資料。創辦於清末的上海同生照像館以拍攝人物照片而著稱，同時，它也拍攝了很多風光時事照片，其中尤以反映1909年中國人自己築成的第一條鐵路——京張鐵路的新聞照片最為著名，這些照片新聞氣息強，攝影技術也達到了很高水準，堪稱我國早期新聞照片的典範。開設在上海南京路上的心心照像館在20年代拍攝了很多新聞時事照片，1925年五卅慘案爆發時，「心心」利用自己地域上的優勢，派出攝影師搶拍了很多正面反映事件的照片，並無償提供給《上海畫報》等新聞媒體發表，為後人保留了珍貴的歷史鏡頭。1927年，王開照相館以高價獲得遠東運動會各比賽專案的拍攝權，然後將照片免費提供給各報社，「王開」的名聲也隨之不脛而走，這已成為現代企業巧於運作的一段經典案例；而1929年孫中山奉安大典時，「中華」、「王開」、「同生」等眾多照相館的積極參與採訪拍攝，則從一個側面反映了這些企業的社會責任感。

綜上所述，我們可以說對照相館的研究是中國攝影史研究的重要組成部分，也是社會史、城市史研究不可或缺的一個環節。然而遺憾

的是，在諸種專業史的研究中，攝影史的研究一直比較薄弱，對於有著濃重商業文化色彩、以營利為主的照相館，就更缺少關注了。中國的各大城市中，至今無一家能拿出一份比較完整的早期照相館名錄，對其進行研究就更難以進行了，以致有關攝影史專著中，在敘述早期照相館活動時錯誤連連，而發現一份20世紀頭十年的遺物就要連稱珍罕了，這些現象正説明了我們研究視野的狹窄。

上海圖書館收藏的歷史原照中，清末民初的照相館專題是比較顯眼的一個專題，僅上海地區，就能整理出約百家照相館拍攝的照片，其中不乏公泰、寶記、耀華、光繪樓、英昌、麗華、同生等早期著名影樓；外埠一些著名照相館拍攝的照片，如北京豐泰、天津福生、杭州二我軒、廣州豔芳、長沙鏡蓉室、香港繽綸等，上圖也都多有收藏。在這些照片上，照相館地址、館銘中英文名稱、門牌號碼和影樓電話、老闆姓名以及遷移更名記錄等等原始資訊，都有可能一一找到。對研究中國早期攝影，這是非常難得的實物，既有文獻價值也有文物價值，應該引起我們重視。

專題攝影集

清末民初，由於受製版條件的限制以及其他一些原因，出現了不少用手工方式編印發行的專題攝影集。當時，一般用玻璃版原底直接曬印成照，然後手工裱貼在硬紙板上，每頁一幅，彙編成冊，留作紀念，以供流覽；使用的照相冊，大都經過特製加工，裝幀豪華精美，且往往封面鑲嵌銅牌，三面書頁燙金。攝影集上裱貼的照片，尺寸一般均在20 × 30釐米之間，這在當時可説是最大尺寸的單幅照片了。這種攝影集由於攝製編印的成本較高，故一般均請攝影名家或著名影

樓擔綱拍攝。清末民初，拍照是一件費時費力又費錢的麻煩事，攝影師外出拍照常需帶著幾百斤重的設備，故拍攝之前攝影師大都經過周密謹慎的構思、取景、用光，因此這一時期拍攝的照片，無論是技術上還是藝術上都達到了高峰。我們打開清末民初製作的專題攝影集，其中的照片大都構圖嚴謹，曝光精確，成像清晰，品相完好，代表了當時攝影作品的最高水準。製作發行這些專題影集的，一般都是大戶人家和著名機構，有時甚至是官府衙門，只有他們才有這樣雄厚的財力打造如此精品佳作。當然，這種純用手工精心製作的影集，在當時往往是作為高檔禮品而策劃的，顯然印製數量不可能很多，留存至今，就更為稀見了，故無論是照相工藝還是文獻價值，都彌足珍貴。

手工製作專題攝影集在清末民初頗為流行，進入20年代以後逐漸減少，但仍有沿襲舊法製作這類手工影集的，抗戰勝利以後則基本絕跡。從外觀上來說，愈是早期的攝影集，裝幀製作愈是精美考究，因當時限於條件很難將照片製版印刷，而手工製作數量必定較少，甚至有可能是孤品一份。因此，主事者就是把它當作正規而有限量的出版物來製作的，非常鄭重，也捨得花錢；而時代愈是晚近的攝影集，裝幀製作則愈顯粗糙，主事者一般把注重點放在照片的拍攝取景與選擇上。因為那時照片的製版印刷已普及，非常方便，攝影集中的照片有不少甚至會在挑選後公開出版，故你這一本攝影集只是有別於印刷品的原件，在照片數量、文獻價值上，以及收藏、紀念等等方面要強於印刷品的原件，主事製作者對其的敬畏神秘感顯然要遠遠遜於早期。

上海圖書館收藏的手工製作專題攝影集數量眾多，其中較有影響的有1904年的《北京庚子事變照相冊》、1909年的《京張路工攝

影》、1910年的《南洋勸業會攝影集》、1911年的《津浦鐵路南段攝影》、1925年的《紀念孫先生照片之一》、1934年的《雷士德工學院和雷士德醫學研究院》、1936年的《中國南洋商業考察團》，以及清末民初的《浙江風景》、《北京名勝》、《香港風光》、《曲阜勝景》等，距今時間大都在百年左右。這些攝影集製作精美，存世稀少，每本內容都堪稱一個精彩的近代史研究專題，不少影集上甚至還有製作者或拍攝者親筆書寫的説明，其重要價值顯而易見。筆者現略選一二，稍作敘述。

1. 京張路工攝影

所謂京張，指北京和張家口。這條鐵路全長201公里，始建於1905年10月，1909年9月竣工。整個工程歷時4年，用銀1046萬元，不僅比原定工期提前了一年多，還節省了大約4%的工銀。京張鐵路的意義在於，這是由詹天佑出任總工程師主持建造、完全由中國人自己修築的第一條鐵路，它極大地振奮了民族精神，成為近代歷史上國人自強不息，科技興國的典範。《京張路工攝影》為上、下兩冊，係反映京張鐵路沿途各主要路段、車站以及工作場景和通車典禮盛況的留影，共計183張照片，尺寸為27 × 21cm。攝影集裝幀精美，紫紅絨布覆面，封面上鑲嵌有鐫刻著「京張路工攝影」的銅牌，莊嚴而大氣。影集為1909年京張鐵路修建完工典禮時，清政府特令嘉獎，撥出專款讓詹天佑委託北京同生照相館以玻璃底片拍攝下整個京張路的全程，手工製作成書，以此紀念這一中華盛事。該影集主要作為高檔禮品贈送，製作數量不多，存世更少，今天已成為珍貴的文化遺產而名揚學界和收藏界。

京張路工攝影

2. 南洋勸業會攝影集

　　南洋勸業會的舉辦直接受到世博會的影響。1905年，清政府派遣載澤、端方等五大臣出訪歐美考察。端方等在國外除考察各國政治外，還注意留心各國的博覽會，對博覽會的作用有了比較深刻的印象和認識。端方回國後即奏請在江寧（今南京）舉辦南洋勸業會。1909年7月，清廷下諭同意開辦南洋勸業會，同時任命新任兩江總督兼南洋大臣的張人駿為勸業會會長。1910年6月至11月，南洋勸業會在江寧召開，除蒙古、西藏、新疆外，全國22個行省全都呈選了展品，

英、美、德、日以及東南亞各國也都有展品送展。南洋勸業會歷時半年，參觀人次達30多萬，它的成功使社會形成一股倡導實業的風尚，不少教育和實業團體也由此而成立。影集以桔紅色絲絨覆面，書頁三面燙金，頗為豪華。共收照片整100張，有三種尺寸，其一為大型照，26.8 × 20.5cm，共30張，大多係大場面外景照，如南洋勸業會牌樓、廣場、會場和各專業館外景等；其二為中型照，20 × 14cm，共28張，多為各地方館外景照；其三為小型照，13.8 × 9.8cm，共42張，主要展示各場館內景。無論是外景照還是內景照，畫面均人跡稀少，有的甚至空無一人，顯然是勸業會開幕前請人拍攝存檔所用，具有鮮明的官方色彩。影集內照片曝光準確，構圖均勻，當出自專業人士之手，估計應是請專業照相館所攝。反映南洋勸業會的圖冊當時出版不少，但無論從視覺上還是質量方面來比，顯然都不及這本影集。

3. 紀念孫先生照片之一

　　1925年3月12日，偉大的革命先行者孫中山在北京逝世，終年59歲。家屬尊其遺願，將他的遺體像列寧一樣保存，並選擇南京紫金山作為安葬地。當時軍閥仍在混戰，政局不穩，要將孫中山的靈柩運往南京顯然頗不穩妥，故他的靈柩被暫厝北京西山碧雲寺，直到1929年5月始移往南京舉行奉安大典。反映孫中山後事的照片，時人所見大多是展示1929年奉安大典的情景，直接針對1925年孫中山逝世後追悼活動的照片則很少見。這本《紀念孫先生照片之一》由北京同生照相館所攝，共收照片46張，比較全面地反映了1925年孫中山逝世後北京的追悼活動，如孫中山行館內設的靈堂、宋慶齡等親屬守靈、北京市民迎送靈柩、中央公園社稷壇公祭、移靈碧雲寺等。影集內照片大都

為26 × 20.5cm和19 × 13.5cm兩種尺寸，全部原照粘貼，每張照片下方並有文字説明。不少照片為大場面照，如「靈柩出中央公園時哀送之群眾」等；有的是俯拍照，如「靈柩經西四牌樓時道旁哀送各校女學生」等；也有一些是室內照，如「靈柩發引前齊集靈堂哀送之家族」等。影集照片場面宏大，莊嚴有序，光線均匀，人物清晰，體現了很高的藝術水準。

歷史可以由文字來書寫，也可以用圖像來記載，兩者互有所長，不可偏廢。從某種程度而言，一部由圖像構成的歷史，可能更鮮活生動，活色生香，從而充滿魅力。人們常説：「魔鬼藏在細節裏。」其實，天使又何嘗會脱離細節而存在呢？歷史的真實，很多時候、很多

紀念孫先生照片之一

地方就往往呈現在細節之中，而圖像正是最擅長展示細節的載體。若干年來，我們已經習慣於接受教課書般抽象的宏觀敘事方式，而對鮮活感性的具體細節的重視則遠遠不夠。從這個意義上來說，歷史照片就是一部近代史的細部構成，涉及到大量當年社會各個層面的生活場景，有些甚至深入到常人無法想像的隱蔽深處，具有文字所無法達到的明晰生動和視覺衝擊，值得我們深入探尋，仔細考辨。對這些視覺碎片的辨識、拼貼和解讀，除了能對以往的文獻結論提供有力的證據，更重要的是能夠還原當時社會以往常為人所忽視的一些生動場景，如當時人們的某些特殊的人際關係、他們心靈深處一些難以付諸筆端的真情流露、他們的一些罕為人知的經歷、他們生活中未被人所知的一些生活細節等等。

攝影技術的發展改變了人們對世界的感知方式，世界也開始了從單純文字時代到文圖相容時代的轉變。但無可諱言，對歷史照片（特別是原照）的重要性，以往缺少充分認識，利用自然也遠遠不夠。近年來雖有了較大改進，圖片類書籍大量湧現，但也只是將此當作插圖點綴、烘托氣氛的為多，以照片圖像作為主體仔細研究的仍然少之又少。基於此，可以說歷史照片的整理研究和開發利用是一個十分誘人的學術領域，前景廣闊，潛力巨大，方家學者未曾顧及而又值得採掘的寶藏甚多。這方面的工作還剛剛起步，本文論述只是把個人的一得之見加以歸納整理，敷衍成篇，不足之處尚祈大家指正。

後記

　　我在圖書館供職，整天和書打交道；平時愛逛逛
冷攤，也不外乎尋覓一些殘書舊刊，老照片舊戲單之類
——不敢說是收藏，只是怡情養性，借機結交幾個同道
朋友而已。在我看來，一張明信片，幾枚藏書票，三兩
頁薄薄的說明書，厚厚一疊散亂的發黃照片，數十冊樸
實無華的清末民初圖書，都能讓你感受到那個年代的特
有氛圍，更有歷史的生動細節隱藏其中。薄暮細雨，青
燈冷茶，凝視著這些紙的精靈，思緒往往開始神遊，偶
有所得，趕緊記下三言兩語，積累久了，也不時有幾篇
短文發表。臺灣蔡登山先生，也是這些舊書殘刊、故人
往事的關注者，古道熱腸，厚愛拙文，願意為我在海峽
彼岸出個集子。感激之餘，從近年來的文章中略作挑
選，編成這本《紙韻悠長》。我1978年進上海圖書館
工作，於今正好整三十年。回首往事，感慨良多，就以
這本小書作為我個人的一個紀念吧！我的幾個年輕朋
友，特別是嚴潔瓊小姐、解舒勻小姐，為本書的出版費
力甚多，謹在此表示感謝。

張偉
2008年8月12日晚

世紀映像叢書

世紀映像叢書

世紀映像叢書

世紀映像叢書

世紀映像叢書

國家圖書館出版品預行編目

紙韻悠長：人與書的往事 / 張偉著.
-- 一版. -- 臺北市：秀威資訊科技, 2009.03
面； 公分. -- (史地傳記 ; PC0066)
BOD版
ISBN 978-986-221-148-9(平裝)

855   97025610

史地傳記　PC0066

紙韻悠長──人與書的往事

作　　者 / 張偉
主　　編 / 蔡登山
發 行 人 / 宋政坤
執行編輯 / 賴敬暉
圖文排版 / 陳湘陵
封面設計 / 蕭玉蘋
數位轉譯 / 徐真玉、沈裕閔
圖書銷售 / 林怡君
法律顧問 / 毛國樑　律師
出版印製 / 秀威資訊科技股份有限公司
　　　　　台北市內湖區瑞光路583巷25號1樓
　　　　　電話：02-2657-9211　傳真：02-2657-9106
　　　　　E-mail：service@showwe.com.tw
經 銷 商 / 紅螞蟻圖書有限公司
　　　　　台北市內湖區舊宗路二段121巷28、32號4樓
　　　　　電話：02-2795-3656　傳真：02-2795-4100
　　　　　http://www.e-redant.com

2009 年 03 月　BOD 一版
定價： 410 元

讀 者 回 函 卡

感謝您購買本書,為提升服務品質,煩請填寫以下問卷,收到您的寶貴意見後,我們會仔細收藏記錄並回贈紀念品,謝謝!

1. 您購買的書名:_____

2. 您從何得知本書的消息?

　　☐網路書店　☐部落格　☐資料庫搜尋　☐書訊　☐電子報　☐書店

　　☐平面媒體　☐ 朋友推薦　☐網站推薦　☐其他_____

3. 您對本書的評價:(請填代號　1.非常滿意 2.滿意 3.尚可 4.再改進)

　　封面設計____　版面編排____　內容____　文/譯筆____　價格____

4. 讀完書後您覺得:

　　☐很有收穫　☐有收穫　☐收穫不多　☐沒收穫

5. 您會推薦本書給朋友嗎?

　　☐會　☐不會,為什麼?_____

6. 其他寶貴的意見:_____

_____

_____

_____

讀者基本資料

姓名:_____　年齡:_____　性別:☐女 ☐男

聯絡電話:_____　E-mail:_____

地址:_____

學歷:☐高中(含)以下　☐高中　☐專科學校　☐大學

　　　☐研究所(含)以上 ☐其他_____

職業:☐製造業 ☐金融業 ☐資訊業 ☐軍警 ☐傳播業 ☐自由業

　　　☐服務業 ☐公務員 ☐教職　☐學生 ☐其他_____

To：114

台北市內湖區瑞光路 583 巷 25 號 1 樓

秀威資訊科技股份有限公司　　　收

寄件人姓名：

寄件人地址：□□□

(請沿線對摺寄回,謝謝!)

秀威與 BOD

BOD（Books On Demand）是數位出版的大趨勢，秀威資訊率先運用 POD 數位印刷設備來生產書籍，並提供作者全程數位出版服務，致使書籍產銷零庫存，知識傳承不絕版，目前已開闢以下書系：

一、BOD 學術著作—專業論述的閱讀延伸
二、BOD 個人著作—分享生命的心路歷程
三、BOD 旅遊著作—個人深度旅遊文學創作
四、BOD 大陸學者—大陸專業學者學術出版
五、POD 獨家經銷—數位產製的代發行書籍

BOD 秀威網路書店：www.showwe.com.tw
政府出版品網路書店：www.govbooks.com.tw

永不絕版的故事·自己寫·永不休止的音符·自己唱